Knaus

K

Olaf Olafsson

Der Weg nach Hause

ROMAN

Aus dem Englischen von
Christiane Winkler

Albrecht Knaus

Originaltitel: The Journey Home
Originalverlag: Pantheon Books, New York

Umwelthinweis:
Dieses Buch und sein Schutzumschlag wurden auf chlorfrei gebleichtem Papier gedruckt. Die vor Verschmutzung schützende Einschrumpffolie ist aus umweltschonender und recyclingfähiger PE-Folie.

Der Albrecht Knaus Verlag ist ein Unternehmen der Verlagsgruppe Random House GmbH.

1. Auflage

Umschlaggestaltung: Groothuis & Consorten, Hamburg
Gesetzt aus 11.5/13.7 pt. Bembo
Satz: Filmsatz Schröter, München
Druck und Bindung: GGP Media, Pößneck
Printed in Germany
ISBN 3-8135-0177-9
www.knaus-verlag.de

ERSTER TEIL

Ich bereite meinen Aufbruch vor.

Vertraut knistert das Feuer im Ofen, und der Duft gebratener Äpfel vom gestrigen Abendessen hängt noch immer unten in der Küche. Es wird allmählich hell; im Osten nehme ich schon einen rosaroten Schimmer wahr. Mein Hund scheint zu spüren, was ich vorhabe. Anstatt wie jeden Morgen mit geschlossenen Augen neben dem Feuer zu liegen, streicht er um mich herum und drückt sich gegen meine Fußknöchel. Im Haus ist alles still; ich bin als Einzige wach, ich habe schlecht geschlafen, wie immer, wenn ich auf und dran bin, diese Reise anzutreten. Doch diesmal werde ich aufbrechen. Was auch geschieht, ich werde meinen Entschluss nicht ändern.

Ich öffne das Fenster, um die Morgenbrise hereinzulassen und tief durchzuatmen. Ein Vogel sitzt auf einem Ast vor dem Fenster, eine Amsel, ähnlich einer isländischen Rotdrossel, und sieht mich aus ihren sanften, fast traurigen Augen unverwandt an. Feiner Nebel liegt über den Feldern, und die taubenetzten Gräser wiegen sich leicht im Wind. Es war ein harter Winter, doch nun hat der Frühling begonnen, und ein angenehm schwefeliger Geruch steigt vom Wald auf, wo der Blätterhumus zu vermodern beginnt. Die Bäume haben endlich wieder ausgeschlagen, die Äste jenes graue Aussehen verloren, und der Wind fängt das fröhliche Plätschern des Bächleins ein und trägt es zu uns herüber, wie ein Postbote seine gute Nachricht.

Als ich letzte Nacht aufwachte, sah ich unten am Bach zwei Pferde stehen. Es war drei Uhr morgens. Ohne das Licht anzuschalten, hüllte ich mich in eine warme Decke, trat näher ans Fenster und beobachtete die Tiere im Dunkeln. Sie bewegten sich langsam, fast traurig im hellen Mondlicht. Eines der beiden schien plötzlich zu erschrecken. Es galoppierte über die Felder davon und verschwand hinter Old Marshalls Hof, als hätte es sich in Luft aufgelöst. Ich blickte zurück zum Bach, da war auch das andere Pferd verschwunden. Eine böse Vorahnung ergriff mich, obwohl es nicht den geringsten Grund dafür gab, und so ging ich hinunter in die Küche, um mich von den Essensdüften vom Vorabend beruhigen zu lassen. Mir fiel nichts Besseres ein, um wieder auf andere Gedanken zu kommen.

Ich blase auf die glühenden Kohlen im Ofen und lege zwei große, trockene Holzscheite dazu. Das Feuer durchwärmt sogleich den Raum und erweckt das Aroma des Abendessens wieder zum Leben, wie eine unerwartete Berührung, mit der man eine alte Erinnerung neu aufleben lässt. Ich möchte noch einmal den Duft der Forelle einatmen, die ich mit gemahlenen Mandeln und zarten, würzigen, wild wachsenden Pilzen im Ofen gebacken habe. Und den der Bratäpfel, die ich so gerne zubereite, nachdem sie sich einen langen, stillen Nachmittag mit Portwein vollgesogen haben. Während ich den Gerüchen nachspüre, drückt sich der Hund an mich und winselt in der Hoffnung, dass ich ihn hinter den Ohren kraulen würde und er seinen Kopf in meinen Schoß legen dürfe, sobald ich mich vor dem Kamin niederlasse. Draußen wird es langsam hell, ein blasser, bleigrauer Schimmer erhellt den Nebel über den Feldern.

Ich bleibe noch eine Weile sitzen und versuche, die Erinnerung an das Aroma der Forelle mit Pilzen wieder in mir wachzurufen, doch so sehr ich mich auch bemühe, es will mir einfach nicht gelingen. Der Duft der Äpfel ist stärker. «Seltsam», flüstere ich mir zu, doch ich weiß sehr wohl, warum. Seit geraumer Zeit drängt sich die Schale mit den Äpfeln, die mich willkommen hießen, als ich das Haus in Fjolugata zum ersten Mal betrat, in meine Erinnerung. Und ich dachte, ich hätte tatsächlich damit begonnen, jene Tage aus meinem Gedächtnis zu verdrängen.

Bevor ich nach oben gehe, um mich anzuziehen, mahle ich den Kaffee mit meiner alten Mühle und stelle den Kessel aufs Feuer. Der Hund folgt mir die Treppe hinauf. «Tina», sage ich zu ihr, «altes Mädchen. Du wirst auf alles aufpassen, während ich fort bin, nicht wahr?»

Auch Anthony ist inzwischen aufgestanden. Ich höre seine Schritte in dem Badezimmer, das wir beide benutzen und das unsere Schlafzimmer trennt. Ich habe den Eindruck, dass er diesen Winter beträchtlich gealtert ist, aber er wirkt immer noch so offen und freimütig wie eh und je. Dem Himmel sei Dank, dass sich unsere Wege kreuzten. Ich weiß nicht, was geschehen wäre, wenn ich ihn nicht an meiner Seite hätte.

Während er seinen Rasierpinsel im Waschbecken ausspült und ich ihn summen höre, bessert sich auch meine Laune. «De-de-de-de-de-dum-dum.»

Wie schon so oft, wurde ich auch heute vor Anbruch der Morgendämmerung vom Klingeln des Telefons geweckt. Ich setzte mich kerzengerade im Bett auf und wartete darauf, dass es nochmals klingelte, ahnte aber schon, dass es nur das Echo eines Traumes war, das in meinem Kopf widerhallte. Ich habe mich an diese Belästigung gewöhnt, dennoch bringt es mich jedes Mal wieder aus der Fassung.

Die Koffer stehen schon unten in der Eingangshalle; als ich nach oben gehe, fällt mein Blick darauf, und ich bleibe einen Moment stehen. Es sind schöne Lederkoffer, die Anthony vor dem Krieg von seinem Vater erhalten hat. Sie befinden sich wohl schon seit dem vergangenen Jahrhundert im Besitz der Familie und haben sie vermutlich auf ihren Reisen nach Afrika und Amerika begleitet. Und selbstverständlich auch nach Indien. Sie sind gut verarbeitet und fühlen sich dennoch weich an.

Ich schaue aus dem Schlafzimmerfenster. Die Sonne ist

aufgegangen, und ihre Strahlen scheuchen den Nebel von den Feldern, liebevoll wie eine Mutter, die ihrem Kind über die Wange streicht.

Diesmal werde ich es tun. Diesmal werde ich meinen Entschluss nicht ändern.

Ich hatte schon immer die Angewohnheit, in der Küche einen Spiegel aufzuhängen. Meistens waren diese Spiegel nichts Besonderes, sie hatten fleckiges Glas und einen sich langsam ablösenden Rahmen, doch sie erwiesen sich als sehr nützlich, wenn unerwartet Besuch kam. Schon ein kurzer Blick in den Spiegel genügte, wenn nötig nach Beseitigung der Kondensfeuchtigkeit, und ich konnte sicher sein, dass keine Soße auf meiner Nasenspitze oder gar Mehl im Haar war, und meinen Gästen mit einem vertrauensvollen Lächeln entgegentreten. Unter dem Spiegel befestigte ich ein kleines Kästchen, in dem man Lippenstift und Puder aufbewahrte.

Es war in dem Haus in Fjolugata, wo ich zum ersten Mal auf einen Spiegel in der Küche stieß, auch wenn mir das erst vor wenigen Tagen wieder eingefallen ist. Die Hausherrin musste ihn dort aufgehängt haben. Wie auch immer, als ich erstmalig die Küche betrat, bemerkte ich ihn sogleich neben dem Herd. Es war ein kleiner Spiegel von etwa zwanzig Zentimetern Durchmesser und mit einem wundervollen Rahmen: blau, mit handgemalten weißen, gelben und roten Blumen. Der Spiegel hier in der Küche von Ditton Hall ist größer, sein Rahmen ist nicht blau, sondern aus dunklem Mahagoniholz gefertigt. Ich fand ihn unten im Keller, als Anthony und ich eine erste Entdeckungsreise durch das Haus unternahmen.

Aber in letzter Zeit scheinen die beiden Spiegel miteinander zu verschmelzen. Wenn das geschieht, habe ich den

Eindruck, weggezaubert worden zu sein und nun plötzlich mir selbst so gegenüber zu stehen, wie ich vor über zwanzig Jahren aussah. Damals trug ich ein Kopftuch, damit sich der Geruch der Speisen nicht in meinen blonden Haaren festsetzte. Ich kann sogar die Hausherrin im oberen Stockwerk hören und den Zigarrenrauch einatmen, der aus dem Arbeitszimmer dringt. Ich spüre, dass *er* da ist, und fange ohne Grund zu zittern an. Ich weiß nicht, wie lange das alles dauert, aber es verwirrt mich immer, wenn ich dann wieder zu mir komme und diesen seltsamen Blick in meinen Augen sehe. Als sei ich im Delirium gewesen.

Ich kann noch immer spüren, wie er hinter mir steht.

Old Marshall stapfte mühsam den Pfad zur Küchentür herauf und blieb auf der Brücke über dem kleinen Bach stehen, um hinunterzuschauen. Die Brücke war in Nebel getaucht, und als Anthony und ich am Fenster standen, verschwand der alte Mann vor unseren Augen und kam erst nach einer Weile wieder zum Vorschein, als er ein gutes Stück weitergegangen war.

«Er kann es gar nicht erwarten, mit dem Frühjahrsputz zu beginnen», meinte Anthony. «Schau, jetzt geht er sogar zurück, um das Geländer noch einmal zu begutachten. Wahrscheinlich hat er eine Stelle mit abblätternder Farbe oder eine lockere Planke oder sonst was entdeckt.»

Ich hing meinen Gedanken nach, und so standen wir für eine Weile stumm nebeneinander, schauten über die Felder, auf den Bach und die Brücke, auf der Old Marshall stand, und mit einem Mal fühlte ich mich so wackelig auf den Beinen, dass ich mich am Fensterbrett festhalten und hinsetzen musste.

«Glaubst du wirklich, dass es Sinn macht, wenn ich ausgerechnet jetzt fahre?», fragte ich schließlich. «Jetzt, wo es an den Frühjahrsputz geht und nur noch ein Monat Zeit ist, bis die ersten Gäste auftauchen.»

Er tätschelte meine Schulter, beugte sich zu mir herab und drückte mir einen Kuss auf die Stirn.

«Du fährst jetzt.»

Ich reichte Marshall eine Tasse Tee, als er hereinkam.

«Das Brückengeländer muss gestrichen werden», sagte er. «Das lässt sich nicht mehr länger aufschieben.»

Wir sahen hinaus. Der Nebel verbarg alle farblosen Stellen und lockeren Holzplanken, es schien, als fehlte der Brücke nichts. Nicht das Geringste.

Als ich Anthony letzten Herbst von meinem Entschluss erzählte, wich er einen Schritt zur Seite. Ich war ihm dankbar, dass er nicht vor meinen Augen zusammengebrochen war. Ich setzte mich dann ins Gewächshaus, hüllte mich in eine Decke und blickte auf den Dunst, der draußen über den Feldern lag.

Als er hereinkam, nahm ich seine Hand und bat ihn, sich neben mich zu setzen. Doch in dem Augenblick, als er gerade, so schien es, eine Bemerkung machen wollte, entdeckten wir beide einen Schmetterling, der im Gewächshaus von Blume zu Blume flatterte. Seine Bewegungen waren langsam, aber sorglos, so als mache er sich nichts aus dem Herbst draußen oder als habe er sich entschlossen, ihn zu ignorieren.

«Ich dachte, inzwischen seien alle fortgeflogen», sagte Anthony.

«Dieser nicht», erwiderte ich.

«Als Junge habe ich sie im Winter immer sehr vermisst», sagte er. «Einmal habe ich geträumt, ich könnte ihrer Spur folgen.»

Die Sonne stand schon tief am Himmel. Schweigend beobachteten wir, wie der Schmetterling von einem Sonnenstrahl zum nächsten huschte. Es sah aus wie ein sich im Spiegel reflektierendes Kerzenlicht, und seine silbrigen Flügel glitzerten im späten Licht des Nachmittags.

Dr. Ellis hat immer dienstags zwischen zwei und vier Uhr Sprechstunde. In seinem Wartezimmer stehen fünf Stühle, ein Tisch in der Ecke und eine Topfpflanze auf dem Tisch. Über der Pflanze hängt die Kopie eines Sonnenuntergangs von Turner. Ziemlich verblasst. Normalerweise komme ich dienstags zur verabredeten Zeit, doch manchmal gibt mir Dr. Ellis freundlicherweise einen späteren Termin nach Einbruch der Dunkelheit, was mir besser passt.

Als wir das erste Mal miteinander sprachen, sagte ich ihm, ich hoffte, er würde besser mit seinen Patienten umgehen als mit seiner Topfpflanze im Wartezimmer. Dr. Ellis ist ein sehr ernsthafter Mann, dennoch glaubte ich den Anflug eines Lächelns bemerkt zu haben. Seitdem hatte er noch oft Gelegenheit, sich von meinem Sinn für Humor überraschen zu lassen. Besonders jenes Mal, als er mir die Ergebnisse der Voruntersuchungen erklärte.

Die Fenster des Wartezimmers gehen nach Westen hinaus, bieten aber keine besondere Aussicht, auch wenn sie mir nicht gerade hässlich erscheint. Auf der anderen Straßenseite, auf einer tiefer gelegenen Backsteinterrasse, ist der Friseurladen, auf Straßenhöhe gibt es einen Zeitungshändler und ein Textilwarengeschäft, in den beiden oberen Stockwerken sind Wohnungen. Neben dem Friseurladen erstreckt sich ein unbebautes Grundstück, auf dem die Jungen manchmal Fußball spielen, und in der Ferne sieht man die Eisenbahnlinie, die von blauen Bahnsteigdächern gesäumt wird.

«Achtzehn Monate», erwiderte Dr. Ellis auf mein Drängen.

«Sind Sie bereit, mir das schriftlich zu geben?»
«Zwölf bis achtzehn …»
«Ich nehme zwölf.»

Um die Mittagszeit rattert ein alter Zug die Gleise entlang, stößt müde Dampfwölkchen aus, bis er allmählich zwischen den beiden Bahndächern zum Stillstand kommt. In der Dämmerung fahren keine Züge, doch manchmal flattern Schwalben um die Backsteinhäuser auf der anderen Seite, lautlos, wie die Seelen der Verstorbenen.

Anthony stand gestern während des Abendessens auf, um uns mitzuteilen, dass er einige Worte sagen wollte. Wir waren gerade mit den Pilzen und Schnecken, die ich spaßeshalber dazu serviert hatte, fertig, hatten aber noch nicht mit der Forelle begonnen. Ich war mit meinen Gedanken weit fort, wo, weiß ich nicht mehr, als Anthony sich langsam erhob und wartete, dass auch ich es bemerkte, bevor er sich mit einem Räuspern an uns richtete. Wir saßen im alten Esszimmer an dem langen Tisch, auf dem drei große Kerzenleuchter standen. Ich hatte eine weiß bestickte Tischdecke darüber gelegt und die blau gemusterten Teller gewählt, die Anthony vor langer Zeit in Paris erstanden hatte. Es sind nicht mehr viele davon übrig geblieben, doch für dieses Essen waren es noch genug.

Wir waren zu acht; Anthony und ich, Old Marshall, Miss Lynch, die sich um die Zimmer kümmert, und der Oberkellner Sean Truelove. Ich hatte auch Mr. und Mrs. Wakefield (sie beliefern uns mit Rebhühnern, Eiern, Schinken und Käse) von der nahe gelegenen Old Bridge Farm und Old Marshalls Tochter Lydia eingeladen, die in Bridgewater lebt und mit einem Arzt verheiratet ist. Sie haben einen fünf Jahre alten Sohn, der uns manchmal besucht. Ich habe es gern, wenn er mir in der Küche Gesellschaft leistet. Er sitzt dann immer auf dem Tisch in der Ecke, zwischen Herd und Fenster, von wo aus er über die Felder zu den Ställen auf der anderen Seite des Baches schauen kann.

Hin und wieder stecke ich ihm Leckerbissen zu, die er geradezu verschlingt, und wenn er gut aufgelegt ist, singt er ein Lied mit mir. Meistens kommt die Sonne hinter den Wolken hervor, strahlt durch das Fenster und wirft den Schatten des Jungen neben meinen Spiegel an die Wand. Dann lege ich meinen Holzlöffel oder die Suppenkelle beiseite und beobachte ihn eine Weile selbstvergessen, denn auf einmal scheint sein Schatten ein Eigenleben zu gewinnen, als könnte er zu jedem beliebigen kleinen Kind gehören. Gedankenverloren folge ich den langsamen, ruhigen Bewegungen des Schattens, bis der Junge mich mit den Worten «Kann ich noch etwas Brot haben?» oder «Singst du mir bitte noch ein Lied vor?» aus meinen Betrachtungen reißt.

Jedenfalls stand Anthony auf und verkündete, dass er ein paar Worte zu sagen habe. Schon gleich zu Anfang, als wir hier zusammen eingezogen waren – falls man unsere Art des Zusammenlebens überhaupt in solchen Begriffen beschreiben kann –, hatten wir uns angewöhnt, jedes Frühjahr kurz vor der Eröffnung des Gästehauses, dieses Abendessen zu veranstalten. Wir laden immer unsere wichtigsten Mitarbeiter und ein paar Leute aus der Nachbarschaft ein. Vor allem die, die uns mit Lebensmitteln versorgen oder bei der Leitung des Hauses helfen.

Es war in jenen Jahren zweifellos nicht immer leicht, an diesen Abenden gute Miene zum bösen Spiel zu machen. Alle wussten, dass das Hotel sich gerade so über Wasser hielt, dennoch ließ ich mich nicht entmutigen und hielt durch. Ich habe noch nie zu den Menschen gehört, die sich beklagen, und meine Hände sind vom Überlebenskampf jener Jahre gezeichnet: Sie sind nicht besonders feminin. Damals versuchte ich auch, mir die Bemerkungen der Ortsbewohner über die Speisekarte, die in jener Zeit der Rationierung und Isolation vielleicht exotisch erschien, nicht allzu sehr zu Herzen zu nehmen. Die Dummheit einiger Leute ging sogar so weit, dass sie sich über das Gemüse lustig machten, das ich mit viel Mühe in unserem Gewächshaus züchtete. «Spießer», sagte ich zu Anthony, «von denen lasse ich mich nicht unterkriegen.»

Während der ersten elf Jahre arbeitete Miss Halsey bei uns, inzwischen ist jedoch Miss Lynch schon den sechsten Sommer hier. Truelove war von Anfang an dabei und hat uns wirklich alle Ehre gemacht. Der liebe Old Marshall lebt schon bei Anthonys Familie, solange Anthony denken kann, und hängt eher wie ein Bruder als wie ein treuer Bediensteter an ihm.

In der Regel freuen wir uns in stiller Erwartung auf diesen Abend; wie auch immer er verlaufen mag, er läutet die warme Jahreszeit ein: helle Tage, offene Fenster und weiße Bettlaken, die vor der Waschküche auf der Leine flattern. Und eine leichte Brise, die einem süße Nichtigkeiten ins Ohr flüstert. Wie das Gras, so erwacht auch das Haus zu neuem Leben; im Ostflügel, der den ganzen Winter über verschlossen geblieben war, knarren wieder die Treppenstufen unter den Füßen der Gäste, und von früh bis spät glüht der Ofen. Anthony ist so guter Dinge wie schon lange nicht mehr. Zum Glück hat man ihm bereits als Kind beigebracht, dass es sich nicht schickt, offen seine Gefühle zu zeigen. Im Frühling scheint seine kindliche Freude jedoch wie unter einem dünnen Schleier hervorzuleuchten.

«Der Frühling naht», begann er gestern Abend lächelnd. «Ich freue mich, euch mitteilen zu dürfen, dass wir für die ersten sieben Wochen bereits ausgebucht sind!»

Mrs. Wakefield brach das Eis, indem sie zu klatschen begann. Die anderen folgten ihr so eilig, als bräuchten sie ein Ventil für ihre Gefühle.

Anthony erinnerte daran, dass wir die Anzahl der Gästezimmer von zweiundzwanzig auf vierundzwanzig erhöht hatten, da der Aufenthaltsraum im Ostflügel und der Spielsalon hier im Haupthaus nur wenig genutzt worden waren, woraufhin wir sie umbauen ließen.

«Ich habe den Eindruck – und ich weiß, dass ich das nicht sagen sollte, weil meistens sowieso nicht das eintritt, was man erwartet –», fuhr er fort, «aber ich glaube, es wird nicht mehr lange dauern, dann müssen wir unsere Gäste auf eine Warteliste setzen.»

Er war sehr aufgeregt, und ich glaubte zu wissen, wohin das alles führen sollte. Ich senkte den Kopf und hoffte nur, er würde es nicht übertreiben. Wie immer schloss er mit ein paar Lobesworten an unsere abendlichen Gäste, indem er sich zuerst an Miss Lynch wandte und sagte, jedem sei bewusst, dass die blitzsauberen und gemütlichen Zimmer allein ihr zu verdanken seien. Er behauptete sogar, aus zuverlässiger Quelle zu wissen, dass unsere Gäste nach einem anstrengenden Tag es kaum erwarten konnten, in ihre Zimmer zurückzukehren, wo sie von Vasen voller Blumen, Vogelgezwitscher am offenen Fenster und einer weichen, flaumigen Bettdecke erwartet wurden. (Allerdings übertrieb er für meinen Geschmack etwas, als er die Bettdecke mit geschlagener Sahne verglich.)

Auch Sean erhielt seine Portion Lob.

«Du gibst allen das Gefühl, als hätten sie eine gute Tat vollbracht und Dankbarkeit dafür verdient. Du und das Personal, ihr seid immer zu Diensten, aber niemals aufdringlich, stets unsichtbar, aber immer in der Nähe.»

Er sagte, dass Mr. und Mrs. Wakefield die vorzüglichsten Rebhühner züchteten, die er je gegessen hatte.

«Und das Wohl unserer Gäste liegt Ihnen ebenso am Herzen wie uns.»

Zufrieden klopfte er Old Marshall auf die Schulter, räusperte sich dann und tastete nach einem Taschentuch, um sich die Augen zu trocknen.

«Meine liebe Disa», sagte er und senkte die Stimme. «Du hast Leben in dieses Haus gebracht und ihm eine Seele geschenkt, als es noch kalt und düster war, und du hast mir gestattet, all diese Jahre an deiner Seite zu sein.»

Ich stand auf und half ihm, sich zu setzen – besser gesagt, drückte ich ihn in seinen Stuhl.

«Na, na», sagte ich. «Du solltest besser damit aufhören, bevor noch alle in Tränen ausbrechen. Jedenfalls ist die Forelle jetzt fertig.»

Nachdem wir Platz genommen hatten, griff er unter dem Tisch nach meiner Hand und drückte sie mehrmals. Daran konnte ich erkennen, dass er noch immer aufgeregt war. Der Liebe.

«Morgen fährt Disa nach Island», verkündete er nach einer Weile. «Zum ersten Mal nach zwanzig Jahren. Lasst uns alle auf ihr Wohl anstoßen.»

Sie erhoben ihre Gläser. Nach dem Geruch zu urteilen, waren die Äpfel in der Küche fast fertig.

In der zweiunddreißigsten Ausgabe des Ratgebers *Nobelhotels für Gentlemen – ein Reiseführer* findet sich auf Seite neunzehn folgende Beschreibung:

> Ditton Hall *liegt wunderschön am Fuße der Mendip-Hügel, zwischen Wells im Osten und dem üppigen Ackerland im Westen. Die Räumlichkeiten sind gepflegt, und es herrscht eine angenehme Atmosphäre. Auch das Land, das die drei Gebäude umschließt, ist reizvoll mit seinen Lilienteichen, Alleen und den sauber zurechtgeschnittenen Hecken. An einem warmen Tag, wenn die Vögel fröhlich im Garten zwitschern, ist es herrlich, sich auf die Mitte letzten Jahrhunderts aus Spanien importierten Steinbänke zu setzen. Das Hotel ist ruhig gelegen und gemütlich. Nichts stört die Erholung der Gäste, es sei denn Sor-*

gen, die sie selbst mitgebracht haben, doch selbst die verfliegen schon nach ein paar Tagen.

Die Umgebung bietet die Gelegenheit zum Fliegenfischen und Reiten, und direkt neben dem Hotel gibt es zwei Hartplätze für Tennisfreunde und ein Kricketfeld.

Das Hauptgebäude wurde Anfang des achtzehnten Jahrhunderts errichtet, 1891 von Lord Lonsdale gekauft und als Ferienhaus und Jagdhütte genutzt. Sein Erbe hat es zu einem Sommerhotel umgebaut und führt es gemeinsam mit seiner Frau. (Das muss in der neuen Ausgabe nächstes Jahr korrigiert werden; Anthony und ich sind natürlich nicht verheiratet.) *Man kann durchaus behaupten, dass das Ehepaar vorbildlich auf diesem Gebiet ist.*

Das Hotel hat zweiundzwanzig Zimmer (auch das müssen wir richtig stellen), *von denen eines gemütlicher als das andere ist. Der Service bietet alles, was das Herz begehrt. Das Personal ist diskret und professionell.*

Doch in einer Hinsicht ist Ditton Hall *allen anderen Landhotels überlegen …*

Es ist wohl besser, an dieser Stelle mit der Beschreibung aus *Nobelhotels für Gentlemen – ein Reiseführer* aufzuhören. Allerdings sollte ich für den Fall, dass jemandem ein Exemplar davon in die Hände fällt, betonen, dass der Autor sich irrt, wenn er behauptet, ich serviere Wachteln mit Datteln; in Wirklichkeit sind es Feigen, die mir ein Freund aus der Provence schickt. Aber der Autor ist nicht der Erste, dessen Geschmacksnerven durch dieses Gericht in die Irre geführt wurden.

Ich erwähne diesen Reiseführer nicht deshalb, weil ich die Aufmerksamkeit auf mich und die Gerichte, die wir unseren Gästen servieren, lenken möchte, sondern weil ich glaube, dass es diesem Buch zu verdanken ist, wenn wir diesen Sommer womöglich viel zu tun haben werden. Nach dem Besuch der Kritiker letztes Jahr hätte ich mir, ehrlich gesagt, nicht so viel Lob erwartet. Nicht, dass ihr Aufenthalt unangenehm gewesen wäre; alles verlief so weit reibungslos. Doch am letzten Tag kam es zu einem Zwischenfall, der Anthony in große Unruhe versetzte.

Anthony und ich saßen mit den Kritikern im Sommerhaus, denn wir wollten vor ihrer Abreise noch Tee mit ihnen trinken. Es war an einem Nachmittag Anfang August, die Sonne schien, und man hörte, wie auf den Tennisplätzen die Bälle hin und her geschlagen wurden. Es muss etwa vier Uhr gewesen sein; zumindest hatte ich noch nicht begonnen, mir über das Abendessen Gedanken zu machen. Wir sprachen über das Kochen, und ich versuchte, ein paar Missverständnisse über Gänse- und Entenleber zu klären. Sie hörten aufmerksam und mit Interesse zu, vor allem der Jüngere der beiden. (Beide waren um die vierzig, glaube ich, aber aus irgendeinem Grund wirkte der eine jünger auf mich, was auch an ihrem unterschiedlichen Körperbau liegen konnte.) Wir verstanden uns gut, denn obwohl sie nicht besonders gesprächig waren, besaßen sie gute Manieren und waren freundlich. Anthony unterhielt sie mit Geschichten aus seiner Jugend und der Zeit, als er hier noch mit seinem Großvater Lord Lonsdale lebte, wobei er sehr angeregt erzählte, denn er hatte den alten Mann gern gehabt und konnte nie an jene sorgenfreien und gemütlichen Tage denken, ohne dabei sentimental zu werden.

Sie waren schon im Begriff, aufzustehen, da platzte ich mit den Worten herein:

«Ist der Name nicht ein bisschen veraltet?»

«Wie bitte?»

«Ich meine den Titel des Reiseführers *Nobelhotels für Gentlemen*, ist der nicht etwas veraltet?»

Sie sahen sich gegenseitig an.

«Heutzutage reisen nicht nur Männer oder entscheiden,

wohin sie in die Ferien oder zur Erholungskur fahren wollen», fuhr ich eilig fort. «Unter uns gesagt, die Frauen haben in diesem Bereich die Männer eingeholt. Wir haben es auch hier beobachtet. Nicht wahr, Anthony?»

Anthony hustete verlegen, stand auf und murmelte, dass der Reiseführer, egal wie er hieß, seriös und verlässlich sei.

Man kann sagen, dass die Situation von einem kleinen Vogel gerettet wurde, der im Sommerhaus gegen die Scheibe geflogen war und eine gewisse Unruhe verursachte, denn wir sprangen alle gleichzeitig auf, um ihm zu Hilfe zu eilen. Unsere Gäste schienen über diese Unterbrechung erleichtert zu sein.

Als sie gehen wollten, hatte sich der Vogel wieder erholt und zwitscherte auf einem Ast irgendwo im Garten. Ich bereitete ihnen ein Lunchpaket mit Lachs, einem Omelette, etwas Brot und sogar einer Flasche Rosé vor. Anthony hingegen, der überzeugt war, dass meine Kritik unser Ende bedeuten würde, versteckte sich völlig außer Fassung im Sommerhaus.

Wie ich schon sagte, sahen alle in stiller Erwartung diesem Tag – oder besser gesagt Abend – entgegen, der während des Essens in heitere Ausgelassenheit mündete. An diesem Abend lag jedoch auch noch etwas anderes in der Luft, etwas Magisches. Im Nachhinein vermute ich, dass Anthonys Ankündigung über meine Abreise am nächsten Morgen etwas damit zu tun hatte.

Als Anthony endlich seine Ansprache beendet hatte, redeten alle durcheinander. Marshall gab Anekdoten über Anthony als kleinen Jungen zum Besten, Miss Lynch und Truelove schmiedeten Pläne für einen Ausflug ans Meer, den sie mit dem Personal unternehmen wollten (wer weiß, ob sie je Zeit dafür finden werden), Anthony erzählte wieder von

Heldentaten während des Krieges, die wir schon kannten und von denen wir wussten, dass sie erfunden waren. Mr. und Mrs. Wakefield machten sich hingegen über unseren Nachbarn Earl of Helmsdale lustig, der in der Vergangenheit zu leben schien und sie manchmal spät nachts weckte, weil er betrunken in den Hof stürzte und versuchte, im Dunkeln Tontauben zu schießen.

So verlief das Abendessen, bis ich den Apfelkuchen hereinbrachte und Old Marshalls Tochter plötzlich sagte:

«Wie stellst du es nur an, immer diese köstlichen Gerichte zuzubereiten?» Sie fügte hinzu: «Einfach überirdisch.»

Alles verstummte, denn ihre Stimme verriet, dass sich hinter der Frage ehrliche Neugierde verbarg und es sich nicht nur um pure Schmeichelei handelte. Das brachte mich in Verlegenheit, denn eine Antwort wäre die stillschweigende Zustimmung gewesen, dass ich dieses Lob verdient hatte. Andererseits, gar nicht zu antworten, wäre unhöflich gewesen.

«Als ich sechsunddreißig das erste Mal nach London kam», begann ich zögernd, ungewiss, wohin meine Antwort führen sollte, «wohnte ich in der Nähe des Holland Parks. Ich hatte ein kleines Zimmer, kaum größer als ein Kaninchenstall. Außer einem Bett, einem Waschbecken, einem Kleiderschrank und einem Schreibtisch stand nichts darinnen. Das Fenster ging auf einen kleinen Platz hinaus, mit einer Bäckerei und einer Apotheke auf der einen Seite. Morgens wurde ich vom Klappern der Lieferwagen geweckt oder von dem Küchenlärm unten, wo Mrs. Brown wohnte, die Bekannte meines Chefs. Sie war klein, dafür eine hervorragende Köchin, die mir – Gott hab' sie selig – viele nützliche Dinge beibrachte.

Eines Abends, als wir in ihrer Küche saßen und auf den Platz sahen, wo es immer dunkler wurde, fragte ich sie, welche Eigenschaften ein guter Koch besitzen müsse.

Sie antwortete geradeheraus: ‹Er muss ein gottloser Sünder sein.› ‹Was?›, rief ich. ‹Ja›, fuhr sie fort. ‹Er muss ein so schlimmer Sünder sein, dass er nur auf Erlösung hoffen kann, wenn er andere durch sein gutes Essen glücklich macht.›»

Für gewöhnlich vermeide ich es, von jenen Jahren zu erzählen, die ich vor dem Krieg in London verbracht hatte. Vermutlich haben mir deshalb auch alle so aufmerksam zugehört. Ich glaube, dass ich nicht sonderlich viel Zeit darauf verwendet habe, mir über diese Jahre Gedanken zu machen. Wahrscheinlich gab ich mir sogar alle Mühe, sie zu vergessen. Mit dieser Geschichte hatte ich jedoch in alten Erinnerungen gegraben, die besser unberührt geblieben wären. Vielleicht verriet mein Gesichtsausdruck mein Unbehagen, denn sobald das Lachen über die Geschichte von Mrs. Brown und ihren Sünden verhallt war, wurde es still.

Lydia, Old Marshalls Tochter, war die Erste, die sich wieder gefangen hatte, und sagte:

«Die Sünden können wohl kaum die Erklärung dafür sein. Sonst wären wir alle bessere Köche als du.»

Alle brachen wieder in Gelächter aus und erhoben eilig ihre Gläser. Nun folgten Geschichten über schreckliche Sünder, denen man noch nicht einmal das Eierkochen anvertrauen konnte, ohne damit eine Katastrophe heraufzubeschwören.

Ich nutzte die Gelegenheit, rasch in der Küche zu verschwinden und mich draußen auf die Stufen zu stellen, wo ich die abendliche Luft einsog und die Stille genoss, die über allem lag. Mein Liebling Tina kam zu mir, und so sagte ich ihr, dass ich sie während meiner Abwesenheit sehr vermissen würde.

Als ich bemerkte, dass ich drauf und dran war, mich selbst davon zu überzeugen, dass es wohl besser wäre, meine Reise nach Island hinauszuschieben, ging ich zu unseren Gästen zurück. Ich hatte Angst, dass dieser Gedanke in mir Fuß fassen könnte, wenn ich noch länger allein bliebe.

Im Traum verändert sich seine Augenfarbe, sie ist zuerst braun, dann blau, wenn seine Hände über meinen Körper streichen. Sein Atem geht rasch und heftig, sein von Schweiß durchtränktes Haar fällt auf mein Gesicht. Ich kann mich nicht bewegen; so sehr ich mich auch winde, ich werde ihn nicht los.

An jenem Morgen war ich früh aufgewacht. Den Abend zuvor war der Handwerker hier gewesen, um den Herd zu reparieren, und ich musste nachsehen, ob das Gas wieder richtig funktionierte und mit steter Flamme brannte. Es war mitten im Sommer, wir hatten Hochsaison, und ich konnte nicht riskieren, dass der Herd ausfiel.

Als ich kurz vor Mitternacht nach oben zu Bett gegangen war, arbeitete der Techniker immer noch, doch als ich um fünf Uhr morgens herunterkam, waren er und seine Werkzeuge verschwunden. Ich erinnere mich noch daran, dass mir auffiel, wie sauber er alles hinterlassen hatte.

Ich war mit dem Feuer recht zufrieden, und so wurde mir erst um zwei Uhr mittags bewusst, dass ich seit dem Morgengrauen ununterbrochen am Herd gestanden hatte, ohne mich auch nur ein einziges Mal hinzusetzen. Die ersten Stunden nach der Reparatur wollte ich selbst ein Auge auf den Herd werfen, und außerdem hatten wir an jenem Tag ungewöhnlich viele Gäste zum Mittagessen. Wie auch immer, um zwei Uhr hatte sich der Speisesaal langsam geleert, und die Gäste waren hinausgegangen. Einige, um ihre Angeln für den Forellenfang vorzubereiten, andere, um den milden Nachmittag zu genießen und spazieren zu gehen oder auszufahren. Ich sah mich im leeren Speisesaal um, horchte auf die Stille und bemerkte erst jetzt, wie erschöpft ich war.

Ich bin noch nie imstande gewesen, mich tagsüber hinzulegen, wollte nie auf diese Art Zeit verschwenden, also beschloss ich, mich im Zimmer mit den Spieltischen im Ostflügel in meinen Lieblingssessel zu setzen. Es gab zwei Gründe, weshalb ich diesen Lehnstuhl mochte. Erstens war er besonders bequem, und zweitens hatte man von hier einen Blick über die Hügel nach Norden, wo die Wolken oft wunderschöne Muster am Himmel zeichneten.

Ich seufzte erleichtert, als ich mich setzte, und ehe ich mich versah, hatte ich mich so entspannt, dass mir die Augenlider zufielen. Doch aus irgendeinem Grund störte irgendetwas von Anfang an meine Ruhe. Schon bald befand ich mich in jenem Zustand zwischen Schlafen und Wachen, in dem das Unterbewusstsein einem zuflüstert, dass man schläft, gleichzeitig war ich aber auch völlig erschöpft und dem Vergessen ausgeliefert. Zuerst hatte ich den Eindruck, mich in der Küche des Hauses in Fjolugata zu befinden. Die Morgenzeitung lag vor mir auf dem Tisch, doch etwas stimmte mit der Überschrift nicht. Das Datum 16. Oktober 1940 stach groß wie eine Schlagzeile hervor. Ich saß auf einem hohen Stuhl am Küchentisch mit der Zeitung vor mir, doch die Seiten waren so schwer, dass ich sie nicht umblättern konnte. Beunruhigt versuchte ich sie mit beiden Händen anzuheben, doch ohne Erfolg. In dem Augenblick hörte ich von oben die Hausherrin rufen: «Disa, es ist Weihnachten! Zünde die Kerzen an! Es ist Weihnachten. Weihnachten!»

Ich stand auf, zögerte aber, als ich den Zigarrenrauch roch, der aus dem Arbeitszimmer zu mir herüberwehte, und ich meinen Arbeitgeber laut sagen hörte: «Heute hat sie ihre Tabletten genommen.»

«Es ist Weihnachten!», kam wieder der Ruf von oben. «Lasst uns die Kerzen anzünden, es ist zu dunkel hier drinnen …»

Ich versuchte, zur Tür zu gelangen, doch meine Beine waren bleiern wie die Zeitungsseiten. Zum ersten Mal drängte sich *seine* Stimme in den Traum:

«Dann sagte Herr Himmler zu mir …» Und mit Nachdruck wiederholte er: «Dann sagte Herr Himmler zu mir …»

«Zu mir, zu mir, zu mir», tönte das Echo in meinem Kopf,

so dass ich mir die Hände auf die Ohren hielt. Dann ertönte erneut die Stimme der Hausherrin:

«Es ist viel zu dunkel hier!»

Voller Angst schloss ich meine Augen, als wollte ich mich in mir selbst verkriechen. Als ich sie wieder öffnete, war es so stockdunkel, dass man die Hand nicht vor den Augen sehen konnte. Wie schon zuvor vermochte ich weder Hände noch Füße zu bewegen, doch nun lag ich auf dem Rücken und befand mich anscheinend in seinem Bett im Keller. Er lag auf mir, ich konnte seinen Atem auf meinem Gesicht spüren und fühlte seine Hände unter meinem Rock. Ich versuchte mich zu befreien, konnte mich aber nicht bewegen, ich versuchte zu schreien, brachte jedoch keinen Ton heraus. Als er in mich eindrang, fuhr ich zitternd aus dem Schlaf in meinem Sessel hoch.

Ich weiß nicht, ob ich meine Umgebung bewusst wahrnahm; meine ganze Aufmerksamkeit war auf jemanden gerichtet, der unaufhörlich schrie. Es war ein schreckliches Geräusch, wie das einer vor Schmerz schreienden Frau. Sie war nicht weit entfernt, vielleicht im Nebenzimmer. Ich sprang auf und fand glücklicherweise in meiner Schürzentasche sogleich den Schlüsselring. Ich stürzte auf den Gang und lief den Geräuschen entgegen, die mit jedem Schritt lauter wurden, steckte meinen Hauptschlüssel in die Zimmertür und stürmte hinein.

Aus verschiedenen Gründen fällt es mir schwer, die nächsten Minuten zu beschreiben. Ich werde dennoch versuchen, so kurz wie möglich zu erklären, was ich zu sehen glaubte, denn es hat keinen Sinn, die Geschichte weiter auszuführen.

Ihre Hände waren an das Bett gefesselt, doch ich konnte ihr Gesicht nicht sehen, denn es war von einem Mann verdeckt, der sich zwischen ihren Beinen zu schaffen machte. Wie ein Irrsinniger drang er in sie ein, sein Hintern war von Schweiß bedeckt, und er stöhnte fürchterlich.

Mehr brauchte ich nicht zu sehen, ich stürzte mich in den

Kampf und packte ihn bei den Haaren. Wir fielen auf den Boden, stießen mit dem Tisch neben dem Bett zusammen, worauf eine Blumenvase herunterfiel und zerbrach. Kreischend vor Angst befreite sich die Frau von ihren Fesseln, und noch lauter um Hilfe brüllend griff sie nach einem Kissen und drückte es an sich. Der Mann stand taumelnd auf, und als ich endlich sein Gesicht sehen konnte, hörte ich auf. Sein Ausdruck verriet weder Gewalt noch Wut, sondern lediglich Verwunderung und Angst. Erst jetzt begriff ich, dass ich einen Fehler gemacht hatte.

Ich lief aus dem Raum und blieb erst wieder stehen, als ich in meinem Zimmer angelangt war und die Tür hinter mir verschlossen hatte. O Gott, wie peinlich! Welch eine Demütigung! Ich ging auf und ab und vergewisserte mich immer wieder, ob die Tür auch verriegelt war, dann ließ ich mich auf einen Stuhl in der Ecke fallen und brach zusammen.

Während ich kopflos drauflosgerannt war, um mich zu verstecken, war ich im Haupthaus wohl an Miss Halsey vorbeigekommen. Ich weiß noch, dass sie fragte: «Was ist los?», aber keine Antwort von mir erhielt. Ich vermute, dass sie es war, die Anthony herbeiholte und ihm erklärte, dass ich mich in einem schrecklichen Zustand befände. Als ich ihn nach langem Warten vor der Tür endlich hereinließ, stellte er mir keine Fragen.

Die Gäste, in deren Zimmer ich hereingeplatzt war, kamen aus Manchester, wohnten bereits seit zwei Tagen bei uns und hatten eigentlich noch einen weiteren Tag hier bleiben wollen. Mich wunderte nicht, dass sie nun beschlossen, ihren Aufenthalt kurzfristig abzubrechen und noch an diesem Tag abzureisen. Ich blieb für die nächsten achtundvierzig Stunden im Bett.

Anthony sagte mir, dass er weder für das Essen noch für die Übernachtung eine Zahlung entgegengenommen hätte. Ich hörte ihm schweigend zu und erhob keinerlei Einspruch.

Als ich letzte Nacht aufgewacht bin, musste ich an Mrs. Wakefield denken. Sean Truelove (der Arme ist mit diesem Nachnamen wirklich gestraft) hatte begonnen, über Wahrheit und Lüge zu sprechen. Warum, weiß ich nicht mehr. Er stellte folgende Frage: «Wenn jemandem eine Geldsumme gestohlen wird, von der er zunächst gar nicht wusste, dass er sie besaß, hat er dann wirklich etwas verloren? Wenn jemand einem anderen eine Lüge auftischt, um ihn vor einer Enttäuschung zu bewahren, hat er dann etwas Falsches getan?» «Geben Sie ein Beispiel», verlangte Mr. Wakefield, der diese Ausführungen wohl zu philosophisch fand.

«Zum Beispiel», erwiderte Sean Truelove, «wenn ein Mann seine Frau betrügt, ihr es aber verschweigt, tut er ihr dann im Grunde nicht einen Gefallen damit, weil die Wahrheit sie nur verletzen würde?» Peinliches Schweigen – auch Sean wurde bewusst, welchen Fauxpas er begangen hatte.

Jeder – außer Mrs. Wakefield natürlich – wusste, dass ihr Mann untreu war. Anthony hatte ihn dabei erwischt, wie er sich mit einem der Zimmermädchen vergnügte, das für ein paar Sommer hier gearbeitet hatte. Wenn ich mich recht entsinne, wurden sie in Zimmer zwölf auf frischer Tat ertappt. Mir fiel auf, dass Anthony sich bei diesem Gespräch unwohl fühlte; er stand auf, öffnete das Fenster, um den Zigarrenrauch hinauszulassen, und sagte etwas über das Wetter, indem er auf den Mond im Osten zeigte. Als ich letzte Nacht aufgewacht bin, hatte auch ich das Gefühl, dass Truelove uns alle in seiner Dummheit irgendwie an den Rand eines Abgrundes geführt hatte, selbst wenn das natürlich nicht in böser Absicht geschehen war.

Da saß Mrs. Wakefield munter lächelnd neben ihrem Mann, während Sean versuchte, sich aus dieser Falle zu befreien, ohne die Wahrheit preisgeben zu müssen.

«Ist es nicht manchmal besser, so wenig wie möglich zu wissen?», hörte ich den armen Kerl stammeln. Diese Feststellung grub sich in mein Gedächtnis, denn ich muss zugeben, dass mein Leben wohl anders verlaufen wäre, wenn ich bestimmte Dinge, die ich eigentlich nicht wissen sollte, auf sich hätte beruhen lassen.

Manchmal habe ich den Eindruck, dass Anthony meinem Vater ähnlich sieht. Gestern Abend fiel es mir auf, als die Mädchen sauber gemacht hatten und Anthony neben dem Küchenfeuer saß, das eine seiner Wangen beleuchtete. Er schien nachdenklich zu sein, und obwohl er aus dem Fenster sah, glaubte ich nicht, dass sein Blick auf etwas Bestimmtes gerichtet war; es war ja dunkel draußen. In diesem Augenblick erinnerte er mich an meinen Vater, wie er abends in der Apotheke, die an sein Sprechzimmer grenzte, an seinem Schreibtisch saß, Pfeife rauchte und ein Buch las oder sich die Zeit damit vertrieb, Tagebuch zu schreiben. Wenn ich nicht einschlafen konnte, schlich ich oft zu ihm hinunter. Ich ging dann in das Sprechzimmer, öffnete die Tür zur Apotheke einen Spaltbreit, steckte meinen Kopf hindurch und bat ihn mit flehentlichen Blicken, mich hereinzulassen.

«Disa, Disa Liebling. Bist du immer noch wach?», fragte er meistens lächelnd.

Dann rannte ich zu ihm, kletterte auf seinen Schoß und ließ ihn über meine Haare streicheln, während ich mich an ihn kuschelte.

«Ist ja gut, Schatz, mach die Augen zu und denk an etwas Schönes», fügte er dann hinzu, und kurz darauf schlief ich für gewöhnlich ein.

Beide haben sie dieselben hellen Augen und die hohe Stirn, und bei beiden verbirgt sich hinter dem Lächeln eine Spur von Traurigkeit. Als ich noch ein Kind war, dachte ich, dass es die Müdigkeit sei, aber wenn ich heute zurückblicke und ihn so in seinem Stuhl am Apothekertisch sitzen sehe, denke ich, dass es Traurigkeit war. Natürlich war er auch müde; das Leben eines Bezirksarztes an der Küste des Nördlichen Eismeeres war eine endlose Plackerei. Meine Schwester Jorunn sagte später, dass er zu viele Menschen hatte sterben sehen, ohne etwas dagegen unternehmen zu können. Vielleicht war etwas Wahres daran.

Anthony sah nachdenklich aus. Als er bemerkte, dass ich in die Küche gekommen war, lächelte er mich an und fragte, ob ich vor dem Schlafengehen noch einen Spaziergang machen wollte.

«Vielleicht runter zum Bach? Einfach um ein bisschen frische Luft zu schnappen.»

Wir gingen hinaus. Der Himmel leuchtete voller Sterne, Mondlicht flutete die Böschung hinunter zum Bach und schimmerte unten auf dem Dach des Treibhauses. Wir gingen Hand in Hand, und dabei fiel mir auf, dass er meine Hand fester als sonst hielt.

«Disa, Liebling», sagte er schließlich, als wir die Brücke erreichten, «mir geht seit Tagen etwas durch den Kopf.»

Wir blieben auf der Brücke stehen, blickten auf den Bach hinunter und dann den Hügel hinauf zum Haus. Diese Aussicht beruhigt mich immer wieder.

«Mir geht etwas durch den Kopf», wiederholte er, und im selben Augenblick verschwand der Mond hinter einer Wolke, so dass das einzige Licht von ein paar beleuchteten Fenstern oben am Hügel kam.

«Ich habe manchmal das Gefühl», fuhr er zögernd fort, «manchmal glaube ich, dass du nicht glücklich mit mir bist. Manchmal mache ich mir Sorgen ... Naja, ich bin eben, wie ich bin. Ich wünschte, ich wäre anders, aber jeder hat nun mal sein Kreuz zu tragen. Ich möchte nur, dass du weißt, wie gern ich dich habe. Nie hat mir jemand so viel bedeutet wie du.»

Ich beschloss, dieser Rede ein Ende zu setzen, denn ich wusste, welch eine Qual es für ihn war. Mein lieber Anthony, wie schlecht er aussah. Ich merkte das, als der Mond wieder hinter den Wolken hervorkam.

Ich versuchte ihn zu trösten, indem ich ihm sagte, dass ich ihn genauso gern hätte wie er mich. «Ich war noch nirgendwo so glücklich wie hier», sagte ich. «Hier ist mein Zuhause.»

Er nahm mich in die Arme. Seine Wangen waren feucht.

«Du wirst doch zurückkommen, nicht wahr?»

Ich musste lächeln.

«Natürlich werde ich zurückkommen. Du müsstest doch am besten von allen wissen, wie oft ich diese Reise schon hinausgeschoben habe.»

Als wir zurückgingen, fegte ein Windstoß über die Felder, bog die Gräser und ließ die Blätter in den Bäumen zittern. Wir blieben stehen, um dem Geflüster zu lauschen. Es klang nach Frühling.

«Ich werde dich morgen nach Leith begleiten», kündigte er an.

«Das werden wir morgen früh sehen», antwortete ich.

ZWEITER TEIL

Ich war überrascht.
«Elf Pfund!», rief ich ungläubig. «Du warst doch nicht etwa damit einverstanden?»

Wie immer, wenn das Gespräch auf Geld kam, wich Anthony mir aus und meinte, elf Pfund seien ein angemessener Lohn, wenn man bedenke, dass es sich für den Fahrer um eine achtundvierzigstündige Reise handelte, während der er nicht nur auftanken musste, sondern auch Verpflegung und Unterkunft für mindestens eine Nacht zu bezahlen hatte.

«Zwei Nächte, falls er es sich nicht mehr zutraut, ohne Pause von Leith zurückzufahren.»

Aber natürlich hatte ich es bereits ausgerechnet, mit dem Ergebnis, dass – bei großzügiger Schätzung – Benzin, Essen und Getränke, Übernachtung und Frühstück in einer sauberen Unterkunft zusammen nicht mehr als vier Pfund kosten durften. Wenn man von anständigen, aber nicht allzu teuren Cafés ausging, dann bräuchte er vielleicht sieben Pfund. Der Wertverlust eines vier Jahre alten Wagens in achtundvierzig Stunden fiel ja wohl kaum ins Gewicht. Zugegeben, ein hübsches Fahrzeug: ein Jaguar de luxe, wie Sean Truelove mir einmal erklärt hatte. Eher Jahrgang 1957 als 1958.

Also sagte ich Anthony, dass ich diesen Betrag unerhört fand, und bat ihn, mit dem Fahrer neu zu verhandeln. Zugleich erinnerte ich ihn daran, dass dieser Mann schon des Öfteren unsere Gäste kutschiert hatte, wenn nach einem Wagen mit Chauffeur verlangt wurde; wir setzten uns immer zuerst mit ihm in Verbindung, riefen ihn zu uns und begleiteten die Gäste zum Auto. Mit anderen Worten, wir verschafften ihm Arbeit, ohne dass er dafür auch nur einen Finger rühren musste.

«Und was haben wir davon?», fragte ich. «Nichts. Nicht einen Heller. Wir haben ihn noch nicht einmal um eine Beteiligung gebeten.»

Anthony seufzte und schob sich ein Stück Schokolade in den Mund.

Inzwischen war ich so aufgebracht, dass ich nicht mehr aufhören konnte:

«Und wenn wir ihn einmal brauchen, schröpft er uns! Es macht ihm überhaupt nichts aus, uns auszunehmen!»

«Lass uns das Thema wechseln», meinte Anthony. «Über Geld zu sprechen, bekommt dir nicht.»

Sein Ton gefiel mir nicht, und das sagte ich ihm auch. Ich erinnerte ihn daran – doch vielleicht hätte ich das nicht tun sollen –, dass am Ende immer ich es war, die unsere Finanzen regeln musste; er solle sich nur einmal vor Augen halten, wie sehr er in der Klemme gesteckt hatte, als ich 1941 hier aufgetaucht sei. «Trotzdem konnte man dich nie dazu überreden, auch nur ein einziges Bild zu verkaufen, und man musste dich jahrelang beackern, bis du endlich damit einverstanden warst, dich von deinen Besitztümern in Devon zu trennen. Es macht mich ganz krank, wenn ich nur daran denke, wie viel Geld du verschleudert hast, bevor wir uns kennen gelernt haben.»

Er stand auf und ging zur Tür. Ich sah, dass es ihn heroische Anstrengungen kostete, die Selbstbeherrschung zu wahren. Auf der Türschwelle drehte er sich um.

«Er hat dir eine Ermäßigung gegeben. Vierzig Prozent. Bist du nun zufrieden?»

«Wie bitte?»

«Anfangs wollte er gar keine Vergütung, doch als ich auf einer Bezahlung bestand, wollte er keinesfalls mehr als das nehmen. Geh runter in die Rezeption und schau auf seine Preisliste, wenn du mir nicht glaubst. Sie liegt auf dem Tisch.»

Als er hinausging, konnte er sich gerade noch zurückhalten, die Tür hinter sich zuzuknallen.

Als ich später an diesem Tag etwas zu besorgen hatte und an der Rezeption vorbeikam, warf ich einen kurzen Blick auf die Preisliste. Ehrlich gesagt, war ich ziemlich erschüttert, dass der Fahrer bei den Verhandlungen mit Anthony scheinbar die Oberhand gewonnen hatte, aber bei näherer Prüfung stellte ich dann doch fest, dass der Mann uns mehr als fünfzig Prozent erlassen hatte.

Ausgerechnet Anthony hatte mich so angeherrscht; bestimmt hing das auch mit meiner bevorstehenden Reise nach Island zusammen.

Keiner von uns beiden erwähnte die Angelegenheit noch einmal, und als wir später am Abend allein waren, taten wir so, als wäre nichts geschehen.

Aber der Zwischenfall bereitete mir doch Sorgen, das lässt sich nicht leugnen.

Nach drei Stunden unterbrachen wir unsere Fahrt für ein spätes Mittagessen. Unterwegs war ich für ein paar Minuten eingenickt, so dass ich mich jetzt ganz wohl fühlte. Der Jaguar war in tadellosem Zustand und sehr geräumig. Und der Fahrer war so freundlich, mich mit überflüssigen Fragen zu verschonen. Als ich aufwachte, sagte er nur, dass ich nichts verpasst hätte außer einem kurzen Regenschauer. Ein paar Wassertropfen hingen noch an der Windschutzscheibe.

Nichts, aber auch gar nichts störte meine Ruhe, als ich es mir auf dem Rücksitz bequem machte. Vielleicht auch aus diesem Grund begann ich mich zu fragen, warum ich immer so zufrieden war, wenn ich in England unterwegs war. Die Antwort liegt womöglich in den Worten des Fahrers, dass ich absolut nichts versäumt hätte, während ich so vor mich hindöste. Bevor ich eingeschlafen war, erstreckten sich, so weit das Auge sehen konnte, Felder, nur unterbrochen von Hecken, Bäumen oder schönen Steinmäuerchen. Die Straßen fügten sich äußerst harmonisch in die Landschaft ein, als wären sie schon seit undenklichen Zeiten hier und eher von Gottes-, als von Menschenhand erschaffen worden. Natürlich ist diese Landschaft auf ihre Weise prächtig, aber ich empfinde sie vor allem als beruhigend, frei von grellen Auffälligkeiten. Die Landschaft, die an diesem Morgen an mir vorbeizog, mag im Vergleich zur isländischen nicht sonderlich aufregend sein, birgt jedoch den Vorteil, dass sie die Aufmerksamkeit des Betrachters nicht übermäßig beansprucht, so dass man sich seinen Gedanken überlassen kann. Als wir an einem spiegelglatten See vorbeifuhren, fiel mir ein, dass ich eigentlich seit jeher Reisen in die Wildnis oder in Gegenden vermied, die auch nur im Entferntesten etwas Bedrohliches haben.

Als wir den wunderschönen, in seiner Ruhe gläsern wirkenden See hinter uns gelassen hatten, dachte ich an die schroffe isländische Landschaft, die Berge und Felder, die mehr Zeit unter Schneedecken als in der Sonne verbringen, und plötzlich kamen mir wieder verschiedene Ausflüge in den Sinn, die ich eigentlich gehofft hatte, vergessen zu können. Da mir plötzlich unwohl war, bat ich den Fahrer anzuhalten und ging zum Seeufer hinunter. Draußen auf dem See saßen zwei Männer in einem Boot und warfen ein Netz aus. Sie bewegten sich langsam – aber vielleicht wirkte das auch nur aus der Entfernung so. Nach dem Regen war die Luft klar und frisch, und ich atmete tief den Duft des wachsenden Grüns ein, als plötzlich die Wolken aufrissen und die Sonnenstrahlen sich wie ein gelbes Tuch über Wasser und Boot legten. Ich fühlte mich schon wieder besser, und wir setzten unsere Reise fort.

«Ich kann mich nicht erinnern, dass mir je zuvor im Auto

schlecht geworden wäre», sagte ich zum Fahrer, als er mir die Hintertür öffnete und sich nach meinem Zustand erkundigte. «Ich muss wohl noch etwas müde sein.»

Wie ich nun zum Fenster hinaus auf die Landschaft schaute, dachte ich unwillkürlich auch über die Eigenarten der Engländer nach. Die Engländer – ich erlaube mir hier eine Verallgemeinerung, obwohl ich mich natürlich vorwiegend auf die gehobene Mittelklasse und die alteingesessenen Familien beziehe – sind von Natur aus zurückhaltend und ausgeglichen. Sie zeigen nur ungern ihre Gefühle, und sollten sie sich doch einmal über sich selbst Gedanken machen, so behalten sie diese für sich. Sie achten darauf, andere nicht mit ihren persönlichen Angelegenheiten zu belästigen, denn im Grunde gibt es nichts Ermüdenderes als Leute, die bei jeder Gelegenheit ihr Herz ausschütten. Es hört sich vielleicht so an, als hielte ich sie für kühl und reserviert, aber so will ich es nicht verstanden wissen: Viele Engländer sind warmherzig und zuvorkommend, und der Umgang mit ihnen ist äußerst angenehm.

Ich kann mich zum Beispiel nicht entsinnen, dass Anthony je über seine sexuellen Neigungen mit mir gesprochen hätte. Obgleich inzwischen zwanzig Jahre seit dem Tag vergangen sind, an dem wir zum ersten Mal gemeinsam Ditton Hall betraten und er mir zuflüsterte: «Glaubst du nicht, dass man das hier mit ein bisschen Arbeit zu einem erstklassigen Hotel machen könnte?»

«Ich glaube nicht, dass mir das gelingen würde», hatte ich damals erwidert.

«Was? Niemand schafft das besser als du.»

«Ach, ich weiß nicht. Wäre es nicht klüger abzuwarten, bis der Krieg vorbei ist? Niemand wird in nächster Zeit hierher kommen. Und was ist mit der Rationierung …?»

«Wir müssen jetzt anfangen, wenn das Haus fertig werden soll», antwortete er. «Der Krieg wird zu Ende gehen, von Brot allein wird man nicht satt.»

In all den Jahren hat er sich nie bei mir über sein Schicksal beklagt, auch wenn mancher vermuten mag, er hätte dazu durchaus Grund gehabt. Oft ist es besser, die Wahrheit auf sich beruhen zu lassen, nicht jeden Stein herumzudrehen, um nachzuschauen, was darunter liegt. Wie sinnlos es ist, der Vergangenheit nachzuhängen und sich vorzustellen, dass das eigene Leben eine ganz andere Richtung hätte nehmen können. Nein, dabei kommt nichts heraus.

Manchmal muss man sich eben Gewalt antun, um seine Gedanken und Gefühle zu beherrschen, aber das zahlt sich aus. Die Belohnung wartet schon, ob es nun ein Korb voller Eier ist oder das Vogelgezwitscher an einem friedlichen Tag. Wenn die Träume sie in Ruhe lassen, kann die Seele sich auch an Kleinigkeiten erfreuen.

Auf dem Weg hierher war mir ein bisschen kalt geworden, und so bestellte ich mir eine heiße Suppe, nachdem ich Platz genommen hatte. Da ich der einzige Gast war, die anderen Tische, zwölf an der Zahl, leer waren, wurde ich sofort bedient.

Die Dorfgrenze bildet ein kleiner Bach, der ruhig zwischen grasbedeckten Ufern dahinfließt. Auf dem Ortsschild, welches sich an der gegenüberliegenden Seite befindet, prangt der Name Bevenford. Auf dieser Seite der kaum befahrenen Straße stehen ein paar Dutzend Häuser dicht zusammengedrängt. Ich glaube nicht, dass mehr als zweihundert Menschen hier leben, obwohl die Kellnerin sagte, sie wüsste es nicht, als ich sie danach fragte. Nach ihrer Miene zu schließen, hielt sie die Einwohnerzahl für so gering, dass es ihr peinlich war, sie auszusprechen. Das überraschte mich nicht; ich erinnere mich, dass ich in meiner ersten Zeit in Reykjavik entweder immer übertrieb oder so tat, als wüsste ich es nicht, wenn mich jemand fragte, wie viele Menschen in dem nordisländischen Dorf lebten, wo ich aufgewachsen war.

Jedenfalls fuhren wir langsam über die Brücke ins Dorf und hielten vor dem ersten Haus, einer grün-weiß gestrichenen Autowerkstatt, an deren beiden Vorderseiten BP-Schilder hingen. Ich hatte Hunger, aber der Chauffeur wollte tanken und das Öl kontrollieren, und so verließen wir die holprige Straße und fuhren hinauf zur Werkstatt. Da der Fahrer ein Lunchpaket bei sich hatte, ließ ich ihn am Wagen zurück und durchquerte zu Fuß das Dorf, in der Hoffnung, irgendwo eine Essensmöglichkeit zu finden. Es war kein weiter Weg, eine Viertelmeile höchstens, doch als es zu regnen begann, wurde mir kalt. Meinen Mantel hatte ich auf der Rückbank des Wagens liegen lassen. Ich beschleunigte meinen Schritt. Der unaufhörliche Nieselregen würde mich noch völlig durchnässen, wenn ich mich nicht bald irgendwo unterstellen könnte. Nach den Blicken zu urteilen, die der Bäcker und der Mann vorm Krämerladen mir zuwarfen, als ich die Hauptstraße entlanglief, muss ich recht schnell gewesen sein.

Die Suppe wärmte mich sogleich auf, und das vorzügliche Omelette überraschte mich angenehm. Mir kam wieder eine Geschichte über Madame Poulard in den Sinn, die das Hôtel de la Tête d'Or in der Normandie führte und die für ihre unvergleichlichen Omelettes bekannt war. Irgendjemand verglich diese Eierkuchen einmal mit Tänzerinnen auf dem Wasser. Es war also nicht verwunderlich, dass die Reisenden sich ihren Weg zum Mont St. Michel bahnten, nur um sie zu probieren, und es wurde zu einer Art Sport, herauszufinden, welcher Zauberei Madame sich bei ihrer Zubereitung bediente. Einige behaupteten, dass sie das Eiergemisch mit Wasser verdünnte, andere bestanden darauf, dass es sich nicht um Wasser, sondern um Sahne handelte, während wieder andere fest davon überzeugt waren, dass die geheimnisvolle Zutat Hühnerbrühe sei. Erst 1932, als Madame Poulard sich zur Ruhe gesetzt hatte, kam ihr Landsmann Robert Viel auf die Idee, ihr einen Brief zu schreiben und sie um die Lösung des Rätsels zu bitten. Ihre Antwort wurde von der Zeitschrift *La Table* veröffentlicht:

6. Juni 1932

Sehr geehrter Monsieur Viel,
nachstehend finden Sie das Rezept, um das Sie mich gebeten haben:
Eier in eine Schüssel geben und gut schlagen; ein Stück Butter in eine Bratpfanne geben, die Eier hinzufügen und unter ständigem Schwenken der Pfanne die Eier braten.
Ich hoffe, Monsieur, Ihnen mit diesem Rezept gedient zu haben.

Annette Poulard

Nachdem Anthony eingesehen hatte, dass er zurückbleiben musste, anstatt mich zum Schiff zu begleiten (bevor er endlich resigniert nickte, zog er zum Zeichen des Protests seine Mundwinkel zu scharfen Linien hinunter), riet er mir, Tagebuch über meine Reise zu führen. Er meinte, dass mir dies gute Gesellschaft bei meiner Fahrt leisten würde, denn es sei nicht nur heilsam, die eigenen Gedanken festzuhalten, sondern auch die störenden zu bannen. Tatsache aber ist, dass es schon lange meine Angewohnheit war, dies und jenes aufzuschreiben, ohne dass ich es irgendjemandem gegenüber erwähnt hätte. Nicht einmal Anthony wusste davon, umso dankbarer nahm ich sein Geschenk und die damit verbundene Herausforderung an. Es war ein schönes, dickes, in Leder gebundenes Buch mit glatten Seiten.

Ich trinke gerade ein Glas Rosé, als das Wetter aufzuklaren beginnt und plötzlich Sonnenstrahlen durch das Fenster dringen, an dem ich sitze. Das Licht flutet durch den ganzen Raum über die leeren Tische und Stühle, das Tagebuch, meine Hände und schließlich auch über die hellblaue Tapete mit den galoppierenden weißen Pferden darauf. Ich fühle mich gut, und die Zweifel, die mir an diesem Morgen gekommen waren, haben sich inzwischen verflüchtigt, so dass ich voller Optimismus der weiteren Reise entgegensehe. Als ich das Glas absetze, fährt draußen zum zweiten Mal ein kleines Kind mit seinem Dreirad vor meinem Fenster vorbei und schlängelt sich geschickt zwischen den Pfützen auf der Straße hindurch. Ich will dieses Kind in Erinnerung halten, und so zeichne ich in mein Tagebuch einen kleinen Jungen auf einem Dreirad und eine Frau, die am Fenster sitzt und ihm zusieht. Ich skizziere grob ihre Umrisse, aber die Tulpen in den Blumenkästen vor dem Fenster zu zeichnen, bereitet mir Schwierigkeiten.

Alte Erinnerungen werden wach. Zum Beispiel wurde ich heute Morgen, als wir an einem Bauernhof vorbeifuhren und ich zwei kleine Mädchen sah – Schwestern, glaube ich –, die auf einer Wiese neben der Straße saßen und mit Grashalmen spielten, an meine Kindheit in Kópasker erinnert. Die größere der beiden war wohl nicht älter als zehn, die andere zwei Jahre jünger. Unwillkürlich dachte ich an meine Schwester Jorunn, als wir noch Kinder waren und oft zusammen in den Feldern saßen und aus den Gänseblümchen Ketten flochten. Heute Morgen wollte ich diese Erinnerung verdrängen, wahrscheinlich weil mir im Auto leicht übel geworden war und ich mich nicht imstande gefühlt hatte, meine Vergangenheit zu durchforsten. Doch nun kam sie mir recht, darum sollte ich, denke ich, rasch ein paar Worte über meine Kindheit niederschreiben. Anthonys wunderbares Tagebuch scheint mir wie geschaffen dafür zu sein, vor allem weil ich für die nächste halbe Stunde nichts anderes zu tun habe, als am Fenster zu sitzen und ins Leere zu starren.

Ich bitte die Kellnerin, mir ein dickes Stück Käse und ein weiteres Glas Rosé zu bringen. Es ist erstaunlich, wie ein einfaches Omelette, ein Glas Wein und ein Sonnenstrahl durch ein halb geöffnetes Fenster die Laune heben können.

Mutter ist schwanger. Als meine Eltern an diesem Morgen im Wohnzimmer saßen und Kaffee tranken, hörte ich, wie sie zu Vater sagte, bald sei es so weit. Tatsächlich bewegt sie sich genauso wie in den Tagen kurz vor der Geburt meines Bruders Kari.

Ich bin zehn Jahre alt, ein Jahr älter als meine Schwester Jorunn. Wir beiden sind die besten Freundinnen. Und dann ist da natürlich noch Kari, er ist fast vier.

Es wäre gelogen, wenn ich behaupten würde, dass ich mich nach einem weiteren Bruder oder einer Schwester sehne, denn an mir wird es hängen bleiben, auf das Kind aufzupassen. Jorunn hilft mir zwar so gut sie kann, doch ich bin diejenige, der meine Mutter die Verantwortung überträgt.

«Du bist die Älteste», sagt sie. «Wir alle müssen Sachen erledigen, die uns lästig sind.»

Als Jorunn noch kleiner war, passte ich für gewöhnlich auf sie auf, und nun weiche ich Kari nicht von der Seite. Nicht, dass ich ihn nicht mögen würde, aber auf die Dauer ist es schon ermüdend, dass er ständig an meinem Rockzipfel hängt. Obendrein ist er ein richtiger Quälgeist geworden. Gestern, als Jorunn und ich uns einmal in Ruhe unterhalten wollten, hämmerte er ununterbrochen gegen unsere Schlafzimmertür und fing so laut zu weinen an, dass ihn die Dienstmädchen bis hinunter in den Keller hören konnten: «Ich will mein Bild», brüllte er unaufhörlich, «ich will mein Bild.» Er meinte das Eisenbahnbild, das über Jorunns Bett hängt. «Ich will reinkommen und mein Bild sehn!»

Ich bin unruhig, weil Vater sich auf den Weg zu einem Patienten in das nächste Dorf gemacht hat und ich den Eindruck habe, dass Mutter kurz vor der Geburt steht. Ich habe ihn dabei beobachtet, wie er den Hügel hinunterritt und die Hufe seines Pferdes Staubwolken von der getrockneten Erde aufwirbelten – es hatte seit fast drei Wochen nicht mehr geregnet. Er nimmt einen eigenen Weg, den das Pferd genauso gut kennt wie er selbst. Er folgt dem alten Flussbett bis zum Ende und dann dem Pfad unter den kleinen roten Hügeln, bis er zwischen ihnen verschwindet und auf das sandige Ödland im Osten zureitet.

Diesmal scheint es mir jedoch, als habe die Erde ihn ohne vorherige Warnung verschluckt, und das macht mir Angst. Ich laufe ihm hinterher und halte meine Hand über die Augen, um sie vor der Sonne zu schützen. Doch es war zu spät. Er war schon verschwunden. Ich bleibe stehen, um wieder Atem zu schöpfen, und versuche ihn mir vorzustellen, wie er lächelnd entweder mit seinem Pferd oder zu den Wolken spricht. Dieser Gedanke beruhigt mich etwas, und ich beschließe, den Hang hinauf wieder zurückzugehen.

«Disa, was ist los?», fragt Jorunn, als ich ihr sage, dass wir mit Kari hinunter zum Landungssteg gehen müssen.

«Nichts», antworte ich. «Komm, vielleicht sehen wir ein paar Seehunde.»

Wir schlendern am Supermarkt vorbei, der bis drei Uhr geschlossen hat, hinüber zu den alten vertrockneten Spanten und Fischerbooten, die daneben an Land gezogen worden waren. Wir trödeln, weil ich immer wieder glaube, Mutter rufen zu hören. Ich bleibe dann jedes Mal stehen und schaue zurück.

Der Landungssteg ist wie ausgestorben. Manchmal scheint dieses Dorf nur von Geistern bewohnt zu sein. Wir laufen hinaus bis ans Ende des Stegs und schauen auf die Quallen und Elritzen, dann setze ich mich mit Kari auf einen großen Felsen am Ufer, während Joka (das ist der Spitzname meiner Schwester) Steine übers Wasser hüpfen lässt. Sie macht das sehr geschickt, und ich sitze gedankenverloren da und beobachte, wie die Sonnenstrahlen von Welle zu Welle tanzen. Wenn alles gut geht, wird Vater gegen sechs Uhr zu Hause sein.

Ich soll um fünf Uhr die Kühe nach Hause bringen und dafür sorgen, dass Kari rechtzeitig zu Hause ist. Als ich die Haustür öffne, kommt eines der Dienstmädchen herunter und sagt, dass Mutter zu Bett gegangen sei. «Die Wehen haben gerade erst angefangen», sagt sie, nimmt Jorunn und Kari mit in die Küche und bittet mich, nach Mutter zu sehen, bevor ich losgehe, um die Kühe zu holen. Das andere Dienstmädchen sei oben bei ihr. Widerwillig gehe ich die Treppe hinauf und wünsche mir nichts sehnlicher als hinauszurennen, fort von dem Haus, weit, weit weg, bis alles vorüber ist.

Zunächst bemerkt Mutter mich nicht, wie ich schweigend und regungslos in der Tür stehe. Ich sehe das Leid auf ihrem Gesicht und den Schweiß auf ihrer Stirn: Hin und wieder krümmt sie sich vor Schmerz, und das Dienstmädchen reibt ihr Hals, Brust und Stirn ab. Ich weiß, dass sie bald laut aufschreien wird.

Plötzlich entdeckt sie mich und winkt mich heran. Sie lächelt, doch es ist ein eigenartiges Lächeln, das ihre Augen nur kurz erhellt. Während sie mich küsst, sagt sie zu mir: «Solltest du nicht die Kühe holen, Schatz?» Dann umarmt sie mich und wiederholt unaufhörlich: «Mein großes Mädchen, mein großes Mädchen …» Ihre Umarmung wird jedoch zu fest, sobald die Wehen ihren Körper schütteln, und kaum hat sie mich losgelassen, eile ich hinaus.

Die Kühe stehen wie immer jenseits der mit Heidekraut bewachsenen Hügel und begrüßen mich freudig. Ich habe es nicht eilig, nach Hause zu kommen, und vertraue ihnen auf unserem Rückweg an, dass ich niemals Kinder haben werde. Niemals. Sie nicken verständnisvoll. Als wir den

Viehpfad hinaufgehen, sehe ich zu meiner großen Erleichterung, dass Vater zurückgekehrt ist.

Joka, Kari und ich essen mit den Dienstmädchen in der Küche, Vater hingegen bleibt oben bei Mutter. Ich stochere in meinem Essen herum und lausche, ob von oben irgendwelche Zeichen kommen, aber noch ist alles ruhig. Nach dem Essen legt Kari sich schlafen, während Jorunn und ich mit einem der Dienstmädchen hinaus zum Kuhstall gehen. Die Magd bittet mich, ins Haus zurückzurennen und einen Besen zu holen, den sie vergessen hat. Doch gerade als ich mich bücke, um den Besen aufzuheben, ertönt aus dem Fenster über mir der erste Schrei.

Das Leid in diesem Schrei ist unbeschreiblich, furchtbar, und ich renne so schnell ich kann fort. «Wo läufst du hin?», ruft Jorunn mir hinterher, aber ich gebe ihr keine Antwort. Ich spüre, dass ihre Augen mir folgen, bis ich den Hügel hinunter verschwunden bin. Doch selbst dann kann ich nicht stehen bleiben, sondern laufe weiter, so schnell meine Beine mich tragen können, über das alte Flussbett, am Rand des Sumpfes und den kleinen Bach entlang, zur Quelle unter der Klippe. Dorthin flüchte ich mich immer, wenn ich allein sein will. Ich werfe mich flach auf das Gesicht und heule, als würde die Welt vergehen, bis ich mich wieder gefangen habe, auf den Rücken rolle, in den strahlenden Abendhimmel sehe und dem lustigen Plätschern des Baches lausche. Eine leichte Brise raschelt durch das Gras, und sie auf meinen Wangen zu spüren, beruhigt mich. Ich werde nie Kinder haben. Niemals.

Nach einer Weile beginnt der Himmel auf mich herabzusinken, und ich beobachte, wie er zur Erde herunterkommt und mich bedeckt. Ein kurzer Schauer durchfährt meinen Körper, gefolgt von einem Gefühl des Wohlbehagens.

Ich muss eingeschlafen sein, denn das Nächste, woran ich mich erinnere, ist ein Kuss meines Vaters.

«Ich wusste, dass ich dich hier finden würde, Disa», sagt er und nimmt mich in die Arme. «Du hast eine kleine Schwester bekommen.»

Er nimmt mich mit nach Hause. Der Himmel ist wieder an seinen Platz zurückgekehrt, und die untergehende Sonne beleuchtet feuerrot ein paar Schönwetterwolken. Dennoch erscheint der Himmel plötzlich bedrohlich. Zitternd vergrabe ich mein Gesicht am Hals meines Vaters und breche in Tränen aus. «Ich will keine Schwester», schreie ich weinend. «Ich will sie nicht, ich will nicht nach Hause, ich will allein sein.» Ich strample in seinen Armen und schlage unaufhörlich auf ihn ein. Ohne ein Wort zu sagen, drückt er mich nur noch fester an sich. Ich schlage weiter um mich, bis ich fast völlig von Sinnen bin. Ich habe die Beherrschung verloren. Dann höre ich, wie ich langatmig zu erzählen beginne, dass ich heute Morgen am Strand zwischen zwei Felsblöcken eingeklemmt einen Apfel entdeckt hätte, den mitzubringen ich aber leider vergaß. Ich sage, dass ich den Apfel hole, dass ich nicht nach Hause gehen will, ja, dass ich nie zurückkehren werde und dass mir außer dem zwischen zwei Felsen rot funkelnden Apfel am Strand alles egal sei. «Ich habe den Apfel vergessen», heule ich. «Ich habe ihn vergessen …»

Er zieht mich aus und sitzt so lange auf der Bettkante, bis ich eingeschlafen bin. Als ich am nächsten Morgen aufwache, liegt ein leuchtend roter Glasapfel auf meinem Nachttisch.

In dem unaufhörlichen Winterregen scheint die Welt zu schrumpfen. Die Felder werden düster und grau, verschmelzen mit dem Bach, bis die Brücke auftaucht, die zumindest aus der Entfernung nutzlos und überflüssig wirkt. An solchen Tagen gehe ich manchmal spazieren, um mich zu vergewissern, dass der Bach noch an Ort und Stelle ist, dass er noch plätschert. Dann stehe ich so lange in der Nässe, bis meine Ohren durch den trommelnden Regen ganz unempfindlich geworden sind.

Sobald ich die Brücke erreicht habe, kann ich den Stall neben Old Marshalls Hof sehen. Es stehen nicht mehr viele Pferde darin, wir haben nur noch drei behalten, doch er liebt sie, und für mich ist ihre Anwesenheit tröstlich. Manchmal gehe ich dort hinunter und denke an die Tage zurück, als Jorunn und ich wegen der Tuberkulose-Epidemie draußen im Stall schlafen mussten.

Meine Schwester Bjork war gerade ein Jahr alt, als sie Tuberkulose bekam. Sie erkrankte als Erste, eine Woche später war Kari dran. Jorunn und ich blieben von Ansteckung verschont, mussten aber aus Vorsichtsgründen draußen im Stall schlafen. Kari genas wieder, und es blieben auch keine Spätschäden zurück. Während Bjorks letzter Lebenstage bat ich Vater des Öfteren, bei ihr sitzen zu dürfen, doch er ließ sich nicht erweichen. Noch lange danach ärgerte ich mich, dass man mir verboten hatte, sie noch einmal vor ihrem Tod zu sehen.

Das war Anfang November. An das Begräbnis kann ich mich nicht mehr erinnern, obwohl man mir sagte, dass Jorunn und ich dort waren, um ihr das letzte Geleit zu geben. Aber ich weiß noch, dass ich mich für ihren Tod verantwortlich fühlte. «Ich will keine Schwester», hatte ich Vater gesagt. So viel hatte ich von meinem Delirium noch in Erinnerung behalten. «Ich will sie nicht.»

Als ich mich nähere, drehen die Pferde ihre Köpfe zu mir und beobachten, wie ich zur Stalltür gehe. Ich glaube das Weiß ihrer Augäpfel zu sehen. Gerade als ich die Tür zum Stall öffnen will, fällt mir ein, dass ich etwas Wichtiges in der Küche zu erledigen habe. Ich kehre um und eile zur Brücke.

Die Liste von Orten, von denen ich sage: «Hierher müsste ich eines Tages zurückkehren», ist über die Jahre immer länger geworden. Das kann ein Restaurant mit Aussicht auf einen Hafen oder eine Waldlichtung sein, ein Bergdorf oder ein weißer Meeresstrand. «Hierher muss ich wirklich eines Tages zurückkehren», sage ich mir und kritzle zur Erinnerung sogar etwas in mein Tagebuch. Doch letztlich schwindet mit jedem Tag die Wahrscheinlichkeit, dass ich es jemals schaffen werde, diese alten Lieblingsplätze wieder aufzusuchen.

Um Missverständnissen vorzubeugen, sollte ich aber klarstellen, dass mich das nicht belastet. Wir sind nur soeben an einem Gewächshaus vorbeigefahren, das mich an ein paar Treibhäuser in der Nähe unseres Landhauses erinnert hat, wo Jakob mir für gewöhnlich Blumen kaufte. Wenn wir über die Felder schlenderten, schien es jedes Mal, als würden wir rein zufällig bei diesen Gewächshäusern landen. Sobald Jakob sie sah, sagte er immer: «Warte einen Moment», und ich tat so, als wüsste ich nicht, dass er hineinging, um Blumen für mich zu kaufen. «Überraschung!», sagte er dann immer, wenn er mir einen Strauß überreichte, und ich rief mit vor Staunen weit aufgerissenen Augen: «oh», bevor ich ihn küsste und ihm um den Hals fiel.

Eigentlich habe ich aufgehört, so glaube ich, bei der Erinnerung an all diese Orte meiner Vergangenheit traurig zu werden, denn es hat keinen Sinn, die Vergänglichkeit des Lebens zu beklagen. Soviel ich weiß, kann man nichts dagegen tun, also konzentriere ich mich auf die Erinnerung an die Blumen, die Jakob mir für gewöhnlich überreichte, rote Tulpen und weiße Veilchen, an sein Lächeln und seine sonnenverbrannten, starken und doch behutsamen und sanften Hände. Ich denke so lange an diese Dinge, bis das Gefühl des Verlustes in mir aufsteigt, das ich nur mit Mühe beherrschen kann.

Das Landhaus, in dem Jakob und ich lebten, ist nicht weit,

es liegt höchstens eine halbe Stunde von Ditton Hall entfernt. Dennoch habe ich niemals einen Grund gesehen, dorthin zurückzukehren.

Ich glaube, Männer fürchten den Tod mehr als Frauen.

Ich selbst habe keine Angst vor dem Ende. Komme, was da wolle, ich werde nur wenig davon mitbekommen. Nach dem Tod wird nichts als Leere um mich sein, so viel dazu. Ich erwarte nichts auf der anderen Seite, nicht einmal so etwas wie Dunkelheit, einfach nichts, überhaupt nichts. Natürlich wäre ich überglücklich, wenn der Allmächtige mir eine Art Prospekt schicken würde, mit wundervollen Bildern und detaillierten Beschreibungen all der Freuden, die man für uns, die Auserwählten, im Himmel (an dem anderen Reiseziel hätte ich keinerlei Interesse) bereithält. Da ich jedoch niemals, weder per Post noch im Traum, eine solche Nachricht erhalten habe, muss ich mich wohl damit abfinden, dass dem Tod das Nichts folgt.

Vor ein paar Wochen brach hier eine gewöhnliche Grippewelle mit Schnupfen und Husten aus und fesselte viele Leute ans Bett. Ich konnte ihr zunächst entkommen, doch Anthony erwischte es bald. «Lass mich an seiner Stelle krank werden», flehte ich den Allmächtigen an, der es immer versäumt, mir eine Himmelsbroschüre zu schicken. Ich hätte mich gerne mit einem guten Buch und einer Tasse Tee ins Bett gelegt, während Anthony und die anderen sich um mich sorgten. Aber natürlich wurde auch dieses Gebet nicht erhört.

Anthony blieb also im Bett und dachte, dass er sterben würde. Am ersten Tag schwankte er noch zwischen der Hoffnung, dass es sich lediglich um einen vierundzwanzigstündigen Infekt handelte, und der Angst, dass er sich eine tödliche Krankheit eingefangen hatte. Er maß stündlich Fieber, und als im Laufe des Tages die Temperatur immer höher stieg, endete sein Kampf zwischen Hoffen und Bangen mit einem klaren Sieg der Angst. Ich konnte es an seinem Gesicht sehen, dass er im Geiste schon eine Inventur all der Dinge machte, die er vermissen würde: die scheuen, zaghaften Sonnenstrahlen, die an einem Frühlingsmorgen in den Garten fielen, ein auf einer blauen Platte mit Feigen und Lauch serviertes Rebhuhn, ein Glas Wein, ein Buch. Als ich an jenem Abend zu ihm hereinschaute, sah ich, dass er geweint hatte.

Ganz gleich, was Dr. Yardley auch sagte, Anthony war sicher, dass er es besser wüsste. «Ich spüre es in den Knochen, ich werde sterben. Diesmal besteht kein Zweifel, Disa», sagte er kraftlos, «du weißt doch, dass ich ein Testament gemacht habe, nicht wahr?» Wie ich so an seinem Bettrand saß, konnte ich mir ein Lachen nicht verkneifen, so amüsant war es, ihn in seinem Selbstmitleid zu beobachten. Als er sich auf dem Weg der Besserung befand, stellten sich gemischte Gefühle bei ihm ein. All diese Sorgen hatten ihn geistig so sehr erschöpft, dass er einfältig wirkt, aber natürlich ist er schon glücklich, wieder unter den Lebenden zu weilen.

Einmal habe ich ihm einen Streich gespielt. Ich weiß nicht warum, eigentlich ist das nicht meine Art, und außerdem hatte er es ganz sicher nicht verdient. Doch an jenem Tag war in der Küche alles schief gelaufen; das Lamm, das ich bestellt hatte, war kleiner als sonst, und das Gemüse, auf das ich gewartet hatte, erwies sich als unbrauchbar. An jenem Tag hatte ich die Nase voll von der ganzen Plackerei und fragte mich ein ums andere Mal, warum um Himmels willen ich versuchte, in dieser Diaspora des Geschmacks und der Verfeinerung ein halbwegs ordentliches Restaurant zu führen. Wie immer versuchte Anthony, mich zu beschwichtigen. «Das kann passieren», meinte er, «so was ist dir früher auch schon mal passiert. Ärgere dich nicht, Liebling.»

Ich konnte es keine Minute länger in der Küche aushalten, darum ging ich nach oben, um mich zu beruhigen. Er folgte mir, um mich zu trösten, und beschloss, bei der Gelegenheit, sein Hemd zu wechseln. Als er mit nacktem Oberkörper aus unserem Badezimmer trat, bemerkte ich seinen besorgten Gesichtsausdruck.

«Da ist ein Fleck auf meinem Rücken», sagte er.

«Das Muttermal?», fragte ich.

«Der Fleck scheint größer geworden zu sein. Und an den Rändern ist er unregelmäßig.»

Meine Geduld war aufgebraucht. Statt ihn zu beruhigen, wie ich es in solchen Fällen ansonsten auch tat, sagte ich leichthin: «Vielleicht hast du ja Recht.»

Das war gar nicht nett. Er rannte wieder ins Badezimmer, drehte und wendete sich vor dem Spiegel, um den Flecken zu betrachten, der nichts als ein harmloses Muttermal war. Ich hatte erreicht, was ich wollte; nun war er sich sicher, dass er sterben würde.

«Glaubst du das wirklich?», fragte er. «Glaubst du wirklich, dass er größer geworden ist?»

Jetzt endlich gab ich zu, dass das Mal sich überhaupt nicht verändert hatte. Zuerst glaubte er mir nicht, weil er dachte, dass ich ihn nur zu trösten versuchte. Als ich ihm dann erklärte, dass er mir auf die Nerven gefallen war, wusste er nicht, was er sagen sollte. Er war verwirrt wie ein Kind, das entdeckt, dass seine Mutter ihm Unrecht getan hat, und das nicht versteht, warum. Er konnte es einfach nicht verstehen. Ich entschuldigte mich. Er lächelte verlegen. Als wir Hand in Hand die Treppe hinuntergingen, spürte ich, wie gekränkt er war.

Unwillkürlich folgt mein Blick den Telegrafenmasten, die die Straße säumen und nach Westen über das sanft abfallende Weideland und die sich flach dahinziehenden Hügel wegbiegen, bevor sie endgültig in der Ferne verschwinden. Man sitzt wirklich bequem in diesem Jaguar. Der Fahrer hat mir von seinen Kindern erzählt, einer Tochter und einem Sohn. Ich schließe meine Augen, kann die Masten aber immer noch sehen.

Irgendwo zwischen Schlafen und Wachen habe ich das Gefühl, einen langsam fließenden Fluss hinunterzutreiben, und ich befinde mich plötzlich neben meiner Schwester Joka in einem Bus nach Reykjavik. Wir sind auf dem Weg zur Handelsschule, um uns dort einzuschreiben, und haben seit unserer Abfahrt aus Akureyri ununterbrochen geredet. Nun lehnen wir uns eine Weile in den Sitzen zurück und sehen aus dem Fenster.

Auf einer Hügelkuppe vor uns steht die Ruine eines Bauernhofs. Ein alter Mann sitzt vor der Tür, kaut an einem Strohhalm, während näher an der Straße Schafe weiden. Als sie unseren Bus hören, heben die Tiere eines nach dem anderen die Köpfe, aber der alte Mann starrt weiter auf die ruhige herbstlich graue Bucht. Linker Hand erheben sich steile Berge, deren mit Geröll bedeckten Hänge gelegentlich von Heideflächen gesprenkelt sind. Hier gehen Elfen und Kobolde um, wie auf dem Gletscher dahinter auch. Rechter Hand, auf dem Grund der Bucht, liegen meine Vorfahren, mein Großvater und mein Onkel starben im Winter beim Haifischfang. Mein Großvater pflegte das Öl, das aus der Leber des Haifischs gewonnen wurde, an die Dänen zu verkaufen, und meine Mutter spielte als Kind mit Goldmünzen. Ich fange schon an, sie zu vermissen.

Vor uns breitet sich die Heide aus, und trotz des unaufhörlichen Rüttelns auf dieser holprigen Strecke ist es sehr entspannend, den vorbeiziehenden Telegrafenmasten nachzuschauen. Sobald wir über ein Stück Straße fahren, das in gutem Zustand ist, erinnern mich die Masten an eine aufrechte, feierliche Menschenprozession.

Vilhjalmur Borg, Anwalt am Obersten Gericht und ein

alter Schulfreund meines Vaters, hat uns Un
Verpflegung besorgt, eine Pension, Gardastra
wird von Mrs. Olsen, einer Dänin, geführt.

Ich hatte beschlossen, viel für die Aufnahm
lernen, und Vater hatte so gut er konnte mit uns
wohl Jorunn und ich ein Jahr auseinander sind,
im Herbst beide in derselben Klasse beginnen. Vater und Mutter haben uns schon immer zusammen zur Schule geschickt. Natürlich wäre ich gern zur High School gegangen, doch Mutter meinte, für Mädchen käme das nicht in Frage. Und damit basta.

Jorunn ist mit dem Kopf auf meiner Schulter eingeschlafen. Ich lehne mich an sie und schließe die Augen.

Gardastraeti 9
21. September 1934

Liebste Mutter,

der Brief, den wir Dir gestern geschrieben haben, ging mit dem Schiff los, aber die Zeit war so knapp, dass wir es nicht mehr geschafft haben, Karis Schuhe mitzuschicken. Sie kosten 19,50 Krónur. Wir konnten keine billigeren finden, die uns gefallen hätten. Leider sieht es so aus, als wenn es diesen Herbst weder für Schuhe noch für andere Dinge einen Schlussverkauf geben wird. Joka und ich haben gestern mit Ella, die als Dienstmädchen bei Mrs. Olsen arbeitet, und mit Mina, Mrs. Olsens Cousine, Whist gespielt. Mina ist schmächtig, hört sehr schlecht und macht, wenn sie an den Tischen bedient, immer sehr viel Aufhebens um die Leute, wenn sie essen. Als wir mit unserem Spiel fertig waren, liefen wir alle zu Mrs. Hansen – sie ist Mrs. Olsens Schwester. Auch sie ist Witwe und lebt mit ihrer Tochter. Der Besuch bei ihr hat uns wirklich gefallen, doch auf dem Rückweg überraschte uns ein Platzregen.
In ihrem gestrigen Brief hat Joka vergessen, Dir zu erzählen, wer in unserer Nähe wohnt. Ein Dienstmädchen, das für Jon

Sigurdssont, den alten Arzt, arbeitet. Sie wohnt hier mit der Pflegetochter des Paares. Das Zimmer gegenüber von uns haben zwei deutsche Frauen und ein kleiner Junge belegt. Zwei Zahnärzte, zwei Dänen und ein dänisches Mädchen, ein Deutscher und ein isländisches Mädchen kommen zum Essen hierher. Dann gibt es hier noch zwei Kellnerinnen, zwei Näherinnen und einen Mann, von dem ich aber nicht weiß, was er macht. Alle bestätigen uns, dass wir Glück gehabt haben, für nur 100 Krónur im Monat diese Unterkunft zu finden.

Alles Liebe von
Deiner Tochter Disa

PS. Mrs. Olsen ist wirklich eine gute Köchin. In den paar Wochen, seit wir in Reykjavík sind, habe ich schon viel von ihr gelernt. Letzten Sonntag haben wir im Ofen Lammfleisch gebraten. Wir haben eine gute Brühe dazu gemacht und rotes Johannisbeer-Gelee in die Sauce getan. Es schmeckte wirklich vorzüglich, und Mrs. Olsen erklärte mir, dass der Trick dabei ist, das Fleisch nicht zu lange schmoren zu lassen. Als wir es aus dem Ofen holten, war es in der Mitte noch rosa und zerging auf der Zunge.
Ich weiß, dass Du nie viel von meinem Hobby gehalten hast, aber keine Angst, es wird sich nicht schlecht auf meinen Buchhaltungskurs auswirken, das verspreche ich Dir. Auch wenn der mich langweilt … Das Fleisch schmeckte nach Heidekraut.

Nach den Prospekten der Schifffahrtsgesellschaft zu schließen, muss die *Gullfoss* ein wunderschönes Schiff sein und der Stolz der ganzen Nation. Umso besser für mich, denn ich habe keine andere Wahl; fliegen werde ich nicht, so viel ist sicher. Wenn ich mich recht entsinne, habe ich unlängst erwähnt, dass ich mich nicht vor dem Tod fürchte. Es ist mir also ein Rätsel, warum ich so ungern in ein Flugzeug steige.

In dem Prospekt, den ich erhalten habe, steht, dass die *Gullfoss* 1100 Meter lang und 160 Meter breit ist. Es gibt drei Klassen, in denen insgesamt 210 Passagiere Platz finden; 104 in der ersten Klasse, 62 in der zweiten und 44 in der dritten. Die Schifffahrtsgesellschaft ist stolz darauf, dass auf drei Passagiere ein Mannschaftsmitglied kommt. Abgesehen von dem Steward und dem Hilfssteward besteht die Mannschaft aus sieben Zimmermädchen, neun Kellnern, zwei Barkeepern und zwei Weinkellnern. Dazu kommen die Köche und das Küchenpersonal. Das Schiff wird auf seinem Weg von Kopenhagen in Leith anlegen, heute Abend andocken und morgen gegen Mittag in See stechen. Die Reise nach Island dauert insgesamt zweieinhalb Tage, aber mir scheint, dass man es so organisiert hat, dass wir drei Nächte an Bord bleiben müssen.

Ich will die Zeit, die ich auf dieser Reise habe, gut nutzen. Zum einen möchte ich die Briefe noch einmal lesen, die ich an Mutter und Vater geschrieben habe, als ich auf der Handelsschule war. Gunnar, Jorunns Mann, hat sie mir nach ihrem Tod geschickt. Er hatte sie in einem Briefumschlag in ihrem Nachtkästchen gefunden. Zum anderen möchte ich meine Aufzeichnungen weiterführen und auch ein paar Gedanken über das Kochen zu Papier bringen, denn man hat mich oft nach Rezepten gefragt oder mich um Rat gebeten, aber ich habe nie die Zeit gefunden, mehr aufzuschreiben als ein paar Notizen als Gedächtnisstütze. Ich glaube, das liegt daran, dass ich mich lange gegen Formeln oder wissenschaftliche Genauigkeit beim Kochen gewehrt habe. Meiner Auffassung nach sprechen gelungene Speisen für sich. Gefühle kann man schwer mit Worten ausdrücken. Außerdem glaube ich, dass in präzisen Rezepten eine gewisse Arroganz liegt, und bei dem Gedanken, genau festlegen zu müssen, wie die Leute ihre Gerichte zu machen haben, fühle ich mich unwohl.

Vor zwei Tagen habe ich beispielsweise ein paar Feigen in

das Huhn geschmuggelt, das ich grillen wollte. Und zwar erst im letzten Augenblick, denn ich hatte plötzlich so eine Ahnung, dass Anthony dieser Geschmack zusagen würde. Irgendwie meinte ich das an seinem Gesichtsausdruck erkennen zu können, als er vom Tennisplatz zurückkehrte. Manchmal koche ich Schnecken in Honig, nur weil ich draußen eine Hummel gesehen habe; ein anderes Mal bringt mich ein Vogel, der draußen auf einem Ast singt, auf die Idee, Brombeeren oder Johannisbeeren in die Soße zu geben, die ich gerade zubereite; dann hebt eine Windbrise den Vorhang über dem kleinen Fenster in der Ecke, und ich überlege, Zimtbirnen mit dem Kalbfleisch zu servieren, das ich in der Hand halte. Warum wohl? Könnte es sein, dass der Wind mir den Geruch von Gewürzen aus fernen Ländern heranträgt? Überbringt er mir eine Nachricht von jemandem, der liebevoll an mich denkt?

Wenn man solche Eingebungen niederschreibt, läuft man unweigerlich Gefahr, ein unschuldiges Vergnügen zu zerstören oder an Geheimnisse zu rühren, die sich am besten von allein enthüllen.

Zugegeben, es gibt ein oder zwei Personen, die einfühlsam über Speisen oder das Kochen schreiben können. Ich war gerade in England angekommen, da begann ich Eliza Acton zu entdecken, und noch heute lese ich gerne Elizabeth Davids Artikel im *Spectator*. Sie scheint dort mehr Freiheiten zu genießen als zu der Zeit, da sie noch für die *Sunday Times* schrieb. Doch wie so vieles kann auch das reine Einbildung sein.

Die Handelsschule
28. Oktober 1934

Lieber Vater,

der Winter ist ohne Vorwarnung hereingebrochen. Ganz plötzlich hat es zu schneien begonnen. Wir waren draußen im Park, und ich rief noch: «Joka, es fängt zu schneien an!» «Wo?», fragte Joka etwas abwesend. «Schau zum Himmel», sagte ich, «siehst du nicht, dass es zu schneien begonnen hat?» Eine Zeit lang jagten wir die Schneeflocken, dann rannten wir über die Straße und eilten am See entlang nach Hause. Ein kleiner Junge kam uns entgegen und weinte, weil er sich vor dem Schnee fürchtete. Er war allein. «Ich hab' Angst davor», sagte er. «Er kommt aus dem Weltraum.»
Wir verbringen eine schöne Zeit hier. Gestern haben wir uns Mäntel mit schwarzen Seehundfellkrägen gekauft. Sie haben zusammen fast 100 Krónur gekostet. Der mit Seehundfell war der billigste (17,00 Krónur ein Mantel) und der schönste. Mrs. Olsen und ich haben gestern Forelle gemacht, ganz gebraten, und Kerzen auf den Tisch gestellt. Alle lobten die Forelle; ich konnte an den Gesichtern sehen, wie gut sie ihnen geschmeckt hatte.
Mutter hat mich schon zweimal gefragt, wie mir die Jungs in meiner Klasse gefallen. Ich glaube, sie befürchtet, dass ich nie ausgehe. Du kannst ihr sagen, dass ich die Jungs ziemlich blöd finde. Auch wenn Jorunn vielleicht anderer Meinung ist.
Vor zwei Tagen stieß ich auf der Straße auf Vilhjalmur Borg. An seiner Seite war eine junge Frau, die mir unbekannt war. Er schien einiges getrunken zu haben.
Hältst Du es für möglich, dass er Probleme mit dem Alkohol hat? Gott sei Dank hat er mich, so glaube ich wenigstens, nicht erkannt.

Alles Liebe
Deine Tochter Disa

Ich werde in Windermere übernachten, wo die kleine Marilyn – oder besser gesagt: Mrs. Marilyn Thomson, wie sie jetzt heißt – zusammen mit ihrem Mann das Landhotel Holbeck Ghyll leitet. Anfang März, als sicher war, dass ich diese Reise machen würde, hatte ich ihr geschrieben und sie gefragt, wie es ihr geht und ob es denn nicht an der Zeit sei, uns zu treffen, um unsere Freundschaft wieder aufzufrischen. Vor einigen Jahren hatte sich unser Verhältnis etwas abgekühlt, doch ich habe versucht ihr zu verzeihen, auch wenn sie das vielleicht nicht verdient. Sie schickte mir postwendend eine Einladung: Auf meiner Fahrt nach Leith sollte ich unbedingt bei ihr übernachten. Obwohl ihr Brief sehr vorsichtig formuliert war, ließ er doch Wärme spüren.

Die Schatten werden länger und liegen wie gefällte Bäume über der schmalen Straße, die zu Holbeck Ghyll führt. Vielleicht wäre es nicht schlecht, mir wieder ins Gedächtnis zu rufen, wie es zu dem Streit kam, auch wenn ich selbstverständlich ihr gegenüber kein Wort davon erwähnen werde, es sei denn, sie schneidet selbst das Thema an.

Ich habe sie immer «die kleine Marilyn» genannt, weil sie gerade erst zwanzig war, als sie bei uns zu arbeiten anfing. Sie war dünn, schmal gebaut und längst nicht so entwickelt wie andere Mädchen ihres Alters. Wenn ich mich recht entsinne, hieß sie Stevens mit Nachnamen. Im ersten Monat arbeitete sie als Zimmermädchen und half bei der Wäsche und im Garten mit. Das sind sehr anstrengende Tätigkeiten, von denen sich die anderen Mädchen beim Einkaufsbummel erholten, oder indem sie ins Dorf gingen, Karten oder Bingo spielten und tanzten. Marilyn hatte keine Lust, sich ihnen anzuschließen, stattdessen war sie häufig Gast in meiner Küche, sobald sie mit der Hausarbeit fertig war. Zunächst war sie sehr zurückhaltend, beobachtete aber genau, was sich alles am Herd abspielte. Bald half sie mir bei diesem und jenem. Ihre Mitarbeit wurde geschätzt, denn sie war gutmütig und aufgeschlossen.

Küchenhilfen sind schwieriger zu finden als Mädchen für die Putzarbeiten (deren Bedeutung ich nicht schmälern möchte), daher stellte ich nach ein paar Monaten die kleine Marilyn ganz in meinem Reich ein. Wer kocht, das ist meine Überzeugung, sollte auch mit anderen Küchenaufgaben vertraut sein. Darum verbrachte sie die ersten Wochen mit Abwaschen und Wegräumen. In den folgenden Wochen durfte sie mir langsam bei der Vorbereitung der Gerichte helfen, Gemüse putzen und waschen, das Fleisch säubern und zusehen, dass alle Gefäße regelmäßig mit Gewürzen und Ähnlichem gefüllt waren. All diese Aufgaben, so unliebsam sie anderen auch erscheinen mochten, wurden von ihr mit größter Sorgfalt verrichtet.

Sie beklagte sich nie über ihre Arbeit. Ich hebe das besonders hervor, weil ziemlich viele Mädchen schon nach wenigen Wochen in meiner Küche kapitulierten. Und es ist nicht so, dass ich herrschsüchtig wäre. Manchmal habe ich ihnen geraten, *Erledigt in Paris und London* von George Orwell zu lesen, wenn sie wieder einmal in Selbstmitleid schwelgten. Ich selbst habe mich schon früh an den Druck gewöhnt. Sivertsen und Boulestin ersparten mir nichts, aber ich habe mich nie beklagt. Nein, das ist nie meine Art gewesen.

Sechs Jahre lang war die kleine Marilyn so etwas wie meine rechte Hand. Ich brachte ihr einiges bei und hätte mir keine bessere Schülerin wünschen können. Ehe ich mich versah, konnte ich sie nichts mehr lehren. Sie kam meinen Gedanken zuvor, griff zu einem Behälter, noch bevor ich fragen konnte, entfernte ein Basilikumblatt von einer Tomatenscheibe, wenn ich es für nicht vorzeigbar hielt, und ersetzte es, ohne dass ich auch nur ein Wort darüber verlieren musste. Wir arbeiteten so, als wären wir eine einzige Person, und ich kann wirklich sagen, dass wir uns zusammen wohl fühlten.

Doch gerade, als alles reibungslos zu laufen schien, brach das Unwetter los. Ich hatte es mir schon seit langem angewöhnt, den Tag im Gewächshaus an der Ostseite des Hauptgebäudes zu beginnen, wo man eine herrliche Aussicht auf die Wiesen und die Ebenen hat, die sich auf der anderen Seite des Waldes bis zum Hang erstrecken. Mein Blick wanderte immer über den Bach auf Helmsdales Hof zu den zwei Hütten mit den gewellten Dächern und den halb geöffneten Türen, die das Dunkel dahinter ahnen ließen. Ich hatte noch nicht lange dort gesessen, als Marilyn in der Tür erschien und sich neben mich setzte. Es war kurz nach sechs. Das Licht legte sich wie dünnes Schneepulver über die Landschaft, und wir saßen Seite an Seite und genossen die friedliche Stimmung. Ich schenkte ihr eine Tasse Tee ein. In diesem Augenblick ließ sie die Bombe platzen: «Ich werde heiraten.»

Diese Neuigkeit machte mich natürlich sprachlos. Ich musste aufpassen, dass mir die Tasse nicht aus den Händen glitt und zu Boden fiel. Ich hatte Marilyn nie mit einem Mann gesehen und fand das auch nicht weiter sonderbar, denn wenn sie nicht in der Küche war, schien sie zu Hause zu bleiben. Sie las, ging spazieren, kümmerte sich um die Pflanzen im Gewächshaus. Doch nun hörte sich ihre Stimme seltsam an. Der Gedanke, ich könnte sie verlieren, war mir unerträglich. In meiner Aufgeregtheit platzte ich etwas unwirscher, als ich eigentlich wollte, heraus: «Red nicht so einen Blödsinn! Du bist doch nicht etwa schwanger, oder?»

Sie war wie vor den Kopf gestoßen, und als ich es bemerkte, dachte ich, dass es wohl besser sei, meinen Ton zu ändern. Ich versuchte es und fügte hinzu: «Wer ist er?»

«William Thomson», sagte sie kurz angebunden. Obwohl, ich glaube, sie sagte: «Mr. William Thomson.»

Gut, gut meine Liebe, sagte ich mir. Als Nächstes wirst du ihn «Sir» nennen. Doch ich biss mir auf die Zunge und fragte nur, was er machte. Und sie antwortete, er sei Gemüsehändler am Markt von Windermere im Lake District und habe sich durch seine Produkte schon einen Namen gemacht. Marilyn hatte in einem Artikel von Elizabeth David im *Spectator* etwas über ihn gelesen und ihn kurz darauf kennen gelernt, als wir wegen einer Panne in meinem Gewächshaus dringend grüne Paprika und andere Gemüsesorten benötigten. Anscheinend hatten die beiden sich am Telefon gut verstanden und danach regelmäßig miteinander gesprochen, bis die kleine Marilyn schließlich in den Norden nach Cumbria gefahren war, um ihn zu besuchen. Damals hatte ich irgendwie den Eindruck gehabt, dass sie bei Verwandten wohnen würde.

«Glaubst du wirklich, dass das eine gute Idee ist? Glaubst du, dass es vernünftig ist, einen Mann zu heiraten, den du kaum kennst, und an einen Ort zu ziehen, wo du völlig fremd bist?»

Daraufhin sagte sie, dass sie ihn liebe.

Ich konnte mich nicht beherrschen, rollte mit den Augen und sagte spöttisch: «Und auf diesem Gebiet hast du ja viel Erfahrung, nicht wahr?»

Sie stand auf. Ihre Augen glänzten voller unvergossener Tränen, und ihre Stimme zitterte, als sie sagte: «Und ich hatte gedacht, Sie würden mich verstehen. Ich habe geglaubt, von all den Menschen, die ich kenne, seien Sie diejenige, der ich vertrauen könnte.»

Sie drehte sich auf dem Absatz um und ging.

«Marilyn!», rief ich ihr nach. «Marilyn.» Aber sie drehte sich nicht mehr um.

Die gerade aufgegangene Sonne begann das Gewächshaus zu wärmen, doch der Tee war kalt.

Als sie uns einen Monat später verließ, bat ich Anthony, ihr eine Halskette mitzugeben, die ich von meiner Großmutter mütterlicherseits geerbt hatte. Zu jener Zeit lag ich mit einer Grippe im Bett und fühlte mich nicht in der Lage, hinunterzugehen und mich von ihr zu verabschieden.

Gardast. 9
17. Oktober 1935

Liebste Mutter,

vor eineinhalb Wochen hat die Schule wieder begonnen. Unser neues Klassenzimmer ist sonniger und wärmer als das vom letzten Jahr. Es liegt im obersten Stockwerk, und von dem Fenster, an dem wir sitzen, hat man eine schöne Aussicht. Wir lernen dasselbe wie letztes Jahr und haben dazu noch Handelskunde. Das ist unglaublich langweilig, aber ich will Dich nicht mit meinen Problemen mit der Buchhaltung belasten.
Ich habe Dir noch nicht erzählt, dass Nuna die Erste war, die ich sah, als das Schiff anlegte. Sie winkte und rief: «Disa, bist du wieder zurückgekehrt?» Sobald ich an Land gegangen war, eilte sie zu mir herüber.
«Du hast über den Sommer ganz schön abgenommen», sagte sie. «Du bist fast nicht wiederzuerkennen.»
Seitdem habe ich das auch von verschiedenen anderen Leuten gehört.
Ich kann heute Abend den Hut abholen, den ich habe ändern lassen. Joka ist nach Hafnarfjórdhur hinübergefahren, um Pantoffeln für uns zu besorgen. Anscheinend gibt es dort wirklich gute Schuhe.
Aber wie dem auch sei, ich kann momentan an nichts anderes denken. Umarme die Mädchen für mich.

Alles Liebe,
Deine Tochter Disa

PS. Es stimmt, dass ich in der Küche des Hotels Borg aushelfe. Das vergaß ich Dir beim letzten Mal zu schreiben. Ich hatte Glück, denn Mrs. Olsen kennt Mr. Sivertsen, den Chef, der mir für die Freitag- und Samstagabende Arbeit angeboten hat. Ich weiß, dass ich viel von ihm lernen werde. Letzte Woche standen Fischsuppe und Steak auf dem Speiseplan. Samstag werden wir ein Bankett für die dänischen Offiziere machen, die hier im Ort auf Besuch sind. Sivertsen wird für sie Gans und als Vorspeise Schneehuhnsuppe kochen. Ich kann es kaum erwarten. Mach Dir keine Sorgen, meine schulischen Leistungen werden nicht darunter leiden. Die meisten anderen jungen Leute verbringen den Freitag- und Samstagabend im Kino oder beim Schlittschuhlaufen.

In der Nacht, kurz nachdem die kleine Marilyn uns verlassen hatte, konnte ich kein Auge zutun. Um Mitternacht kam Sturm auf, die Äste der alten Pappel schlugen auf den Dachgiebel des Hauses, und der Regen peitschte gegen mein Fenster. Ich habe immer das Gefühl gehabt, dass die Pappel mir wohlgesonnen war; wenn ich spazieren ging, schien es mir oftmals so, als gäbe sie mir ein Zeichen, dass sie mich wiedererkannte. Die Vögel saßen gern in ihren Zweigen, und manche nisteten sogar hier. Ich weiß noch, dass in einem Sommer drei Nester da waren. Es war ein sehr harmonisches Zusammenleben. Doch jetzt, da der Sturm unaufhörlich die Äste und Zweige gegen das Hausdach schlug, machte ich mir Sorgen. Ich hatte plötzlich das Gefühl, dass jemand dringend meine Hilfe benötigte.

Seit unserem Gespräch im Gewächshaus war das Verhältnis zwischen mir und Marilyn abgekühlt, und so begann ich mich in jener Nacht, während ich wachlag, zu fragen, ob ich ihr wohl Unrecht getan hatte. War es Eifersucht?, fragte ich mich. Hatte ich mich ihr gegenüber taktlos verhalten? Hätte ich sie nicht beglückwünschen sollen, statt ihr zu erklären, dass das, was sie für Liebe hielt, ihr auf lange Sicht nur Unglück bringen würde? Ich setzte mich im Bett auf und fragte mich, ob sich hinter meiner barschen Antwort vielleicht etwas verbarg, das sich meinem Wissen entzog?

Ich versuchte ruhig zu bleiben, doch das Heulen des Sturmes machte mir Angst, und mir schien, als hätte ich es durch den Spalt der Vorhänge blitzen gesehen. Kurz darauf hörte ich in der Ferne einen Donnerschlag. Ich beschloss, ganz sachlich, wie ein unbeteiligter Zuschauer, über das Geschehen nachzudenken. Doch ich gelangte wieder zu dem selben Ergebnis: Ich hatte so reagiert, weil ich mich um sie sorgte; allerdings ließ sich nicht leugnen, dass ich dabei wahrscheinlich auch an mich gedacht hatte. Sie war mir näher als die meisten übrigen Menschen in meiner Umgebung, und ich wusste nicht, wie ich ohne sie zurechtkommen sollte. Ich hatte mich um sie gekümmert, als wäre sie meine eigene Tochter. Darum empfand ich es auch als rücksichtslos, mir aus dem Nichts eine solche Entscheidung zu verkünden.

Sie hatte mich also zweifellos enttäuscht, und ich sorgte dafür, dass ihr dies bewusst wurde, indem ich in ihrer Anwesenheit zu Sean Truelove sagte: «Es gibt Menschen, die denken immer nur an sich selbst.»

Kurz darauf bot sie mir an, länger zu bleiben. Ich schlug ihr Angebot aus und gab ihr zu verstehen, dass ich ihr keine weiteren Unannehmlichkeiten bereiten wollte.

Alles in allem habe ich sie gut behandelt, denke ich, obwohl ich bei einigen Gelegenheiten etwas strenger hätte sein können. Ich glaube wirklich, dass ich nur ihr Bestes wollte, als ich auf ihre Kündigung reagierte. Zumindest hoffe ich das.

So ging die Nacht nach ihrer Abreise vorüber. Gegen Morgen ließ der Wind nach, und bei Tagesanbruch zog ich meinen Morgenmantel an und öffnete das Fenster. Diese Nacht hatte mich völlig erschöpft, doch der Wind war zu lau, um mich zu erfrischen. Ich ging hinunter in die Küche und zündete mir zur Beruhigung einen Zigarillo an. Langsam kroch das Sonnenlicht über den Gang, und ich öffnete die Tür und trat hinaus. Über Nacht war das Gras grün geworden, und ein angenehmer Geruch stieg von der regennassen Erde auf. Ein Vogel flog mit einer Raupe im Schnabel vorbei und verschwand hinter dem Ostflügel.

Ich ging zur Pappel hinüber und lehnte mich an den

Stamm, den Kopf noch voller nächtlicher Sorgen. Wie immer wirkte der Baum beruhigend auf mich, doch diesmal hatte ich das Gefühl, als wollte er mir etwas sagen.

Gardast. 9
12. März 1936

Liebste Mutter,

gestern ging ich zurück zum Fernmeldeamt, gab aber nach einer halben Stunde auf. Sie haben immer noch keine Verbindung mit Kópasker hergestellt.
Wie Du Dir vorstellen kannst, konnte ich seit unserem Gespräch an nichts anderes mehr denken. Nicht, dass ich Dir und Vater für den Job in der Bank nicht dankbar wäre. Ich weiß, dass es nicht einfach war, ihn zu finden, und bestimmt wären andere Mädchen froh darüber gewesen. Aber nach reiflicher Überlegung und vielen schlaflosen Nächten steht mein Entschluss fest.
Ich würde niemandem einen Gefallen damit tun, wenn ich mein Vorhaben, ins Ausland zu gehen und Kochen zu lernen, in den Wind schießen würde. Mr. Sivertsen sagte mir gestern, er sei davon überzeugt, dass ich sowohl im D'Angleterre *in Kopenhagen als auch in dem Restaurant seines Freundes in London einen Arbeitsplatz finden werde. Denk nur, Mutter: Kopenhagen oder London! Ich war so aufgeregt, dass ich ihm um den Hals gefallen bin und ihn auf die Wange geküsst habe. Er ist mir gegenüber ausgesprochen nett und zuvorkommend gewesen. Und er erwartet so bald wie möglich eine Antwort.*
Sei mir nicht böse, Mutter. Bitte, denn Du weißt, wie sehr ich Dich und Vater liebe.

In Liebe,
Disa

Vater sah müde aus. Er war als Erster unten auf der Gangway, blieb in der Mitte stehen, um sich umzuschauen, konnte mich aber nicht sehen, obwohl ich nicht mehr als zehn Meter von ihm entfernt stand und ihm zuwinkte. Er sah schrecklich müde aus und rührte sich nicht, bis ihn eine Frau von hinten anstieß und ihm etwas ins Ohr flüsterte.

«Hier bist du ja, Disa, Liebes», sagte er erleichtert, als ich auf ihn zurannte. «Ich konnte dich nirgends entdecken.»

Joka hatte Schreibmaschinenunterricht, und Vater und ich nahmen ein Taxi nach Gardastraeti, damit wir nicht zu viel an seinem Gepäck zu schleppen hatten. Gerade als wir losfahren wollten, lief ein Mann unserem Wagen nach und gestikulierte wild, um unsere Aufmerksamkeit auf sich zu ziehen.

«Der Doktor hat dies auf Deck vergessen», rief er schnaufend und reichte Vater die Arzttasche durch das offene Fenster.

Wir bedankten uns bei ihm und fuhren los. Der Fremde war für sein jugendliches Alter ungewöhnlich mollig, und als ich mich umschaute, sah ich ihn schlurfend zurückwatscheln.

«Deine Mutter macht sich Sorgen um dich», war das Erste, was mein Vater sagte, als wir uns von den Docks entfernten.

Ich schwieg.

«Gibt es etwas, womit man dich wieder zur Vernunft bringen könnte?»

Mir verschlug es zunächst die Sprache, denn ich hatte nicht erwartet, dass er so schnell auf das Thema zu sprechen käme. Ich stammelte hilflos:

«Oh, Vater …»

Da lächelten seine Augen, und er sagte:

«Du willst also ein Bohemeleben führen, meine Liebe.»

Während der restlichen Autofahrt schwiegen wir, und als wir Gardastraeti Nr. 9 erreichten, halfen wir dem Chauffeur,

die Koffer hineinzutragen. Vater bewegte si
und ging sogleich zu Bett, nachdem er Mrs. (
und sich bei ihr bedankt hatte, dass sie für Joru
sorgte.

Als Joka und ich an diesem Abend von der
Hause kamen, war er mit seinem Freund Vilh
dessen Frau zum Abendessen gegangen. Er hatte ...s. Olsen gebeten, mir einen Briefumschlag zu überreichen. Ich öffnete ihn eilig und las ihn atemlos vor Aufregung mit Joka durch:

Miss Bohemien, Asdis Jonsdottir,

eines Tages wirst Du herausfinden, wie kurz das Leben ist und wie wenig Zeit uns bleibt. Aus diesem Grund möchte ich nicht mehr versuchen, Dich von Deinem Vorhaben abzubringen. Ich weiß, dass es sinnlos wäre. Andrerseits habe ich drei Bitten an Dich:
Erstens, ich würde morgen gerne Mr. Sivertsen treffen, möglichst zwischen zwei und vier. Auch möchte ich mich mit ihm über die Vorkehrungen unterhalten, die er für Dich in London getroffen hat. Ich möchte ihn privat sprechen.
Zweitens, ich wünsche mir von Dir, dass Du im Frühjahr gute Prüfungen schreibst, um Deiner Mutter eine Freude zu machen. Sie hat es verdient.
Drittens, ich möchte, dass Du Samstagabend in Sivertsens Küche Dein Bestes gibst, denn ich habe im Hotel Borg für acht Uhr einen Tisch für zwei Personen reserviert. Richte Deiner Schwester Jorunn, die, während Du diese Zeilen liest, zweifellos neben Dir steht, aus, dass es mir eine Freude sein wird, sie als meinen Gast zu sehen.

Vater

DRITTER TEIL

Hände, die nicht wissen, was sie erwartet, Augen, die nicht ahnen, was sie sehen werden, und die sich vor nichts fürchten. Ein offenes Lächeln und dickes, nach hinten gekämmtes kohlrabenschwarzes Haar. Von mittlerer Größe, glaube ich, mit breiten Schultern.

Wenn ich versuche, ihn mir in der Erinnerung vorzustellen, sehe ich zuerst die Umrisse seiner Hände auf weißem Papier. Sie halten einen Stift. Er sitzt an einem alten Schreibtisch, den wir vor lauter Übermut im vorigen Frühjahr auf einem Trödelmarkt gekauft und dann vor das Fenster mit Blick auf den Garten gestellt haben. Die Dämmerung bricht herein. Als ich ihm heißes Wasser für seinen Tee bringe, dreht er sich zu mir um. Und ich sehe nur das Lächeln in seinen Augen.

«Es wird dunkel, Jakob», sage ich und mache das Licht neben ihm auf dem Tisch an.

Langsam und still kommt die Dunkelheit, kriecht meine Füße hinauf, breitet sich über das Bett auf der anderen Seite des Zimmers aus. Als ich mich zu ihm hinunterbeuge und ihn berühre, rollt er den Stift in seinen Fingern hin und her. Ich kann den Schatten auf dem Papier vor mir sehen.

«Sollen wir zum See hinuntergehen?»

Wir lassen das Licht an und brechen eilig auf, Hand in Hand. Als wir die Boote erreichen, die ans Ufer gezogen worden waren, sehe ich den gelben Schimmer in dem Fenster oben am Hügel. Ich drehe mich zu Jakob um, will ihm das Licht zeigen, doch er ist schon verschwunden. Es wird immer dunkler über den Booten. Ich halte noch immer den Schatten seiner Hand.

Als der Kellner mir Kaffee anbot, musste ich gerade an goldene Regenpfeifer und Schnepfen denken, darum antwortete ich ihm langsamer, als mir lieb war. Die Gerichte waren in Ordnung, Brühe, Lachs und gegrillte Entchen, doch die Förmlichkeit während des Essens erstaunte mich. Der Kapitän hatte mich an seinen Tisch geladen, was offensichtlich eine ganz besondere Ehre ist.

Ungefähr zwei Stunden vor dem Abendessen hatten sich die Passagiere in ihre Kabinen zurückgezogen. Ich ging hinaus, um etwas frische Luft zu schnappen. Ein junger Mann, den ich nicht wahrgenommen hatte, als wir von Schottland losgefahren waren, kam zu mir herüber und sprach mich an. Er hatte wohl gerade in altisländischer Literatur promoviert und rechnete damit, im nächsten Jahr von seinem Professor in Kopenhagen übernommen zu werden. Ich stellte kaum Fragen, nickte nur gelegentlich, weil ich in Ruhe gelassen werden wollte. Aber er redete immer weiter, teilte mir mit, dass die Passagiere sich momentan noch ausruhten, um sich dann später gründlich zu waschen und in Schale zu werfen. Der Abend nach der Abfahrt von Leith, so verkündete er, sei besonders wichtig, da dann neue Gäste an Bord kämen, die man sowohl begutachten als auch beeindrucken müsse. Er redete so, als wäre er selbst über die Zurschaustellung völlig erhaben, obwohl kein Zweifel daran bestand, dass sie einen Großteil seiner Gedanken beherrschte.

«Man wird Sie an den Tisch des Kapitäns bitten», sagte er. «Sie wohnen in der Hauptsuite. Jeder erkundigt sich nach Ihnen.»

Als ich an Bord gegangen war, hatte ich bemerkt, dass alle Passagiere Unmengen an Gepäck mit sich schleppten, manche hatten sogar eisenbeschlagene Schrankkoffer dabei. Bestimmt waren ihre Kleider sorgsam gefaltet und in Seidenpapier gehüllt. Ich glaube, dass all die kleinen Köfferchen, die ich gesehen hatte, voll mit Kleiderbürsten, Nähzeug oder Kosmetika waren. Einige Herren hatten Lederetuis dabei, doch keines war so schön wie das von Anthony. Ich musste lächeln, als ich daran dachte. Es hat metallene Halter für Rasierpinsel, -seifen, Zahnbürsten, Zahnpasta und Zahnpulverbehälter. Außerdem besaß es noch verschiedene Taschen für Rasierer, Spiegel, Kamm, Haarbürste, Nagelschere und Feile, Schuhlöffel, Schuhbänder, Aftershave, Gesichtscreme und Schere. Vor jeder Reise prüft Anthony sorgfältig, ob in diesem wundervollen Etui auch nichts fehlt, versichert sich, dass weder das Aftershave verdampft noch die Rasierklinge stumpf geworden ist. Er pflegt und poliert alles und bittet die Gepäckträger und Pförtner um äußerste Sorgfalt beim Transport vom Wagen zum Zug oder in ein Hotelzimmer.

Nein, die kleinen Köfferchen, die von den Herren an Bord gebracht wurden, konnten sich nicht im Entferntesten mit seinem Etui messen. Mein Gott, welch würdevolle Miene sie aufzusetzen versuchten, als sie zum Abendessen hereinkamen, und wie elegant und gescheit sie dreinschauten. Ihre Frauen hingegen trugen jenen unbeteiligten Gesichtsausdruck zur Schau, den sie sich zweifellos im Kino bei Audrey Hepburn oder Vivien Leigh abgeschaut hatten.

Das Entchen war nicht schlecht, aber ich dachte an Schnepfe und Kiebitz, als der Ober mir Kaffee anbot. Mir schien, als könnte ich den Kiebitz vor meinem Schlafzimmerfenster in Kópasker lieblich singen hören und die Schnepfe vom Moor unten bei der Straße heraufflattern sehen.

«Kaffee?», fragte der dänische Kellner.

Ich nickte, und plötzlich wurde mir klar, dass es für eine Rückkehr zu spät war.

Der Doktor der altisländischen Literatur sprach ununterbrochen. Er sagte, dass er eines Tages, wenn die Zeit reif dafür sei, ein Buch über die Reisen der Wikinger schreiben werde.

«Und die Wellen», sagte er. «Die weiß schäumenden Wellen und die wie Finger gespreizten Sonnenstrahlen.»

Ich hörte schweigend zu, konnte aber keine weiß schäumenden Wellen erkennen, denn seit wir von Leith abgelegt hatten, war die See spiegelglatt, und nur eine leichte Brise streichelte meine Wangen. Die Häuser am Ufer wurden immer kleiner, die Möwen sagten uns Lebewohl, und die unendliche Weite des Meeres begann. Drei Nächte. In drei Nächten werde ich dort sein. Und was werde ich sagen? Welche Erklärung werde ich geben?

«Ich habe herausgefunden, wer der Autor der *Egils Saga* ist», sagte der Doktor.

«Tatsächlich?»

«Man hat mich zu einem Vortrag über dieses Thema an die Universität von Island eingeladen. Ich muss mal sehen, ob ich Zeit dafür habe.»

Ich setzte meine Sonnenbrille auf, denn der Himmel war inzwischen wolkenlos, und die Helligkeit schmerzte meine Augen. Warum war ich zu dieser Reise aufgebrochen?

«Jeder erkundigt sich nach Ihnen», hörte ich den Gelehrten sagen. «Ich sage immer, dass ich es nicht weiß. ‹Nie von ihr gehört›, sage ich. Sie leben in England, nicht wahr?»

Ich entschuldigte mich und ging unter Deck. Diese isländische Aufdringlichkeit. Anthony hätte mir nicht diese Suite reservieren sollen. Sie erregt nur Aufmerksamkeit. Ich weiß, dass er es gut gemeint hat, aber ich möchte gern in Ruhe gelassen werden. «Wer ist sie? Lebt sie in England? Asdis Jonsdottir – kennen Sie sie überhaupt, Gvendur? Haben Sie je von ihr gehört?»

Ich trat in meine Kabine und verriegelte die Tür hinter mir. Ich setzte mich, schloss die Augen, hatte jedoch Angst, jeden Moment einzuschlafen. Letzte Nacht hatte ich mich selbst zweimal in einem Traum erblickt, meine Wange, meinen Arm, aber *er* war darin nicht aufgetaucht. Ich war aus dem Traum aufgeschreckt und hatte gewartet, bis mein Herz wieder langsamer schlug. Dann hatte ich mir im Badezimmer den Schweiß von der Haut gewaschen.

«Wer ist sie? Lebt sie in England?»

Es sollte eine lange Reise werden.

Ich habe ein paar Bücher, Fotografien und alte Briefe mitgenommen, die ich während der Reise noch einmal lesen will.

Als ich vor dem Literaturwissenschaftler davongelaufen war, um in meiner Kabine Zuflucht zu suchen, schlug ich das kleine Büchlein auf, das Vater mir an jenem Abend gegeben hatte, als ich mich nach England einschiffte. Es heißt *Hilf dir selbst*, und der Untertitel lautet *Ratgeber für junge Leute, mit wahren Beispielen und Zitaten aus dem Leben guter Menschen*; Reykjavík, 1892, zusammengestellt von Samuel Smiles, übersetzt von Ólafur Ólafsson, Pfarrer von Guttormshagi. Als ich noch ein Kind war, sah ich dieses Buch häufig auf dem Tisch in der Apotheke. Ich vermute, dass Vater in schweren Zeiten darin Trost fand.

«Hier, Disa», sagte er, nachdem er mir Lebewohl gesagt hatte. (Ich kann mich noch daran erinnern, wie fest er mich drückte und wie lange er mich in den Armen hielt.) «Hier, Disa. Steck dieses Buch in deine Tasche. Es könnte dir einmal nützlich sein.»

Er stand mit Joka bei den Docks, als das Schiff aus dem Hafen fuhr. Er sah so klein aus, schon bevor ich die Gangway hinaufging. Manchmal, vor allem wenn ich nicht ausgeschlafen bin, habe ich Mühe, ihn in meiner Erinnerung zu sehen.

Die kleine Marilyn und ich saßen bis spät nachts zusammen, doch bevor ich weitererzähle, muss ich erst einmal anmerken, dass sie nichts von ihrem Kochtalent eingebüßt hat.

Sobald ich den ersten Bissen Hummer im Mund hatte, wusste ich, dass wir verwandte Seelen sind.

«Blödsinn», sagte sie verlegen. «Ich habe doch alles von dir gelernt.»

Nach dem Essen setzten wir uns auf die Veranda, lauschten den vertrauten Abendklängen und gönnten uns Käse mit Obst; Pfirsiche, Erdbeeren, Äpfel und Kirschen. Wir saßen so friedlich zusammen, als hätte sich seit damals, als wir am Ende eines langen Arbeitstages zu Hause vor dem Gewächshaus saßen und über alles Mögliche sprachen oder einfach schwiegen, nichts geändert.

Das Hotel liegt wunderschön am Windermere-See, und obwohl es tiefer gelegen ist, hat man einen freien Blick über das Wasser nach Süden. Als wir heute früh vorbeifuhren, sah ich am Ufer einen Austernfischer und eine Seeschwalbe, die nach kleinen Fischen tauchte. Das Haus ist nicht groß, aber sauber und reizvoll und muss den Fotografien nach zu schließen früher ein Pfarrhaus gewesen sein. Das Nebengebäude, in dem mein Chauffeur untergebracht ist, stört die Aussicht nicht, denn es ist frisch gestrichen worden. Gut, dass er nicht noch eine Übernachtung in einer Pension bezahlen muss.

Soweit ich weiß, führen Marilyn und ihr Mann nicht nur das Hotel, sondern sind gleichzeitig Miteigentümer, auch wenn es mir nie eingefallen wäre, mich nach ihren Finanzen zu erkundigen. Die Zimmer sind gemütlich, was beweist, dass die kleine Marilyn ein gutes Gedächtnis hat.

Mit anderen Worten, ich würde Holbeck Ghyll ohne zu zögern jedem empfehlen, der das Seengebiet im Nordwesten Englands kennen lernen und besichtigen möchte.

Während der letzten Etappen unserer Reise hatte ich mir ein bisschen Sorgen gemacht, was ich ihr bei meiner Ankunft sagen sollte, doch das erwies sich als völlig unnötig. Als wir die Auffahrt hinauffuhren, stand das Ehepaar schon da – offensichtlich warteten sie schon eine Weile, um uns begrüßen zu können. Noch bevor der Chauffeur ausgestiegen war, öffnete Marilyn mir die Wagentür, während ihr Mann im Hintergrund verharrte. Sie war hübsch geworden, hatte an den richtigen Stellen ein paar Pfund zugenommen, und in ihrem Lächeln und in ihren Augen verbarg sich immer noch dieselbe Ehrlichkeit. Insgesamt hatte sie an Sicherheit gewonnen. Als sie mich umarmte, war es so, als wäre nie etwas zwischen uns vorgefallen. Der Portier nahm meine Koffer und trug sie hinein, und als wir uns wieder voneinander gelöst hatten, begrüßte ihr Mann mich freundlich und bat meinen Chauffeur, den Jaguar hinter dem Haus zu parken und sich in der Küche eine Erfrischung zu genehmigen.

Mein Zimmer ging nach Süden hinaus. Ich war erschöpft und spürte leichte Schmerzen. Ich ließ Badewasser ein, legte mich in die Wanne und blickte durch das offene Fenster auf den See. Ein Schmetterling kam hereingeflogen und flatterte um mich herum, und voller Freude sah ich, wie die Sonne auf seine papierdünnen Flügel schien und sie in flackernde Lichtfunken verwandelte. Bei dem Anblick verspürte ich ein Wohlgefühl und war mir sicher, dass es ein schöner Abend würde.

Ich hatte bemerkt, dass das Ehepaar sich auf eine nette, natürliche Art und Weise gut verstand. Als ich in der Badewanne lag und auf den See hinausblickte, kam mir daher der Gedanke, dass ich ihrer Heirat gegenüber vielleicht eine falsche Einstellung eingenommen hatte. Ich dachte eine Zeit lang darüber nach und war fast schon wieder so weit, mich schuldig zu fühlen, aber dann sagte ich mir, dass es besser sei, nicht weiter über Dinge nachzudenken, die längst vergangen und vergessen waren. Das Wichtigste war, dass ihre Ehe glücklich zu sein schien. Mit dieser Schlussfolgerung war ich zufrieden, und ich trocknete mich langsam ab.

Nachdem ich mich angezogen hatte, sah ich mich etwas

genauer in dem geräumigen Zimmer um. Die gelbe Tapete wirkte in dem Licht der Nachmittagssonne besonders fröhlich. Auf dem Nachttisch standen eine kleine Lampe, eine Vase mit einer gelbroten Rose und ein Gartenbuch. Auf dem Couchtisch lagen ein Hotelprospekt und Informationsmaterial über die nähere Umgebung sowie eine silberne Zigarrenschachtel, getrocknete Gräser und ein Kochbuch, zu dessen Mitarbeit ich mich vor Jahren hatte überreden lassen. Es wäre zweifellos besser gewesen, wenn ich es nicht getan hätte. Im Laufe des Abends sagte die kleine Marilyn, dass in jedem Zimmer des Hauses, sogar unten im Salon, ein Exemplar davon auslag. Ich fragte sie, ob sie damit ihre Gäste vergraulen wollte, wo doch viele zweifellos eine strapaziöse Reise hinter sich hatten.

An der Hauswand bei der Veranda zogen sich Weinreben empor, und obwohl noch keine Trauben dranhingen, leuchteten die Blätter schön in der Abendsonne. Wir aßen gemächlich und tranken einen erfrischenden, vollmundigen Muskateller. Mr. Thomson – oder Bill, wie sie ihn zum Glück nannte – besserte gerade mit einem Stallknecht aus der Nachbarschaft das Reitgeschirr aus. Ein schüchternes Mädchen, dem Marilyn, wie sie sagte, gerade erst das Servieren beigebracht hatte, trug die Gerichte auf, ließ uns ansonsten aber ungestört. Als sie Obst und Käse brachte, sagte Marilyn plötzlich zu mir:

«Ich vermisse oft diese Abende draußen vor dem Gewächshaus.»

Ich erwiderte, dass es mir genauso ginge.

«Sie haben mir immer so viele gute Ratschläge gegeben. Ich habe oft bedauert, sie mir nicht aufgeschrieben zu haben.»

Ehrlich gesagt, konnte ich mich an keinen einzigen Ratschlag erinnern, sagte aber nichts dazu. Sie schien das zu bemerken und fügte hinzu:

«Wahrscheinlich haben Sie eher laut nachgedacht, als mir

bewusst Ratschläge zu geben. Trotzdem bedaure ich, es mir nicht notiert zu haben, dann hätte ich es nicht vergessen. Wie zum Beispiel die Geschichte von dem Mann, der in Sodawasser badete, weil er dachte, dass dies seine Potenz steigern würde. Das ist eine Geschichte, die ich natürlich nicht vergessen werde.»

Ich sagte, dass ich ihr mit Sicherheit nützlichere Dinge erzählt hätte.

«Sie haben mir auch beigebracht, wie man eine Wildente von einer Zuchtente unterscheidet. Die Wildenten haben rote Füße, sagtest du, die kleiner als die der Zuchtente sind.»

Ich war überrascht. Sie lächelte.

«Nun, ich habe jahrelang nach Wildenten mit roten Füßen gesucht, aber nie welche entdeckt.»

Wir mussten beide lachen.

Es war so schön, sie wiederzusehen und in Erinnerungen zu schwelgen. Zum Käse bot sie mir einen Portwein an, doch der Muskateller schmeckte so erfrischend, dass wir eine weitere Flasche öffneten und noch bis spät abends dasaßen und selbstvergessen zu Mond und Sternen aufsahen. Ihr Mann war schon lange zu Bett gegangen, und das Mädchen, das uns bediente, hatte sich verabschiedet. Eine warme Brise wehte vom See herüber und raschelte durch die Weinblätter und der Platane neben der Veranda. In der Abenddämmerung klang es wie fröhliches Glockengeläute.

«Schreiben Sie mir, Disa», sagte sie plötzlich. «Alles, was Ihnen in den Sinn kommt. Egal was.»

Der folgende Morgen war warm und die Luft dunstig gelb, als wir das Haus verließen, nachdem wir mit Marilyn und ihrem Mann in der Küche gefrühstückt hatten. Ich winkte beiden durch das Rückfenster des Wagens zu und beschloss, Marilyn auf dem Weg nach Island zu schreiben.

Heute Morgen wurde ich von einem Knall geweckt, denn das Zimmermädchen hatte im Flur ein Tablett fallen gelassen. Es war fast acht Uhr. Jemand kam ihr zu Hilfe, ein Mann, der Stimme nach zu urteilen, und während sie eilig Glasscherben, Teelöffel und Geschirr einsammelten, flüsterten sie miteinander. Irgendetwas musste das Mädchen in helle Aufregung versetzt haben, denn ich hatte keinerlei Schwankungen auf dem Schiff bemerkt. Vielleicht war es ihre erste Reise.

Dieser Vorfall erinnerte mich sofort an den alten Kellner in Boulestins Restaurant, und so beschloss ich, meine Erinnerungen aufzuschreiben und sie der kleinen Marilyn zu schicken, denn mein Versprechen, ihr zu schreiben, war noch immer mein wichtigster Gedanke. Ich setzte mich im Bett auf, entspannte mich ein wenig, und als ich das Grau und den düsteren Himmel draußen sah, dachte ich gar nicht erst daran, aufzustehen. Ich war zufrieden, und obwohl plötzlich alle Erinnerungen an die ersten Monate bei Boulestin auf mich einzustürmen begannen, machte mir das nichts aus.

Für ein Mädchen aus Kópasker war die Reise nach Liverpool im Jahre 1936 ein ganz schönes Abenteuer, und die Zugfahrt nach London war kaum weniger aufregend gewesen. Doch was mich an diesem Morgen, da ich an alte Zeiten dachte, am meisten aufheiterte, das war die Erinnerung an den Empfang, den Boulestin und Mrs. Brown mir bereitet hatten. Ich war damals überrascht gewesen, von meinem zukünftigen Chef am Bahnhof abgeholt zu werden, und hatte Mühe, die richtigen Worte zu finden. Er begrüßte mich väterlich und erklärte, dass er seinem Freund Sivertsen versprochen hatte, auf mich aufzupassen. Gerade als ich in gebrochenem Englisch ein paar Worte des Dankes stammeln wollte, winkte Mrs. Brown einen Gepäckträger heran und nahm meinen Arm.

«Du wohnst bei mir», sagte sie entschlossen.

«Pass auf, wie viel Miete sie verlangt!», flüsterte Boulestin scherzhaft und beide brachen in Gelächter aus.

Nein, diese Erinnerungen machten mir nichts aus, obwohl ich komischerweise im selben Augenblick auch an meinen Bruder Kari dachte, der nun in Seattle in Amerika lebte und den ich, seit er ein kleiner Junge war, nicht mehr gesehen hatte. Vielleicht war es Vaters Brief, der mich an ihn erinnerte.

«Kari hat die Aufnahme an eine angesehene Universität in den Vereinigten Staaten geschafft», schrieb er mir, als ich bereits sechs Monate bei Boulestin arbeitete. «Er ist seinen Altersgenossen weit voraus. Es sieht so aus, als werde er dieses Frühjahr an der Akureyri High School den besten Abschluss seines Jahrgangs machen.»

Vater war zweifellos stolz auf seinen Sohn, auch wenn ich zwischen den Zeilen die Trauer darüber spürte, dass sie, «das alte Ehepaar», wie er es ausdrückte, nun ganz alleine in dem Haus wohnten.

Kari schickte mir jedes Jahr Weihnachtsgrüße mit Familienfotos und den Durchschlag eines Berichtes, in dem auf Englisch zu lesen war, was sie alles während des vergangenen Jahres erlebt hatten. Ich finde diesen amerikanischen Brauch etwas sonderbar, dennoch hebe ich all seine Karten auf. Ich bin froh, dass es ihm gut geht.

Während ich es mir unter der Decke gemütlich machte, wanderten meine Gedanken hin und her, und erst als ich nach Stift und Papier griff, wurde mir klar, dass ich bei meiner Beschreibung des Abends mit Marilyn ein bedeutendes Detail vergessen hatte. Es war mir völlig entfallen. Ich musste lächeln, das Versehen war so außerordentlich, dass ich meinen Mund zu einem schiefen Lächeln verzog, doch plötzlich fühlte ich mich klein und fehlbar. Konnte ich meinem Erinnerungsvermögen überhaupt noch trauen? Wurde ich frühzeitig senil? Ich lehnte mich zurück und rief mir den Abend noch einmal ins Gedächtnis.

Während des Abendessens hatte ich den Eindruck gewonnen, dass die kleine Marilyn mir etwas erzählen wollte, sich aber nicht dazu durchringen konnte. Nervös rutschte sie auf ihrem Stuhl hin und her und prüfte, ob das Mädchen, das uns bediente, außer Hörweite war. Als das Mädchen schließlich zum Abwaschen fortgegangen war und wir das beständige Fließen von Wasser und das Geklapper von Besteck hörten, setzte sie sich ordentlich auf ihrem Stuhl zurecht und sagte ruhig:

«Du hast wahrscheinlich bemerkt, dass Bill und ich keine Kinder haben.»

Diese Frage – oder besser gesagt Erklärung – überraschte mich. Als ich von meinem Gewissen getrieben antwortete, dass ich gar nicht daran gedacht hatte, verriet mir ihre Miene, dass sie mir nicht glaubte.

«Ich kann keine Kinder bekommen», sagte sie. «Wir haben es jahrelang versucht.»

Bei solchen Gesprächen habe ich mich noch nie wohl gefühlt, und wenn möglich vermied ich sie, indem ich das Thema wechselte oder mich zurückzog, besonders, wenn mehrere Personen anwesend waren. Gestern Abend jedoch gab es kein Entrinnen mehr, weder in Wort noch Tat. Also sagte ich in etwa, dass sie beide mir viele Gemeinsamkeiten zu haben schienen, die wichtiger seien. Kinder sind nett, sagte ich, aber natürlich keine Garantie für eine glückliche Ehe. Sie hörte mir schweigend zu, trotzdem entging mir nicht, dass sich hinter ihrer Offenbarung mehr als nur die Suche nach Mitgefühl verbarg. Sobald ich zu Ende gesprochen hatte, lehnte sie sich zu mir herüber und flüsterte:

«Wir haben überlegt, ein Kind zu adoptieren, aber ich weiß nicht recht, Disa. Ich weiß nicht, ob es richtig ist. Bill meint, dass die Entscheidung bei mir liegt, aber ich kann mich einfach nicht entschließen. Oh, Disa, ich glaube nicht, dass ich je in meinem Leben so durcheinander war.»

Ich fühlte mich unwohl, fragte sie aber, was ihr solche Sorgen bereitete.

Zuerst meinte sie, es sei vor allem der Gedanke, das Kind könne vielleicht spüren, dass sie nicht seine Eltern seien. «Du weißt, was ich meine», fügte sie hinzu, «biologische Eltern oder wie man dazu sagt» – doch in letzter Zeit werde sie vor allem von dem Verdacht geplagt, dass Kinder, die Leuten wie ihnen anvertraut würden, meist aus Problemfamilien stammten und darum selbst einmal Probleme bereiten könnten.

«Ich weiß natürlich nichts über Vererbung», sagte sie, «aber ich habe nun mal die Befürchtung.»

Sie schwieg, und wir lauschten dem Wind, der die letzten Blätter in den Bäumen rüttelte, als suche er etwas, was er nicht finden könne.

Ich räusperte mich und sagte, dass es schwierig für mich sei, ihr einen Ratschlag zu geben.

«Aber ich glaube, dass es verschiedene Gründe dafür gibt, weshalb Mütter ihre Kinder weggeben müssen», sagte ich. «Und ich fühle mich nicht in der Lage, über sie zu urteilen.»

In diesem Moment lief die Katze auf die Veranda, sprang auf Marilyns Schoß und maunzte kläglich.

Jetzt, da sie sich einmal so richtig ausgesprochen hatte, wechselte Marilyn das Thema, aber ich dachte bereits mit einer gewissen Unruhe an den folgenden Tag, an dem ich die schottische Grenze überqueren würde; statt auf diese sanft im Wind sich wiegenden Felder würde ich dann auf die eisumhüllten Border Hills blicken, auf Schafherden, die felsige Wasserrinnen zu durchqueren versuchten. Diese Bilder ließen mich an Island denken und beschworen einmal mehr die Frage herauf, ob ich denn wirklich bereit war zu dieser Reise.

An der Stelle, wo die Straße in einen Platz mündet, hatte man ein weißes Segeltuch über die Straße gespannt und bunte Zelte in allen Regenbogenfarben dicht gedrängt in der Nähe des Parks aufgestellt. Als wir aus dem Zug stiegen und Richtung Earl's Court gingen, sah ich ringsum nichts als riesige Zelte und eine wogende Menschenmenge, was nicht verwunderlich war, denn dies war der letzte Abend, an dem der Zirkus im Ort gastierte. Es war bereits nach neun, und zunächst war ich überrascht, wie viele Leute noch mit ihren Kindern gekommen waren – einige von ihnen waren noch sehr klein –, dachte mir dann aber, dass das Wetter schön und für Mitte September ungewöhnlich warm war.

«Ein schöner Altweibersommer», hatte Boulestin an diesem Morgen zu mir gesagt, als er seinen Kopf in die Küche steckte. «Ich habe letzte Nacht sogar bei offenem Fenster geschlafen.»

Mrs. Brown konnte der Versuchung, ihn zu necken, nicht widerstehen, denn wir beide wussten, wie leicht er sich erkältete.

«Sie haben mit Schal und Mütze geschlafen, stimmt's?», fragte sie und unterdrückte ein Lachen.

Er nahm den Witz gelassen hin und wandte sich wieder an mich:

«Nun, Miss Jonsdottir aus Island, wollen Sie sich nicht ein wenig vergnügen, bevor der Herbst kommt? Ich fühle mich schon fast wie ein Sklaventreiber.»

Tatsächlich war ich seit meiner Ankunft in England vor drei Monaten kaum ausgegangen, aber die Arbeit in dem Restaurant am Leicester Square ließ mir damals auch nicht viel Freizeit. Manchmal drohte der Arbeitsdruck meine Kräfte zu übersteigen, aber ich hatte nie einen Grund, mich zu beklagen. Zu jener Zeit gab es in London kein Restaurant, welches das Boulestin übertroffen hätte. Zu den Leuten, die scharenweise hierher strömten, gehörten Schauspieler, Politiker, Angehörige des einfachen Adels und bekannte Geschäftsleute, die sich mit Gästen aus den feinsten Hotels der Stadt, vor allem dem Ritz und dem Savoy, mischten. Für das Personal dieser beiden Hotels war es nichts Ungewöhnliches, wenn es in letzter Minute um einen Tisch regelrecht betteln musste, so viel Betrieb herrschte beinahe täglich im Restaurant. Meistens versuchten wir die Gäste irgendwie hineinzuquetschen, doch manchmal ging es wirklich nicht.

«Aber es ist doch für Sir James Hetherington», riefen die Bediensteten des Hotels. «Er ist in Begleitung von ... Sie müssen unbedingt einen Platz für ihn finden.»

«Tut uns Leid.»

Doch an jenem Abend hatte ich beschlossen, mit Julie Smith, einer jungen Kollegin, in den Zirkus zu gehen. Wir verkündeten Boulestin und Mrs. Brown unseren Plan.

«Gut», sagte er.

«In Ordnung», sagte sie, «aber gebt auf die Affen Acht.»

Sie krümmten sich vor Lachen, doch ich war etwas langsam von Begriff und verstand nicht sofort, dass sie Männer damit gemeint haben musste.

In einem Zelt konnte man Kopf stehende Clowns sehen, während ein Stück weiter ein Feuerspucker einen Dolch in die Luft schleuderte, ihn wieder auffing und dabei die Zunge herausstreckte, um seiner Nummer einen zusätzlichen Reiz zu verleihen. Wir trieben uns vor dem Clownszelt herum und schauten dann dem stärksten Mann der Welt zu, wie er das Publikum zu einer Kraftprobe herausforderte. Nachdem wir alle Zelte durch hatten, kauften wir uns ein Eis und setzten uns auf eine Parkbank. Julie war sehr ruhig und gelassen, und so sprachen wir nur wenig, während wir unser Eis schleckten. Obwohl wir bei den Clowns und dem Löwenbändiger, der vorgab, seinen Löwen verloren zu haben und sich lauthals fragte, ob es wohl regnen würde, natürlich ordentlich gelacht hatten. Wir hätten uns zweifellos auch über etwas Interessanteres unterhalten können, doch stattdessen ließen wir uns von der Atmosphäre des Zirkus verzaubern, von seinen lächerlichen Illusionen, seiner naiven Einfältigkeit, seinen Grotesken, die niemand wirklich ernst nimmt, aber die die meisten Menschen doch faszinieren.

Als wir schließlich aufstanden, sah Julie auf ihre Uhr und bemerkte, dass sie nach Hause musste, weil sie einen weiteren Weg als ich hatte. Bevor wir uns voneinander verabschiedeten, fragte sie mich, ob es mir denn wirklich nichts ausmache, alleine mit der Untergrundbahn nach Hause zu fahren. Ich versicherte ihr, dass sie sich keine Sorgen um mich zu machen brauchte. Sie rannte durch den Park und aus dem nördlichen Tor hinaus, ich hingegen beschloss, an den Zirkuszelten vorbei zur Haltestelle zu laufen.

Sobald ich wieder mitten unter der Menschenmenge war, spürte ich, dass sich seit dem frühen Abend etwas verändert hatte. Die Leute schienen nervös zu sein, während sie sich die Allee hinunterdrängten, die zum Platz führte, über den das weiße Segeltuch gespannt war – dort sollten die Clowns und Freaks auftreten. Ich war neugierig und ließ mich von der Menge bis zu den Bänken treiben, die vor einer niedrigen Bühne unter dem weißen Segeltuch aufgereiht standen. Die Menschen stritten sich um die Plätze bei der Bühne, manche stießen sich mit den Ellenbogen an, als hätten sie alle guten Manieren vergessen. Ich nahm in der zweiten Reihe von hinten, ziemlich in der Mitte Platz.

«Holt das Monster!», riefen die Leute, als ich mich gesetzt hatte, und da erst entdeckte ich an der rechten Seite der Bühne ein Schild. «Ein wundersames Geschöpf aus dem afrikanischen Dschungel», stand darauf geschrieben. «Mensch oder Tier? Dr. Kivan wird Ihnen die Wahrheit enthüllen.»

Die Bühne war hinter einem roten Vorhang verborgen, der wohl einmal ein Kino geziert haben musste, jetzt aber nur noch ein Lumpen war, auf einer Seite gänzlich durchgerissen. Ein kleiner Junge kletterte auf die Bühne und wollte durch den Schlitz spähen, doch sein Vater hielt ihn im letzter Minute zurück und drückte ihn auf seinen Stuhl. In der Ferne donnerte es, und alles blickte zum Himmel empor; irgendwo musste es schon in Strömen regnen, doch da, wo wir saßen, fiel kein Tropfen.

Ich sah auf die Uhr. Die Show hätte schon vor zehn Minuten beginnen sollen, doch weder Dr. Kivan noch das so genannte wundersame Wesen aus Afrika ließen sich blicken. Die Menge fing zu murmeln an, die Kinder wurden unruhig und quengelten vor Müdigkeit. Ich konnte nicht verstehen, warum ihre Eltern sie nicht schon vor Stunden nach Hause ins Bett gebracht hatten. Sobald ich mich gesetzt hatte, bemerkte auch ich die Müdigkeit und beschloss, mich auf den Heimweg zu machen. Doch in dem Moment hob sich der Vorhang, und Dr. Kivan stand in all seiner Pracht vor uns. Mit gespreizten Beinen stand er am Bühnenrand, trug weiße Reiterhosen, hohe schwarze Lederstiefel und eine glänzende Sergejacke. Um seine Taille hatte er einen Gürtel gewunden, von dem zu einer Seite eine Peitsche, zur anderen ein kupfergrüner Schlüssel herabhingen. Trotz dieser Montur machte der Doktor einen schwächlichen Eindruck, er hatte runde Schultern und fettige Haut, und unter seiner weißen Kappe lugten klein und kränklich wirkende Schweinsäugelchen hervor, mit denen er sich suchend im Zelt umsah. Manche Leute fanden seinen Blick so unangenehm, dass sie ihre Augen senkten. Andere starrten hartnäckig zurück. Dann lächelte er einfältig und zwirbelte langsam die Enden seines öligen Schnurrbarts hoch.

«Die Gefahr lauert überall», fing er mit rauer, künstlich tiefer Stimme an. «An den unwahrscheinlichsten Orten. Wenn man es am wenigsten erwartet. Ohne die geringste Vorwarnung packen sie uns wie wilde Tiere in ihre Klauen, gnadenlos – selbst an einem schönen warmen Abend wie diesem …»

Natürlich ging ein Raunen durch die Menge. «Ich spreche nicht von Löwen oder Tigern, giftigen Schlangen oder

Krokodilen, auch nicht von den wilden Schwarzen, die mich tagelang durch die Wüste Gobi jagten. All diese Gefahren sind vorhersehbar.» Inzwischen hatte er begonnen, auf der Bühne auf und ab zu gehen, und mir fiel auf, dass er hinkte. Die Augen der Menge folgten ihm wie ein langsam schwingendes Pendel, ihre Aufmerksamkeit haftete in stillem Einverständnis an ihm. Schließlich blieb er stehen, steckte seine Daumen in den Gürtel und sagte mit gespielter Gleichgültigkeit, als berichte er über einen Wetterumschwung: «Nichts hat mich je aus der Fassung gebracht. Bis ich diese Monster traf, von deren Existenz ich nichts geahnt hatte. Bestien, die keine Bestien sind, Menschen, die keine Menschen sind.» Er hatte seine Stimme immer weiter gesenkt, doch nun schrie er fast:

«Ungeheuer, sage ich Ihnen, Ungeheuer!»

Die Menge wurde von seiner Stimmgewalt aufgeschreckt. Manche hielten sich an ihrem Nachbarn fest, fingen dann an zu lachen oder flüsterten miteinander, um die Spannung zu lockern.

«Sie lachen. Sie finden das amüsant. Wir werden sehen, ob Sie immer noch so guter Dinge sind, wenn Sie erst in die Augen dieses Krüppels geblickt haben.»

Er schritt bedächtig auf die Rückseite der Bühne zu, wo im Halblicht die Umrisse eines Käfigs zu erkennen waren. Zunächst schien mir, dass sich nichts darin bewegte, doch als Dr. Kivan seine Peitsche schwang und die Peitschenschnur knallen ließ, sprang ein kleines, höchstens einen Meter großes Wesen auf und stieß einen furchtbaren Schrei aus. Der Doktor taumelte zurück, als hätte er diesen Empfang nicht erwartet. Dem Publikum stockte der Atem.

«Du hast mich bedroht!», schrie er. «Wirst du dich zusammennehmen, wenn ich dich herauslasse?»

Die einzige Antwort, die er bekam, war ein Mitleid erregendes Gewinsel wie das eines Hundes, der getreten worden war.

«Sehr gut, du versprichst also, brav zu sein. Aber bilde dir bloß nicht ein, dass ich die Kette löse.»

Er stolzierte arrogant zum Käfig, schwang den Schlüssel, der an seinem Gürtel gehangen hatte, lehnte sich nach vorn und öffnete die Tür einen Spalt weit. Dann ging er vorsichtig zum Bühnenrand zurück.

«Komm her!», ordnete er an.

Totenstille.

«Komm her!»

Kettengerassel, dann taumelte eine zwergenhafte Gestalt aus dem Käfig und kam nur unweit von Dr. Kivan in der Mitte der Bühne zu stehen.

Ich sage: eine zwergenhafte Gestalt, aber eigentlich handelte es sich um einen ganz gewöhnlichen Liliputaner. Allerdings trug er fremdländische Kleidung, ein Knochenhemd – Oberschenkelknochen, nehme ich an – und einen grünen Umhang, der von seinen Schultern hing. Auf seinem Kopf prangte eine bunte Gefiederkrone. Auch sein Gesicht war bemalt, rot, gelb und schwarz; es war breit, mit einer merkwürdig hohen Stirn, hatte runde, hervorquellende Augen und Ohren, die wie gedörrte Pflaumen aussahen und so klein waren, dass man sie kaum erkennen konnte.

Der Doktor sah feierlich ins Publikum und erklärte in einer ausschweifenden Rede, wie er «das Monster» im afrikanischen Dschungel geschnappt und zurück nach England gebracht habe. Dann berichtete er von seinen Versuchen, das Ungeheuer zu «dressieren» (ich erinnere mich ziemlich gut daran, dass er das Wort «dressieren» und nicht «lehren» benutzte), und bot dem Publikum schließlich an, ihm zu zeigen, welche Fortschritte das Monster gemacht hatte. Die Peitsche heulte und brachte den Zwerg dazu, auf einem Fuß zu stehen, in die Luft zu hüpfen, seine Zunge herauszustrecken, Grimassen zu schneiden und dem Publikum sein Hinterteil entgegenzustrecken. Die Zuschauer lachten und feuerten ihn voller Vergnügen an, auch die Kinder waren inzwischen wach geworden. Die Peitschenschnur sauste immer höher, und Dr. Kivans Befehle wurden immer lauter und lauter, bis er ohne Vorwarnung die Arme verschränkte und verachtungsvoll sagte:

«Nun gut, mir scheint, dass das Biest zumindest die Intelligenz eines Hundes besitzt.»

Bei dieser Verspottung brüllten die meisten Leute vor Lachen, doch ich bemerkte auch, dass einige sich unwohl fühlten, als ginge ihnen der Spaß zu weit.

«Du hast dich heute Abend ganz gut benommen», sagte der Doktor. «Ich glaube, du hast es verdient, freigelassen zu werden.»

Den Zuschauern stockte erneut der Atem, sie steckten ihre Köpfe zusammen und kicherten – kurzum, sie verhielten sich, wie erwartet. Der Zwerg schüttelte sich, blieb aber an seinem Platz stehen. «Glauben Sie, dass er sprechen kann?», fragte Dr. Kivan. «Glauben Sie, dass ich es fertig gebracht habe, ihm das Sprechen beizubringen? Wäre das nicht ein Wunder?»

Er starrte den Zwerg an.

«Dreizehn!»

Er wählte die Zahl zweifellos absichtlich.

«Sprich mir nach», befahl er. «Dreizehn!»

Der Zwerg kreischte.

Dr. Kivan ging drohend auf ihn zu, hob seine Peitsche und wiederholte: «Dreizehn!»

Da fing das kleine Wesen plötzlich auf isländisch zu kreischen an.

«Argara thargara!», jammerte es. *«Kettir, kettir.»*

Das Publikum wurde still, und ich war wie gelähmt. Ich hatte plötzlich das Gefühl, als würde ich selbst den Alptraum eines anderen durchleben.

«Da hören Sie es. Es ist ein wildes Tier», sagte Dr. Kivan. «Dreizehn habe ich gesagt! Dreizehn!»

«Tr… Tr…»

«Gut, sehr gut. Dreizehn!»

«Trai...»

«Dreizehn!»

Die Peitsche prasselte auf den Kopf des Zwerges nieder und fuhr über den Federschmuck.

«Dreizehn habe ich gesagt! Dreizehn.»

«Traizeen ...»

«Traizeen», äffte er den armen Kerl spöttisch nach.

«Traizeen ...»

Dann brüllte der Doktor, als hinge sein Leben davon ab: «Dreizehn habe ich gesagt! Ich habe gesagt, dreizehn!»

Im selben Augenblick ließ er die Peitsche auf den Zwerg lossausen, der vor Schmerz aufheulte und sich dann mit einem einzigen Satz auf den Doktor stürzte, der flach auf das Gesicht fiel. Der Zwerg eilte zum Bühnenrand, sah das Publikum finster an, zischte und spuckte schließlich einen Strahl Feuer.

Als er drauf und dran war, sich Feuer spuckend unter die Menge zu mischen, sprangen viele Zuschauer vor Entsetzen von ihren Stühlen hoch und ergriffen in panischer Angst die Flucht. Eltern griffen außer sich vor Schreck nach ihren Kindern, jeder stürzte, ohne auf seinen Nachbarn zu achten, schnell hinaus. Ich ließ mich von der Menge mitziehen, denn sonst wäre ich niedergetrampelt worden. Manche Leute verloren in dem Durcheinander den Halt, und als ich einer Frau mittleren Alters wieder auf die Füße helfen wollte, wurde auch ich hinuntergerissen. Ich schlug hart auf, denn ich hatte nur wenig Platz, um schützend eine Hand auszustrecken, und konnte nicht sofort wieder aufstehen. Das war der Augenblick, da er seine Hand nach mir ausstreckte. Auch ihn hatte man zu Boden gedrückt. Ich blickte ihm ins Gesicht. Inmitten dieses Chaos wirkte es ruhig, und ein Lächeln lag in seinen Augen. Ich hatte ihn schon zuvor gesehen, wusste aber nicht, wann und wo.

«Jakob Himmelfarb», stellte er sich vor, als wir wieder auf

den Füßen standen und der Tumult sich gelegt hatte. Er sprach mit deutschem Akzent.

Ich antwortete nur zögernd.

«Ich esse manchmal bei Boulestin», sagte er mit einem schelmischen Glitzern in den Augen. «Könnte es sein, dass ich Sie dort gesehen habe?»

Ich weiß nicht mehr, was ich ihm damals geantwortet habe, aber ich vermute, dass er mich bei Boulestin gesehen hatte, als ich beim Servieren aushalf. Natürlich sagte ich nicht, dass ich diese Arbeit als unter meiner Würde empfand.

Er hatte meinen Arm genommen, und ich wehrte mich nicht, obwohl ich durchaus in der Lage gewesen wäre, allein zu gehen.

«Wie wäre es mit einer Erfrischung?»

«Er war Isländer», stammelte ich.

«Wie bitte?»

«Der Zwerg. Er sprach isländisch. Katzen, hat er gesagt, so viele Katzen.»

Er lachte. «Ach so, isländisch war das also.»

Ein Donnerschlag ertönte über unseren Köpfen.

Dann fing es zu regnen an.

«Kann ich Sie dazu überreden, mich am Samstag auf ein Konzert zu begleiten?», fragte er mich, kurz bevor wir uns trennten.

«Ja», platzte ich heraus, ohne auch nur eine Frage zu stellen. Wir mussten beide lächeln. Natürlich wurde ich rot. Er sagte, dass das Konzert wahrscheinlich um ein Uhr mittags beginnen werde.

«Ich habe bis zum Abend frei», versicherte ich etwas unbeholfen.

«Ich werde Sie morgen zur Sicherheit noch einmal anrufen.»

Ich ging nicht, sondern schwebte von der Haltestelle nach Hause. Mrs. Brown war noch wach. Sie muss die Veränderung in mir sofort bemerkt haben. «Was um Himmels willen ist passiert? Möchtest du es mir erzählen?»

Der nächste Tag war feucht und düster, doch ich bemerkte es nicht. Zumindest nicht, bis Mrs. Brown verkündete, dass sie ihren alten Vactrix-Staubsauger verkaufen wollte und deshalb in der Samstagszeitung eine Anzeige aufgegeben hatte.

«Ich habe völlig vergessen, dass ich am Samstag auf eine Beerdigung gehen muss. Würdest du so lieb sein und ans Telefon gehen, während ich fort bin? Ich werde um drei Uhr zurück sein.»

Ich war fix und fertig, und plötzlich schien das Wetter noch düsterer zu sein, als es in Wirklichkeit war. Wahrscheinlich würde niemand diesen veralteten Staubsauger haben wollen, auch wenn er vor dem Ersten Weltkrieg vielleicht einmal nützlich gewesen sein mochte. Aber das wagte ich Mrs. Brown nicht zu sagen, nach allem, was sie für mich getan hatte.

Als ich Jakob mitteilte, dass ich nicht kommen könnte, hörte er sofort meine ehrliche Enttäuschung. Lange Erklärungen waren also überflüssig.

«Wir können auch ein andermal gehen», sagte er. «Viel Glück beim Verkauf.»

Ich dankte ihm.

«Übrigens, was versucht sie zu verkaufen?»

«Einen uralten Vactrix-Staubsauger.»

«Vactrix? Also bitte.»

Wir lachten beide.

Am Samstag verließ Mrs. Brown gegen Mittag das Haus. Den ganzen Morgen hatte sie sich kaum vom Telefon fortbewegt, aber es hatte nicht ein einziges Mal geklingelt.

«Vielleicht stimmt etwas mit dem Telefon nicht», sagte sie immer wieder und hob den Hörer ab, um zu überprüfen, ob das Freizeichen erklang.

«Ich verstehe das einfach nicht.»

Sie war gerade fortgegangen, als das Telefon klingelte. Ich fuhr regelrecht zusammen, denn meine Gedanken waren bei dem Konzert, das ich soeben verpasst hatte. Doch als ich den Hörer abnahm, hatte ich mich wieder halbwegs gefangen.

«Guten Tag», sagte eine quietschende Männerstimme. «Gehe ich richtig in der Annahme, dass Sie einen elektrischen Vactrix-Staubsauger zum Verkauf angeboten haben?»

Ich stimmte zu.

«Was für ein Glück. Ich suche seit Monaten einen Vactrix in gutem Zustand. Er ist doch in gutem Zustand, nicht wahr?»

«In sehr gutem», antwortete ich. «Er hat kaum einen Kratzer.»

«Was für ein Glück», wiederholte er. «Und was verlangen Sie dafür?»

Ich sagte den Preis, den Mrs. Brown genannt hatte, fügte aber schnell hinzu, dass ich, wenn nötig, mit mir handeln ließe.

«Nur vier Pfund und drei Shilling», rief er aus. «Das ist ja viel zu wenig. Wären fünf Pfund nicht angemessener?»

«Das wäre phantastisch», sagte ich. «Wenn Sie es so wollen ...»

«Wir sind uns also einig. Fünf Pfund. Das ist mir viel lieber. Fünf Pfund. Wann kann ich ihn abholen?»

«Wann Sie wollen.»

«Jetzt gleich?»

«Das wäre schön.»

«Gut. Ich bin gleich da. Ich wohne nicht weit weg.»

Kurz darauf klopfte es an der Tür.

Er hat nicht lange gebraucht, dachte ich. Mrs. Brown wird erfreut sein, wenn sie nach Hause kommt. Im Geiste hatte ich mir schon ein Bild von dem Käufer gemacht: Er war schlank, um die sechzig, mit freundlichen Augen, kahl, bis auf ein paar vereinzelte weiße Haare an den Schläfen. Mit dieser Vorstellung vor Augen öffnete ich die Haustür.

«Jakob!»

«Ich kam gerade zufällig vorbei.»

Ich wollte ihm nicht zeigen, wie sehr ich mich freute, ihn zu sehen, spürte aber, dass er es bemerkt hatte.

«Solltest du jetzt nicht im Konzert sein?»

«Mir war wichtiger, dich zu sehen. Ich habe auf dem Weg für uns beide etwas zum Mittagessen gekauft. Ich hoffe, du hast noch nicht gegessen ...?»

Er trug eine Papiertüte bei sich, und ich beugte mich unwillkürlich über die Türschwelle, um hineinzulugen: Obst, Käse, Brot, Pastete und Rotwein.

«Hast du schon gegessen?»

«Nein», antwortete ich und kam endlich wieder so weit zu mir, dass ich ihn hereinbat.

Wir saßen am kleinen runden Tisch, schnitten Birnen und Käse zum Brot und schenkten uns Wein ein. Natürlich hatte ich den Staubsauger und den kleinen alten Mann, auf den ich gewartet hatte, längst vergessen, als Jakob plötzlich sagte:

«Wie läuft der Verkauf des Vactrix?»

Ich war überrascht.

«Er sollte schon längst hier sein», sagte ich wie zu mir selbst.

«Wer?»

Ich erzählte ihm von dem lustigen alten Mann, der unbedingt fünf Pfund für das Gerät bezahlen wollte.

«Wirklich? Wie heißt er?»

Erst jetzt wurde mir klar, dass ich nicht nach dem Namen gefragt hatte.

«War er jung?»

«Nein, schon älter. Zumindest nach dem zu urteilen, was ich hören konnte.»

«Hatte er eine ziemlich quietschende Stimme?»

Ich nickte.

«Etwa so?» Er veränderte seine Stimme und klang wie der alte Mann am Telefon: «In gutem Zustand? Was für ein Glück. Aber vier Pfund und drei Shilling sind zu wenig. Mindestens fünf Pfund. Weniger will ich dafür nicht bezahlen …»

«Jakob!», rief ich und sprang auf. «Schäm dich!»

Er wich aus und schüttelte sich vor Lachen.

«Du hast mich reingelegt … Schäm dich!» In ausgelassener Stimmung packte ich ihn an den Schultern, um ihn kräftig durchzurütteln, aber schon hatte er seine Arme um mich geworfen. Ich zappelte in seiner Umarmung, und er zog mich an sich, bis unsere Gesichter sich berührten und unsere Lippen sich fanden.

Ich konnte mich nicht von ihm lösen, wollte dieses unbeschreibliche Wohlgefühl nicht wieder loslassen.

Ich hätte die Warnung als solche erkennen müssen. Dr. Kivans Farce konnte nur ein schlechtes Omen für die Zukunft sein. Gerade mir hätte das eigentlich klar sein müssen, denn ich habe nie an Zufälle geglaubt. Es hätte doch völlig gereicht, wenn ich Jakob gedankt und mich dann höflich von ihm verabschiedet hätte, statt mit ihm in ein Café zu gehen – und mich dabei einem trügerischen Glücksgefühl zu überlassen.

Und ich hätte auf Mrs. Brown hören sollen, die mich einmal beiseite nahm und sagte: «Ich weiß, dass es mich nichts angeht, aber ist er nicht Jude?»

Das Ende schien unausweichlich, selbst an jenem Abend, als er mir einen Heiratsantrag machte. Hätte ich mich in diesem Augenblick nur an Dr. Kivan und den isländischen Zwerg erinnert, den er dem Publikum als Monster verkaufen wollte, so wäre alles anders gekommen. Alles.

Boulestin sagte zunächst nur wenig, als ich allen Mut zusammengenommen hatte und ihm erzählte, dass ich für die nächsten Monate aufs Land ziehen würde.

«Wohin?», fragte er.

«In ein Sommerhaus, nicht weit von Bath entfernt», antwortete ich, ohne zu erwähnen, dass ich dort mit Jakob zusammenleben wollte. Er sah mich eine Weile schweigend an; ich wusste, dass er zwei und zwei zusammenzählen konnte. Aber er war zu diskret, um Jakob zu erwähnen. Stattdessen fragte er nur:

«Bist du der Belastung hier nicht mehr gewachsen?»

Diese Unterstellung kränkte mich so sehr, dass ich kein Wort herausbrachte.

«Wenn du der Belastung hier nicht gewachsen bist», fuhr er fort, «dann wirst du nie imstande sein, ein Restaurant zu führen. Guter Wille allein genügt nicht.»

Ich war drauf und dran, ihm sehr offen zu antworten, konnte mich aber glücklicherweise noch beherrschen.

«Wann gehst du weg?»

«In drei Wochen.»

«Versuche diese Zeit noch so gut wie möglich zu nutzen», sagte er. «Wenn du erst einmal aus der Stadt raus bist, wirst du nichts mehr über das Kochen lernen.»

Dass er es wagen konnte, auch nur anzudeuten, ich sei dem Druck nicht mehr gewachsen! Ich beschloss ihm zu zeigen, aus welchem Holz ich geschnitzt war, und nahm mir in meinen letzten Arbeitswochen nicht einen einzigen freien Tag.

«Geht das nicht etwas zu weit?», fragte Mrs. Brown, die wusste, was los war.

«Ich lasse mir von niemandem sagen, dass ich harter Arbeit ausweiche», antwortete ich. Boulestin tat so, als würde er mich während dieser letzten Tage kaum bemerken, doch heute glaube ich, dass ihn meine Dickköpfigkeit amüsierte. Ich bin sogar davon überzeugt.

Jakob versuchte mich ebenfalls zu mäßigen, erreichte damit aber nur, dass ich auch auf ihn wütend wurde. Er war in diesen Tagen beschwingt, denn er hatte gerade seine Doktorarbeit fertig geschrieben und konnte es sich nun gut gehen lassen. Er hatte ein paar Korrekturarbeiten für die Universitätszeitung angenommen und brannte darauf, aufs Land zu ziehen. Zuerst machte mich seine Fröhlichkeit nur noch mürrischer, doch am Ende brachten mich seine Neckereien doch zum Lachen.

Ich schäme mich, wenn ich daran denke, welch ein Einfaltspinsel ich in jenen Tagen war. Ich war mit Blindheit geschlagen. Natürlich liebte ich Jakob mehr, als sich mit Worten beschreiben lässt, aber was ist Liebe anderes als die Jagd nach Enttäuschung? Ich war blind, als ich mich mit einer langen Umarmung von Mrs. Brown verabschiedete. Blind, als ich meine Mutter belog und ihr sagte, dass ich für Boulestin nach Somerset fuhr.

Blind.

Als wir nach dem Abendessen beim Kapitän noch etwas plauderten, begann der Erste Maschinist sich begeistert über den Wagen zu äußern, mit dem ich gebracht worden war. Er war sichtlich überrascht, dass ich alles über das Fahrzeug wusste, obwohl ich ihm erklärte, dass dies reiner Zufall war. Ganz offensichtlich war er versessen auf Maschinen und Fahrzeuge, und so hob er zu einer ziemlich langen Beschreibung diverser Ersatzteile an, die er im Hafen gekauft hatte. Ich nickte höflich, denn er war mir sympathisch. Als er die Unterhaltung auf die Motoren der *Gullfoss* brachte und mich in den Maschinenraum einlud, wusste ich nicht, was ich sonst hätte tun sollen, und ging mit ihm.

Wir verbrachten einige Zeit dort unten, und um ehrlich zu sein, genoss ich es. Die Maschinen dröhnten mit einer

Vertrauen erweckenden Beständigkeit, ungeachtet der Launen der Welt, der Katastrophen oder Stimmungsumschwünge. Der Geruch von Öl und Meersalz machte mir Mut.

Als wir wieder aus dem Maschinenraum stiegen, schlugen uns Zigarettenqualm und das Klirren von Geschirr entgegen. Der Maschinist lud mich ins Raucherzimmer ein, und was blieb mir anderes übrig, als ihn zu begleiten, auch wenn ich nicht die geringste Neigung verspürte, mich mit den Leuten dort einzulassen. Das Abendessen war für mich noch sehr ruhig verlaufen, denn ich hatte zwischen zwei Dänen Platz genommen, die weder Englisch noch Isländisch sprachen. Ich hatte mir die Sache einfach gemacht und ihnen gleich zu Beginn erklärt, dass ich des Dänischen nicht mächtig wäre, was eine Lüge war. Sie hatten sich als angenehme Tischnachbarn erwiesen.

Doch nun war ich wehrlos. Kaum hatten wir den Rauchersalon betreten, da begann der Erste Maschinist, mich den Männern der Reihe nach vorzustellen. Bis zu diesem Zeitpunkt hatte ich mich von den anderen Reisenden absondern können, doch nun gab es kein Entrinnen mehr.

Er dachte bestimmt, dass er mir damit einen Gefallen erwies, denn scheinbar hielt er mich für schüchtern.

«Sie kennt sich mit Autos aus», sagte er mehrmals, um das Eis zu brechen. Unglücklicherweise hatte er Erfolg damit.

«Haha, Autos», kicherte eine junge Frau mit bleichem Teint und einem weißen Hut, die eine Zigarettenspitze in ihren langen Fingern hielt, welche dadurch noch dünner und bleicher wirkten. Der Mann an ihrer Seite hielt einen langen Monolog über einen Cadillac, den er in Kürze kaufen wollte. Die Unterhaltung, die dieser Offenbarung folgte, langweilte mich, doch ich versuchte, freundlich zu sein, damit der Maschinist mich nicht für arrogant hielt. Trotzdem schien sein Gesichtsausdruck mir sagen zu wollen, dass er meine Gedanken lesen konnte und mir beipflichtete. Aber vielleicht bildete ich mir das auch nur ein. Er führte mich zu einem Tisch in der Ecke und fragte, ob ich nach all diesem Geplauder über Autos nicht eine Erfrischung nötig hätte. Dann drehte er sich um und winkte einen Kellner heran. Ich hatte mich kaum gesetzt, da ließ sich der Literaturwissenschaftler mir gegenüber in einen Stuhl fallen. Irgendetwas in seinem Verhalten irritierte mich, ein pathetischer Blick, den ich zuvor nicht bemerkt hatte und den ich nicht beschreiben konnte, der mir jedoch die Haare zu Berge stehen ließ.

«Ich bin erledigt», sagte er und leerte sein Glas. «Erledigt», wiederholte er.

«Das ist eine Schande», antwortete ich, statt meinen Mund zu halten.

«Drei Jahre in Kopenhagen und zwei in Edinburgh. Mein Vater und meine Mutter glauben, dass ich mein Examen in der Tasche habe. Sie glauben, dass ich der gelehrteste Mann Islands bin.»

«Und dass Sie die Frage der Autorenschaft der *Egils Saga* geklärt haben, nicht wahr?»

Ich sah mich um. Der Maschinist war verschwunden. Ich musste warten.

«Mein Vater ist Fischer. Er ist Fischer», murmelte er in sein Glas, und er wiederholte den Satz noch einmal, als hätte er diesen Umstand erst jetzt begriffen.

Der Kellner brachte mir ein Glas Sherry.

«Ingolfur wird gleich zurück sein. Er musste kurz oben auf die Brücke.»

«Meine Mutter arbeitet in einer Bäckerei. Ich bin der Älteste. Siggi ist zwanzig, und meine Schwester Edda wurde dieses Jahr konfirmiert. Sie werden mich alle am Hafen abholen. Alle zusammen. Und mein Vater wird seine Hand auf meine Schulter legen und sagen: ‹Wir sind stolz auf dich, mein Junge.› ‹Doktor Hallgrimur Palsson›, wird meine Mutter feierlich sagen. ‹Bald Professor.›»

Er lachte, doch dann runzelte er die Stirn und begann zu

schluchzen. «Ich, der ich in den letzten drei Jahren keine einzige Prüfung abgelegt habe.»

Mein Gott, wie er sich selbst bemitleidete!

«Und sie haben an allem geknausert und gespart. All diese Jahre haben sie gespart.»

Zwei Paare saßen an einem Nebentisch. Mir fiel auf, dass die Frauen heimlich lauschten.

«Ich werde mich heute Nacht ertränken. Bevor wir einlaufen, werde ich über Bord springen.»

Seine Ankündigung beunruhigte ganz offensichtlich die Frauen am Nebentisch. Sie stießen heimlich ihre Männer an.

«Das ist eine gute Idee», sagte ich. «Worauf warten Sie noch?»

Er war verblüfft.

«Ich werde mich ertränken», wiederholte er. «Meinem Leben ein Ende setzen.»

Seine Stimme klang undeutlich, dennoch gelang es ihm, die Formulierung «meinem Leben ein Ende setzen» in einen feierlichen Ton zu kleiden.

«Gut, sollten Sie sich dann nicht etwas beeilen? Das Wetter ist schön, und die See ruhig. Nicht schlecht für einen Selbstmord.»

Ich stand auf. Er sah aus wie ein Hund, den man soeben getreten hatte.

«Wie können Sie das sagen. Wie können Sie mir so etwas sagen?»

Die beiden Paare am Nebentisch steckten ihre Köpfe zusammen. Ich konnte mir vorstellen, worüber sie tuschelten. Aber was wussten sie schon? Welche Erfahrung hatten sie schon mit solchen Jungs?

Ich wusste, was ich von dem Literaturwissenschaftler zu halten hatte. Ich kannte diese Art von Leuten.

VIERTER TEIL

Franz Himmelfarb besaß zwei Fabriken, eine in Berlin und eine in Düsseldorf. Ihm gehörten auch ein Buchladen, mit alten und seltenen Büchern, ein Schlachthaus, er war Teilhaber einer Zeitung und einer Fabrik, die Regen- und Sonnenschirme herstellte.

«Natürlich sind sie reich», sagte Mrs. Brown. «Sie sind Juden.»

Jakob sprach nur selten von den Geschäften seines Vaters, denn er interessierte sich nicht sehr dafür.

«Der einzige Unterschied zwischen einem Regenschirm und einem Sonnenschirm ist die Farbe», sagte er einmal. «Vater wäre sicher froh, wenn der Allmächtige etwas Neues erfinden würde, wovor man die Menschen schützen könnte.»

Ich habe seine Eltern nie getroffen, doch den Fotos nach zu schließen war Jakob seinem Vater wie aus dem Gesicht geschnitten. Den Mund hatte er jedoch von seiner Mutter geerbt – einer gut aussehenden Frau mit großen Augen und gewelltem Haar. Ich fragte ihn einmal nach ihrer Religion.

«Sie sind assimiliert. Sie haben denselben kirchlichen Vertreter wie du», antwortete er lächelnd, «den alten Luther.»

Was ihn betraf, so sagte er, dass er an die Sonne, den Mond und die Sterne glaube. Seine Doktorarbeit befasste sich mit der Dichtung von William Blake:

Mir ist nicht wichtig, ob ein Mensch Gut oder Böse ist;
Mir ist nur wichtig,
Ob er ein Weiser oder ein Dummkopf ist.
Los! Leg die Heiligkeit ab
Und gebrauche deinen Verstand.

Wie eindrucksvoll es klang, wenn er es aufsagte. Der Erste Weltkrieg sei das Ergebnis von Dummheit und Missverständnissen gewesen, erklärte er, nicht das von Bosheit, Verrat oder Unterdrückung. Als «erbärmliche Dummköpfe» bezeichnete er die Staatsoberhäupter, als «Gockel, die so lange darum wetteifern, wer am lautesten auf seinem Misthaufen krähen kann, bis sie aneinander geraten.» Und so sei es immer gewesen – seit Menschengedenken –, auch wenn ahnungslose Historiker versuchen, diesen Irrsinn als Wettstreit von Gut und Böse auszulegen.

Wir saßen auf der Veranda unter einem blauen Segeltuch, das wir kurz nach unserer Ankunft darüber gespannt hatten. Es fing zu regnen an, doch unter dem Tuch machte es uns nichts aus. Wir blieben trocken und beobachteten, wie die Tropfen kleine Bächlein entlang der Rinnsteine bildeten und wie der Nebel sich lautlos über das Tal legte.

Jakob lehnte sich in seinem Stuhl zurück, das Klappern seiner Schreibmaschine verstummte, und der Hasenbraten, den ich an jenem Morgen gekauft hatte, schmorte in einem Topf auf dem einfachen Herd. Unter diesem blauen Segeltuch fürchteten wir nichts und niemanden. Kriege und Schlachten gehörten der Vergangenheit an, und die Gefahr, dass sie sich hier wiederholen könnten, schien gering.

Dampf stieg nach dem Regen von der Erde auf. Jakob nahm mich in seine Arme, sah mich mit großen braunen Augen an, und seine langen weichen Hände berührten meine Brüste.

«Hier draußen?», fragte ich.

«Zeig ihm den Weg», flüsterte er.

«Hier?»

«Streichle ihn … Zeig ihm den Weg …»

Braune Augen hatte er, glaube ich, obwohl es mir manchmal, wenn ich an ihn denke, so scheint, als würden andere Augen mich anstarren.

Manchmal sehe ich im Geiste nur noch seine Silhouette

vor mir. Dann steigt die Angst in mir hoch, und ich setze mich mit einem Ruck im Bett auf. «Anthony», rufe ich. Doch sobald er schlaftrunken zu mir kommt, habe ich schon vergessen, was ich ihm sagen wollte.

Es war ein warmer Frühling. Normalerweise saßen wir am späten Nachmittag draußen auf der Veranda und warteten, bis der Nebel sich auf die Mühen des Tages herabgesenkt hatte. Ich erinnere mich, wie ich einmal Gelächter hörte, das von irgendwo aus dem Tal zu uns herüberschallte. Das war Ende Mai. Wir lauschten beide, als der Wind es in unregelmäßigen Wellen zu uns trug. Wie die Weise eines Leierkastenmannes aus weiter Ferne. Sobald der Wind für einen Augenblick abflaute, war nichts mehr zu hören, darum dachte ich, dass das Mädchen zu lachen aufgehört hatte (wir waren beide davon überzeugt, dass es sich um ein Mädchen handelte), doch sobald der Wind seine Richtung änderte, ertönte unversehens das Lachen wieder.

«Sie lacht wie du, Disa.»

«Ich lache nicht so.»

«Doch, genau so.»

«Wirklich?»

«Es ist dasselbe leise Lachen», sagte er.

«Aber nicht so.»

Er ahmte das Lachen nach: «Tii, hii, hiihiihii …»

«So lache ich doch nicht.»

«Willst du mich heiraten?», fragte er.

Der Wind streichelte unsere Wangen, und die Nacht zog ihre Decke über uns. Wir umarmten uns wieder und wieder, konnten nicht voneinander lassen. Sein Atem war mein Atem, sein Herz schlug in meiner Brust.

Am folgenden Morgen fuhr ich zum Fernsprechamt nach Paulton, um meine Mutter anzurufen. Als ich losfuhr, schien die Sonne, doch als ich die Dorfgrenze erreichte, begann es zu regnen. Ich fuhr mit dem Rad und hatte keinen Mantel mitgenommen, so war ich in wenigen Sekunden bis auf die Haut durchnässt. Es ging kein Wind, doch die Regentropfen waren groß und schwer, und schon bald klebte mein Kleid auf meinem Körper. Die Straße führte an einer kleinen Kirche vorbei, und ich erinnere mich, dass der Pfarrer in der Tür stand, als ich vorbeiradelte. Ich glaube, er winkte mir lächelnd zu. Ich erinnere mich auch an den Metzger, der vergnügt hinter seinem Ladenfenster stand, als ich vorbeifuhr, aber vielleicht bilde ich mir das auch nur ein. Ich genoss den Regen auf meinem Gesicht, das durch die Sonne der letzten Tage rot und glühend war.

Es dauerte über zwei Stunden, bis eine Verbindung mit Kópasker zu Stande kam.

«Disa, bist du es? Ist etwas passiert?»

«Es ist alles in Ordnung, Mutter. Ich habe mich verlobt.»

Stille. Ein Knacken in der Leitung.

«Ich sagte, ich habe mich verlobt.»

«Kind, was hast du gesagt?»

Trotz der schlechten Leitung schwatzte ich drauflos. «Wir werden diesen Herbst heiraten, wenn wir nach London zurückkehren. Er heißt Jakob. Jakob Himmelfarb, er ist Deutscher. Ich liebe ihn, ich liebe ihn so sehr, du glaubst es nicht, Mutter. Und hier auf dem Land ist es so wunderbar, neben dem Garten – eigentlich ist es kein Garten, sondern eher eine Wiese – fließt ein kleiner Bach. Das Gras wird jetzt wieder grün, und die Vögel zwitschern zu unserer Freude den ganzen Tag. Weiter oben im Tal kaufe ich auf einem Bauernhof Butter, Käse, Eier, Hühner und Enten, die Leute dort sind so zuverlässig und umgänglich.» Ich erzählte ihr auch von dem kleinen Restaurant neben der Bibliothek, in dem ich dreimal die Woche kochte. «Es heißt *Butler's Tavern*», ich erwähnte jedoch nicht, dass es mir untersagt war, etwas anderes als traditionelle englische Gerichte zu kochen, seit der

Besitzer Beschwerden von Gästen erhalten hatte. Ich sagte, dass ich zweimal in diesem Jahr mit Jakob in London gewesen sei – «Mein Gott, wie teuer dort alles im Vergleich zu hier ist, Mutter, ein Pfund Butter kostet … und der Käse ist längst nicht so gut. Aber es war schön, Julie und ein paar andere Kollegen wiederzusehen.» Allerdings erwähnte ich nicht die Auseinandersetzung zwischen mir und Boulestin, obwohl Mrs. Brown mir versichert hatte, dass er bereit sei, mich diesen Herbst wieder aufzunehmen. «Aber vielleicht kommen wir zuerst nach Island. Ja, Jakob hat gemeint, dass das keine schlechte Idee wäre, so wie die Dinge stehen. Oh, Mutter, ich bin so glücklich.»

Stille.

«Mutter?»

Ich dachte schon, die Verbindung wäre unterbrochen worden.

«Mutter, bist du noch dran?»

«Ich war immer davon ausgegangen, dass du auf dem Land in Boulestins Obhut wärest», hörte ich sie sagen. «Warum hast du uns bis heute nichts davon erzählt – wie heißt er noch? – dieser Jakob? Du sagtest, du seiest wegen Boulestin dort …»

«Oh, Mutter …»

«Du hast uns getäuscht. Deine Eltern. Und nun behauptest du, dass du verlobt bist. Kind, bist du wahnsinnig geworden? Stimmt etwas mit dir nicht? Uns, deine eigenen Eltern, hinters Licht zu führen. Und jetzt sagst du, dass du diesen Herbst heiraten wirst. Du bist verrückt …»

Ich fing an zu weinen.

«Mutter, du verstehst das nicht …»

«Nein, ich verstehe dich nicht. Ich verstehe nicht, wie du uns das antun konntest. Nach allem, was wir für dich getan haben. Dein Vater … Und du hast uns einfach hintergangen. Ein solches Verhalten bringt Unglück. Nichts als Unglück, Asdis.»

Die Melodie des Leierkastenmannes zerfiel in einzelne

Töne. Sobald der Wind abflaute, verloren sich die Töne, vergaßen einander und wurden immer leiser, bis sie in der Leere verschwanden.

Einsame Töne, die sinnlos durch die Leere trieben.

Im Juli kündigte David, Jakobs jüngerer Bruder, seinen Besuch an. Wir erhielten seinen Brief, als wir von einem Tagesausflug aus den Wäldern zurückkamen; die Handschrift auf dem Briefumschlag war so elegant, dass ich zuerst gedacht hatte, eine Frau habe uns geschrieben. Der Briefumschlag und das Papier waren blau. Hellblau.

An jenem Tag waren wir müde und glücklich, denn wir hatten eine lange Wanderung unternommen und kurz in einem See gebadet, an dem wir vorbeigekommen waren und den wir ganz für uns alleine gehabt hatten. Der See – oder besser gesagt der Weiher – lag in einer Lichtung verborgen, und Jakob hatte sich einen Spaß daraus gemacht, nach mir zu tauchen und mich an den Zehenspitzen zu packen. Anfangs hatte ich mir noch Sorgen gemacht, denn er blieb so lange unter Wasser, dass ich schon dachte, er könnte sich in den Algen verfangen haben. Doch dann kniff er meine Zehen, und ich lachte erleichtert, als er auftauchte und mich in die Arme nahm. Am Ufer des Teichs nahmen wir dann ein verspätetes Mittagessen zu uns, mit kaltem Omelette, Räucherlachs, etwas Käse, und tranken klaren Rotwein dazu. Nach dem Essen dösten wir etwas vor uns hin, und als wir erwachten, waren die Schatten länger geworden, und die flachen Felsen am Teichufer fühlten sich kalt an. In den zaghaften Strahlen der Abendsonne schlenderten wir nach Hause.

«Er hat vor, eine Nacht zu bleiben», sagte Jakob, nachdem er den Brief gelesen hatte. «Und er wird nicht allein kommen.» Er liebte seinen Bruder und konnte es kaum erwarten, ihn zu sehen. Außerdem war er neugierig, seine Freundin kennen zu lernen. David schien schrecklich in sie verliebt zu sein, und Jakobs Lächeln nahm einen väterlichen Zug an, als er die Beschreibung las, die sein Bruder in ehrlichen und naiven Worten von dem Mädchen gab.

Sie kamen an einem Samstag, kurz nach Mittag. Wir sahen sie die Auffahrt zum Haus hinaufgehen, David hielt in der einen Hand einen kleinen Koffer und an der anderen das Mädchen. Sie trug einen langen weißen Rock, eine weiße Bluse und einen weißen Hut, war groß und schlank und schwebte dahin wie ein Mondstrahl. Jakob küsste seinen Bruder auf beide Wangen, und ich folgte seinem Beispiel, obwohl ich David noch nicht kannte; er war ein gut aussehender junger Mann, feingliedriger als sein Bruder und nicht so groß. Das Mädchen, Anna hieß sie, war etwas verträumt, sprach wenig, und als ich ihr die Hand drückte, hatte ich den Eindruck, in eine Teigmasse zu greifen. David bemühte sich wie ein ergebener Diener um sie, und Jakob und ich warfen uns heimliche Blicke zu, in denen wir unser Befremden über sein Verhalten ausdrückten.

«Möchtest du hier im Schatten sitzen? Ich hol dir einen Stuhl. Sitzt du bequem genug? Soll ich dir ein Kissen holen? Sitzt du nun bequem?»

Sie bot mir ihre Hilfe in der Küche an, aber als ich dankend ablehnte, suchte sie sich auf der Veranda ein schattiges Plätzchen und bat David um Feuer. Fortan rauchte sie eine Zigarette nach der anderen, und David sprang in regelmäßigen Abständen auf, leerte den Aschenbecher und nahm ihr den Zigarettenstummel ab. Wenn er sich zu ihr hinunterbeugte, flüsterte Anna ihm etwas zu, wobei sie seinen Nacken streichelte. Er wurde dabei immer rot.

Als Jakob vorschlug, einen Spaziergang hinunter zum Fluss und in das nächste Tal zu unternehmen, erklärte sie, dass sie lieber hier bleiben und sich ausruhen wolle. David schloss sich sofort ihrer Meinung an und begleitete uns nicht. Unten am Fluss blickte ich nochmals zurück. Sie saß immer noch im Schatten auf der Veranda, David stand an ihrer Seite und beobachtete uns. Aus irgendeinem Grund war ich mir sicher, dass sie, sobald wir außer Sicht waren, ins Haus gehen würden.

Das Abendessen war vorzüglich, obwohl ich das nur zu mir selber sagte. Ich hatte mir für Davids Besuch große Mühe gegeben. Zuerst gab es Kartoffelsuppe, dann Schimmelkäse und Schinken im Blätterteig, anschließend Tauben mit Pflaumen. Wir tranken einen jungen Rotwein, den Jakob bei unserem letzten Besuch in London gekauft hatte; er schmeckte ausgezeichnet. Wir vermieden es so gut wir konnten, über die Lage in Deutschland zu sprechen, aber ganz ließ sich das natürlich nicht vermeiden. Das Mädchen nahm nicht an der Konversation teil, sie schwieg. Ich weiß nicht mehr, wie das Gespräch auf die Katholiken kam, doch Jakob sagte, er habe gehört, dass die deutsche Regierung weiterhin sexuell auffällige Mönche verfolge. Er hielt mit seiner Meinung nicht hinter dem Berg, doch als sein Bruder David den Mund öffnen wollte, um ihm beizupflichten, sagte seine Freundin mit leichtem Spott in der Stimme: «Seit wann interessierst du dich denn so sehr für Mönche?»

Sie saß zwischen Jakob und mir an dem runden Tisch und flirtete mit Jakob, indem sie bei seinen witzigen Bemerkungen immer als Erste lachte, noch vor mir und David, und ihm bei jeder sich bietenden Gelegenheit Komplimente machte.

Ihre Eltern waren vor der Machtergreifung der Nazis nach Namibia ausgewandert, doch das wusste ich nur aus ihren Briefen, jetzt äußerte sie sich darüber nicht. Mir wurde auch nicht ganz klar, ob sie nun wirklich studierte.

Auch während des Essens rauchte sie ständig. David bemühte sich, ihre Wünsche zu ahnen, so dass sie nicht selber nach der Packung greifen und sich eine Zigarette anzünden musste, aber je länger das Abendessen sich hinzog, desto häufiger übersah er es, wenn sich ihre Finger wieder langsam in Richtung Zigarettenschachtel bewegten.

Das Essen und der Wein brachten David in Stimmung, und so plapperte er drauflos und plagte mich mit Fragen über isländische Pferde, die er unbedingt reiten wollte. Er war ausgelassen und arglos, als Jakob sich erkundigte, wie es ihm daheim in München gehe, und dann fragte: «Wie geht es eigentlich deiner Freundin Lore?»

David nahm die Frage seines Bruders wörtlich und antwortete, dass er seine Jugendfreundin und deren Schwester vor zwei Wochen in London getroffen hätte und mit ihnen zum Mittagessen gegangen sei. «Während wir aßen, fing es zu regnen an», sagte er, «ihre Schwester befürchtete, auf dem Nachhauseweg nass zu werden, Lore zog sie deswegen auf, und wir lachten ununterbrochen, einfach so, wie in den alten Zeiten.»

Anna spürte sehr wohl, dass Jakob sich auf ihre Kosten amüsierte, und ihr Gesichtsausdruck verfinsterte sich.

«Lore war schon immer sehr warmherzig und ein Spaßvogel», sagte Jakob. «Außerdem sieht sie nicht schlecht aus.»

Ich stieß ihn sachte ans Bein. Er merkte, dass er einen Schritt zu weit gegangen war, und bemühte sich um Wiedergutmachung, scheiterte aber kläglich: «Ich weiß gar nicht, woher du immer die schönen Mädchen bekommst ...»

Wir drei aßen bis auf den letzten Bissen die Taube auf, Anna stieß hingegen ihre Gabel nur einmal in jede Brust, bevor sie mit stolzer Miene den Teller wegschob. Ich wusste, dass sie zum Vergeltungsschlag ausholte.

Den Kaffee tranken wir am Tisch, weil wir keine Lust hatten aufzustehen. Draußen war es dunkel geworden, doch drinnen war es im Kerzenlicht und bei dem Flackern des Ofens warm und gemütlich. Wie unser Gespräch auf das Schwimmen kam, weiß ich nicht mehr; wahrscheinlich hatte ich den Weiher erwähnt, in dem wir in den letzten Tagen gebadet hatten, und die Felsen am Ufer, die am Tag heiß waren, aber abkühlten, sobald die Sonne sank; jedenfalls räusperte Anna sich plötzlich und beugte sich in ihrem Stuhl vor.

«Ich schwimme leidenschaftlich gerne», sagte sie theatralisch. «Ich liebe es. Selbst in Bürgerkriegszeiten.»

Sie sah David herausfordernd an.

«Du kannst dich doch noch erinnern, was ich dir aus San Sebastian geschrieben habe, nicht wahr, Liebling?»

David ließ den Kopf hängen und trank seinen Kaffee aus.

«Es war wunderbar», fuhr sie fort. «Nach dem Mittagessen liefen wir alle zum Strand hinunter, denn je mehr Leute zum Schwimmen kamen, desto wahrscheinlicher war es, dass irgendjemand fliehen konnte. Du weißt, was ich meine, nicht wahr? Flüchtlinge, die versuchten, über die Grenze nach Frankreich zu schwimmen, und die so taten, als wären sie wie wir auf Sommerurlaub. Auch wenn es vielleicht peinlich ist, das zuzugeben: Wir fanden es aufregend. Doch die spanischen Wächter bemerkten sie immer, weil sie viel zu schnell schwammen. Sie konnten sich einfach nicht zurückhalten.»

«Und was geschah dann?», fragte Jakob in unverbindlichem Ton.

«Nun, die Wächter fingen zu schießen an. Und wir schwammen so schnell wir konnten zum Strand zurück und rannten den heißen Sand hinauf, bis niemand außer denen mehr im Wasser war, die zu flüchten versuchten. Das Ende des Spiels war einfach und traurig. Die Grenzwächter verfehlten niemals ihr Ziel.»

Wir saßen noch eine Weile schweigend da. Das Feuer knackte. Doch sie war noch nicht fertig.

«Ich weiß, David möchte nicht, dass ich darüber spreche, aber … zum Glück sahen wir nie ihre Körper. Die Strömung trug sie Richtung Bordeaux mit sich fort, den Ort, den zu erreichen sie versucht hatten.»

Am folgenden Tag schlief Anna bis zum Mittag. Kurz nachdem sie aufgestanden war, verabschiedeten sie sich. David war kleinlaut. Jakob küsste ihn auf beide Wangen und klopfte ihm auf die Schulter.

Wir atmeten auf, als sie das Haus verlassen hatten.

Ich habe mich oft gefragt, ob ich mich wirklich für meine Schwester Jorunn freute, als sie mir von ihrer bevorstehenden Heirat mit Gunnar Olafsson, einem Chemiker, schrieb. Ich kannte diesen Mann nicht, doch ihren Beschreibungen zufolge schien es, als könne er auf dem Wasser laufen. Das störte mich nicht weiter, doch was ich seltsam fand, war die Tatsache, dass sie mich gar nicht nach meiner Meinung zu diesem Schritt gefragt hatte. Zugegeben, sie hatte Gunnar zwei- oder dreimal in ihren Briefen erwähnt, aber nicht so, dass ich auf eine Hochzeit in wenigen Monaten vorbereitet gewesen wäre. Ich möchte betonen, dass ich niemals davon ausgegangen war, dass sie meine Zustimmung benötigt hätte – im Gegenteil –, trotzdem überraschte es mich, dass sie mich noch nicht einmal um meine Meinung gebeten hatte. Ich hatte gedacht, wir stünden uns so nahe, dass sie mir eine solche Neuigkeit nicht im Stil einer offiziellen Mitteilung zukommen lassen würde. Ich gebe zu, dass ich ziemlich verärgert war.

Ich hingegen hatte ihr gegenüber kein Hehl aus meinen Gefühlen für Jakob gemacht. Natürlich war ich nicht so weit gegangen, ihr zu erzählen, dass wir «in Sünde lebten», wie man das damals nannte. Aber das war nur eine Vorsichtsmaßnahme, so sagte ich mir zumindest, um sie nicht in Schwierigkeiten zu bringen. Aber wie dem auch sei, später begriff ich, dass ich ihr unterschwellig wohl doch nicht ganz vertraut hatte. Und als ich ihren Brief las, wusste ich, dass dieses Misstrauen begründet war.

Ganz besonders ärgerte ich mich über das Postscriptum. Sie hatte den Brief offensichtlich geschrieben (aber noch nicht zur Post gebracht), bevor ich Mutter anrief und ihr von meiner Verlobung mit Jakob erzählte.

PS. Mutter hat mir von eurem Gespräch gestern erzählt. Wie Du weißt, ist sie mit ihrer Weisheit am Ende. Ich habe versucht, sie zu beruhigen, aber es ist mir nicht gelungen. Vater hat nicht viel gesagt. Wenn ich Dir bei irgendetwas behilflich sein kann, so lass es mich wissen …

Zumindest war sie so klug gewesen, den Brief neu zu schreiben und ihren Ausflug mit Gunnar in den Norden nach Kópasker wegzulassen – *ich bin froh, dass Mutter sich sofort gut mit ihm verstanden hat, sie waren gleich gute Freunde* –, und die langweilige Aufzählung darüber, aus was für einer guten Familie er stammte. *Olafur, mein zukünftiger Schwiegervater, hat mit Vater Medizin studiert, aber das habe ich erst vor kurzem herausgefunden …*

Sie, der Engel. Ich, das schwarze Schaf.

«Du musst so tun, als wäret ihr verheiratet», riet Mrs. Brown mir, bevor wir nach Somerset fuhren. «Für die Leute auf dem Land gibt es nichts Schlimmeres als unverheiratete Paare, die zusammenleben …»

Ihr habt diesen Winter doch nicht etwa zusammengelebt, oder?, schrieb Jorunn. *Mutter glaubt das nämlich, aber ich habe ihr gesagt, dass ich mir das nicht vorstellen kann.*

Und sie gab vor, mir zu helfen!

Nein, es fiel mir schwer, mich für sie und ihre bevorstehende Hochzeit mit Gunnar Olafsson, dem Chemiker, zu freuen.

Wer kann mir das verübeln?

Ich lernte Anthony Anfang 1938 kennen, als Jakob und ich erst ein paar Monate in Somerset waren. Er wohnte nicht weit von uns entfernt in einem kleinen Landhaus, das im Besitz seiner Familie war und, wenn ich mich nicht irre, Whitewood Hall hieß. Inzwischen sind das Haus und das blühende, fruchtbare Anwesen verfallen, durch ihre Finger geronnen, wie so vieles andere auch. Wenn ich an Whitewood Hall vorbeikam, blieb ich oft stehen und bewunderte das Gebäude. Ich stieg von meinem Fahrrad ab, legte es ins Gras oder lehnte es an die dicke Steinmauer und ging bis zum Tor hinauf oder setzte mich auf einen Baumstumpf draußen. Das Gebäude war eine wahre Augenweide, auch der Rasen ringsum, der so kurz wie ein persischer Teppich gemäht war, sich still in die Weite ausstreckte und mit dem Horizont verschmolz. Betrachtete man ihn aus der Nähe, so war er leuchtend grün, doch oben, in der Nähe des Hauses, nahm er einen bläulichen Farbton an. Manchmal sah das Haus wie eine Insel in einem See aus. Meistens kaute ich auf einem Grashalm herum oder starrte nur so vor mich hin und stellte mir vor, wie es wohl wäre, in einem solchen Haus zu leben. Ich sah mich am Morgen die breiten Treppen hinuntergehen und das Fenster öffnen, um den Duft des frisch gemähten Rasens einzuatmen und dem fröhlichen Vogelgezwitscher zuzuhören.

Später, als Anthony mich aus Island zurückgeholt hatte, erzählte er mir zum ersten Mal, dass er mich öfters vor dem Tor hatte stehen sehen. Er murmelte auch etwas verlegen, dass er oft ein Fernrohr genommen habe, um mich zu beobachten.

Anthony lebte mit seinen zwei Tanten in dem Haus. Sie hatten weder Humor noch ein ausgeprägtes Mitteilungsbedürfnis, was vielleicht erklärt, weshalb er so oft zu Jakob und mir auf Besuch kam. Meistens tauchte er kurz vor dem Abendessen auf, brachte eine Flasche Wein oder eine Kleinigkeit für mich mit, wie Käse oder Eier von dem alten Gutspächter oder ein Buch aus seiner Bibliothek, vorrangig Gedichte. Er und Jakob kannten sich schon seit Jakobs erstem Semester in Oxford, doch meine Beziehung zu Anthony war von Anfang an tiefer.

«Kennst du Shirley Taylor?», fragte ich einmal Jakob. Shirley Taylor war die Tochter unseres Nachbarn, ein hübsches und fröhliches Mädchen. «Ich glaube, Shirley Taylor hat sich ein bisschen in unseren Freund Anthony verliebt. Vielleicht sollten wir sie einmal gemeinsam zum Essen einladen?»

Ich war überrascht, wie wenig Jakob von meinem Vorschlag begeistert war.

«Glaubst du, dass das Sinn hat?», fragte er.

«Ist sie vielleicht nicht gut genug für ihn?»

«Natürlich ist sie das», zögerte er, «ich bin mir nur nicht sicher, ob es eine gute Idee ist.»

«Was?»

«Nun, ich weiß nicht, ob sie zueinander passen würden.»

«Sollten wir es nicht wenigstens versuchen?»

Er zuckte mit den Schultern.

«Entscheide du.»

Der Abend war angenehm, aber es geschah nichts Besonderes. Shirley Taylor flirtete unentwegt mit Anthony, der das jedoch gar nicht zu bemerken schien. Er scherzte mit ihr genauso, wie er mit uns scherzte, und als er lachend den Arm um sie legte, wirkte das, als umarme er seine Schwester.

Am nächsten Tag kam Shirley zu mir, um mich um Rat zu fragen.

«Hat er mich dir oder Jakob gegenüber erwähnt?», fragte sie.

Ich musste ihr gestehen, dass dem nicht so war.

Sie sah verzweifelt aus, und es tat mir Leid für sie. Als sie mich bat, mit ihm zu reden, um herauszufinden, was er von ihr hielte, hatte ich nicht den Mut, es abzulehnen.

Doch es wurde nichts mehr daraus. Die Vorfälle der folgenden Woche sorgten dafür.

Ich habe immer versucht, mein Bestes zu geben. Meine Freunde wissen, dass ich mit Leib und Seele bei der Arbeit bin, dass ich keine Mühe scheue und nie mehr von jemandem verlange, als ich mir selbst zumuten würde. Und ich wage zu behaupten, dass auch unsere Gäste in Ditton Hall das spüren. Die Zahl der Gäste in den letzten Jahren bezeugte unseren guten Ruf; sie ist aussagekräftig genug, darum will ich die unzähligen Zeitungs- und Zeitschriftenartikel gar nicht erst aufzählen, die in England und im Ausland über uns geschrieben wurden. Ich erwähne hier nur den *Daily Telegraph*, die *Vogue*, *The Financial Times*, *Town and Country* und *Le Monde*. «Eine Oase in der Wüste», titelte zum Beispiel *Town and Country*, und obwohl sich die meisten Artikel damit befassten, wie wir es trotz Isolation und Rationierung und – das sollte ich hinzufügen – der Ignoranz vieler Engländer fertig brachten, eine internationale Küche anzubieten, so stand außer Frage, was die Autoren von unseren Kochkünsten hielten. Selbst ein Kind hätte das zwischen den Zeilen herauslesen können.

Und dann tauchte dieser Fettkloß auf. Unförmig entstellt. Und machte sich unglaublich wichtig. Als wüsste sie es besser. Als gäbe es da ein Geheimnis, das sie – und nur sie allein – lüften könnte.

Sie kam an einem Freitagabend kurz vor sieben. Anstatt zu fragen, ob sie mit mir sprechen könnte, ließ sie sich im Esszimmer in einen Stuhl fallen und bestellte einen Aperitif. Natürlich lobte sie die Speisen, während sie sich voll stopfte, darum war ich auch über die unverschämte Rezension erstaunt. Es war nach zehn, als sie abfuhr, und der Wagen ächzte unter ihrem Gewicht.

Der Artikel erschien eine Woche nach ihrem Besuch. Und diese Behauptungen, mein Gott, diese Mischung aus Dummheit, Arroganz und Anmaßung. Schon allein das Lesen machte mich krank.

«Der Lachs ist frisch, aber für meinen Geschmack nicht genug gegart.»

Wie wollte sie ihn denn haben? Etwa wie Schuhsohlen? Jedenfalls hatte sie ziemlich viel davon gegessen; als der Teller in die Küche zurückkam, war nicht einmal mehr ein Krümelchen darauf. Sie musste ihn mit ihrer labberigen Zunge geradezu abgeleckt haben!

«Die Ente war schmackhaft, aber ein wenig zäh.» So etwas konnte eigentlich nur jemand behaupten, der schlechte Zähne hatte. «Die Ente zergeht auf der Zunge», sagte Elizabeth David, als sie uns einmal besuchte. Und wer von beiden ist Ihrer Meinung nach zuverlässiger? Elizabeth David oder dieses Monster in Menschengestalt? Dieser Kloß ... dieser Fettwanst?

«Und sie hat noch nicht einmal bezahlt», beschwerte ich mich bei Anthony. «Sie hat kostenlos hier gegessen. Stell dir das vor!»

«Disa, du wolltest ja nicht, dass sie zahlt.»

«Ich lasse mich von niemandem so herunterputzen.»

«Reagier einfach nicht darauf. Das würde es nur noch schlimmer machen.»

«Zu behaupten, die Ente sei zäh ...»

«Bis auf den Lachs und die Ente hat sie doch alles gelobt.»

«... und der Lachs nicht gar genug.» Nein, das durfte man nicht so im Raum stehen lassen.

Ich setzte mich ins Gewächshaus und hatte in weniger als einer Stunde einen Antwortbrief geschrieben. Statt ihn noch am selben Tag zur Post zu geben, folgte ich Anthonys Rat und schlief eine Nacht darüber. Dann änderte ich ein paar Worte, im Großen und Ganzen aber ließ ich den Brief unverändert.

Mit der Zeit bedauerte ich, diesem Fettwanst geantwortet zu haben. Verstehen Sie mich richtig, nicht, weil mir im Nachhinein inhaltliche Bedenken gekommen wären, nein, ganz und gar nicht, das Schreiben hätte sogar noch etwas schärfer formuliert sein können. Doch mir hätte schon vorher klar sein müssen, dass manche Leute aus Mitleid für sie Partei ergreifen würden.

Einige Leser waren bestimmt schockiert, dass ich der Hotelkritikerin anbot, die Entenknochen, die sie auf dem Teller zurückgelassen hatte, per Post nachzuschicken. «Es macht nichts», schrieb ich ihr, «wenn der Kurier lange braucht, denn an den Knochen ist eh kein Fleisch mehr dran.» Ich schrieb auch, dass ich ihr bei ihrem nächsten Besuch mehr Gänge vorsetzen werde, «da Sie bestimmt hungrig nach Hause gegangen sind, nachdem Sie nur vier Vorspeisen und drei Hauptgerichte verdrückt hatten. Ganz abgesehen von den Beilagen natürlich». Ich versprach auch, breitere Stühle für das Esszimmer zu besorgen.

Als ich in jenem Herbst in London an einer Konferenz der *Restaurateurs de l'Europe* teilnahm, war ich überrascht, dass man immer noch über meinen Artikel diskutierte. Manche verstummten, wenn ich an ihnen vorbeiging, oder verdrehten ihre Augen wie Kinder, die ungezogen gewesen waren, andere benahmen sich, als mache sie meine Anwesenheit nervös. «Zum Teufel mit diesem Gesindel», sagte ich mir. «Ich habe sie nie gebraucht. Und ich werde sie auch nicht brauchen. So weit wird es mit mir nie kommen.»

Im Herbst 1938 fing Jakob an, sich ernsthaft Sorgen um seine Familie in Deutschland zu machen. Zugegeben, er hat nie zu denen gehört, die den Aufstieg des Nationalsozialismus nur als eine lästige Infektion abtaten, die das Land früher oder später wieder loswerden würde. Aber auch er ahnte nicht, wohin das alles führen sollte. Er hatte sich darüber lustig gemacht, dass es Ariern verboten war, für Juden zu arbeiten, und gesagt, dass niemand solche Wahnvorstellungen zur Kenntnis nehmen würde. Frau Hoffmann, die Haushälterin seiner Eltern, nahm überhaupt keine Notiz von dem Verbot, und sie war nicht die Einzige. Heute vermute ich, dass es vor allem die Briefe seiner Mutter waren, die Jakob blendeten, denn sie vermied es, ihn auf Entwicklungen hinzuweisen, die ihn beunruhigen könnten.

«Konzentriere Dich auf Deine Arbeit, mein Lieber», waren die Schlussworte eines jeden Briefes.

Über Deinen Vater und mich gibt es nichts Neues zu berichten. Wir genießen Gottes Segen und sind bei guter Gesundheit, Dein Vater hat nur manchmal Schwierigkeiten mit seiner Prostata. Aber Dr. Werfel hält ihn unter strenger Kontrolle, darum ist er meistens beschwerdefrei. Gestern haben wir uns mit Herrn und Frau Krull zum Tee getroffen …

Es folgten Bemerkungen über das Wetter und eine Liste der Konzerte, die sie besucht hatten, ein paar Worte über ein Buch, das sie las, Neuigkeiten von Freunden.

Frau Blumenfeld hat in einer amerikanischen Zeitschrift gelesen, dass unser Darm fast zehn Meter lang ist. Ich weiß nicht, weshalb sie mir das erzählt hat …

Als der Sommer vorbeiging, nahm Jakob in den Briefen allmählich einen anderen Ton wahr. Obwohl seine Mutter sich über nichts beklagte und keinerlei Hinweise gab, dass sie oder ihr Mann sich Sorgen machten, schien es, als enthielten diese Briefe etwas Unausgesprochenes, als hätte die Verfasserin große Anstrengungen unternommen, um ja nichts Unbedachtes zu schreiben. Ihre Briefe wurden kürzer, die Wetterbeschreibungen hingegen länger. Sie berichtete nicht mehr von Konzertbesuchen oder Partys, und Freunde oder Bekannte wurden nur noch verdächtig selten erwähnt.

Wir waren nicht die Einzigen, die diese Veränderungen bemerkten. David, der in London zu studieren begonnen hatte, war nicht weniger beunruhigt. Er erfuhr mehr als wir über die Zustände in Deutschland und bestätigte uns, dass die Lage anders war, als seine Mutter uns glauben machen wollte. Sie hatte nicht einmal den Judenpass erwähnt, den Juden nun bei sich zu tragen hatten, und sie spielte auch die Anordnung herunter, die verfügte, dass sie nur mit den Namen angesprochen werden durften, die die Behörden ihnen zugeteilt hatten. Anna, Davids Freundin, studierte in jenem Winter in Holland, und er war froh, dass sie sich dort, und nicht in Deutschland, aufhielt. Wir vermissten sie nicht. Wir wussten nie so recht, was genau sie studierte, doch David zuliebe stellten wir keine Fragen.

Im Oktober beschloss Jakob, seine Eltern zu besuchen. Zunächst wollte er mit David zusammen fahren, doch dann riet Jakob seinem Bruder, in London zu bleiben und sich auf sein Studium zu konzentrieren. «Es ist nicht nötig, dass wir beide fahren», sagte er lächelnd. «Es sei denn, du willst ein paar alte Freundinnen wiedersehen. Aber was würde Anna davon halten?»

Jakob teilte seinen Eltern mit, dass er einen Flug für den 10. November gebucht hatte. Seine Mutter versuchte alles, ihm diese Reise auszureden, doch er hielt an seinem Entschluss fest und zeichnete den Tag seiner Abreise in den Kalender am Küchenfenster ein. Er zog einen roten Kreis um die zehn. Das Kalenderbild für den November zeigte schneebedeckte Tannenbäume und einen runden Mond, der wie ein väterliches Auge über dem Wald hing. Zwischen diesen Bäumen konnte nichts Böses geschehen.

Anfang November fuhren wir nach London. Jakob hatte dort ein Angebot als Lehrer an einer Privatschule erhalten, und auf mich wartete eine neue Anstellung bei Boulestin. Es wurde also Zeit, sich nach einer Wohnung umzusehen.

Jakob war erleichtert. Sobald er den Ring auf den Kalender gezeichnet hatte, wurde er fröhlicher. Auch waren wir uns zum ersten Mal seit längerem darüber einig, dass wir besser heiraten sollten. Ich hatte ihm nie direkt von der Reaktion meiner Mutter erzählt, doch er hatte natürlich seine eigenen Schlüsse aus meinem Schweigen gezogen. Diesmal war ich es, die vorschlug, zum Standesamt zu gehen, und ich war erfreut, wie gut er diese Idee fand. Allerdings muss ich zugeben, dass wir auf der Fahrt nach London einen Streit hatten. Heute tröstet es mich, dass ich als Erste eine Geste der Versöhnung machte.

Jakob hatte in Boulestins Restaurant einen Tisch reserviert, mir dies aber so lange verschwiegen, bis wir im Zug nach London saßen. Es sollte eine Überraschung für mich werden. Aber ich hatte meinem Chef noch nicht die Kränkung verziehen, die er mir gegen Ende meiner Tätigkeit zugefügt hatte, und so bat ich Jakob, den Tisch abzubestellen, sobald wir in der Hauptstadt eingetroffen seien. Er versuchte mir das auszureden, doch ich beharrte auf meiner Forderung. Da verlor er die Selbstbeherrschung und schimpfte mich aus, ich denke, zum ersten Mal, seit wir uns kannten. Ich hielt lautstark dagegen, bedauerte es aber ein paar Minuten später.

Ich bin froh, dass ich es war, die einlenkte.

Als wir am 6. November in London ankamen, war das Wetter kalt und feucht, der Regen konnte jeden Augenblick in Schnee übergehen, und es blies ein bitterkalter Wind. Der Himmel war genauso grau und frostig wie die Gesichter der Menschen auf den Straßen, doch wir versuchten, uns davon nicht beeindrucken zu lassen. In Paddington nahmen wir uns ein Taxi und fuhren schweigend nach Camden. Ein Bekannter von Jakob hatte uns dort seine Wohnung zur Verfügung gestellt für die Zeit, während der er in Manchester auf Geschäftsreise war. Wir waren erleichtert, als wir endlich am Ziel waren, und machten sogleich im Wohnzimmer Feuer. Es wurde rasch warm, und wir legten uns auf den Teppich vor dem Kamin, um uns aufzuwärmen. Als ich meine Arme um ihn legte, vergaß ich das Grau draußen, den beißenden Wind und die Kälte, ja, ich vergaß alles, bis auf das, was schön und gut war.

Wenige Tage darauf begannen wir nach einer Mietwohnung Ausschau zu halten. Wir mussten uns regelrecht dazu zwingen, hinauszugehen. Denn eigentlich wollten wir nur faulenzen und zusammen sein. Allmählich flößte mir der Gedanke an seine baldige Abwesenheit Angst ein, aber natürlich erwähnte ich dies ihm gegenüber nicht, denn ich wusste, dass er sich sonst nur Sorgen gemacht hätte.

Am 9. November fanden wir nicht weit vom Hyde Park eine Wohnung, die uns beiden gefiel. Sie war klein, hatte an der Rückseite einen Balkon und hohe, schmale Fenster, die auf die Straße hinausgingen. Vor dem Haus stand ein Baum, in dessen Ästen ein leeres Nest hing, genau unter dem Wohnzimmerfenster. Der Eigentümer war ein kleiner – und auch kleinlicher – Mann. Wir beschlossen, in einer Woche über die Miete zu verhandeln, sobald Jakob wieder aus Deutschland zurückgekehrt war. Der Eigentümer trug einen Hut, und ich musste lachen, als er ihn zog und sich von mir mit «Madam» verabschiedete.

Am Abend aßen wir in Boulestins Restaurant. Man machte großes Aufhebens von unserer Anwesenheit, und Mrs. Brown stürzte auf mich zu und drückte mir einen dicken Kuss auf die Wange, kaum dass wir durch die Tür gekommen waren. Wir saßen nahe bei der Küche, und Boulestin begrüßte uns persönlich. Ich glaube, dass mein Chef und ich dabei stillschweigend das Kriegsbeil begruben, auch wenn wir uns nicht viel zu sagen hatten. Man servierte uns eine Köstlichkeit nach der anderen, und später, als die meisten Gäste schon gegangen waren, setzte Mrs. Brown sich ans Klavier. Wir sangen, und Jakob zündete sich der Ewigkeit zu Ehren, wie er es nannte, eine Zigarre an. Und doch lag etwas Beklemmendes in der Luft. Es machte sich bemerkbar, als wir es am wenigsten erwarteten, und Jakobs Gesicht nahm plötzlich einen abwesenden Ausdruck an, bis er auf einmal wieder zu sich kam und seinen Arm um mich legte.

Auf dem Heimweg beschlossen wir, gleich am nächsten Morgen aufs Standesamt zu gehen.

Doch es sollte nicht sein.

Jakobs Flug war gestrichen worden. Wir liefen wie Geister in der Wohnung umher, neben dem Küchentisch lagen auf dem Fußboden die Tageszeitungen verstreut, deren Schlagzeilen uns förmlich anschrien. Ich hatte das Gefühl zu ersticken und öffnete ein Fenster, um frische Luft hereinzulassen. Eine Drossel sang irgendwo in dem Geäst; das Wetter hatte sich aufgeklart, und in der Stille, die dem Regen folgte, klang ihr Lied beinahe unheilvoll, als hätte sie Neuigkeiten erhalten, von denen wir noch nichts wussten. Ein Buch lag auf dem Beistelltischchen, und ich nahm es auf, ohne darauf zu schauen. Ich weiß nicht mehr, was für ein Buch es war, doch als ich es nach langer Zeit wieder weglegte, war ein feuchter, roter Händeabdruck auf dem Umschlag, und meine Hand hatte sich blutrot gefärbt. Voller Entsetzen lief ich ins Bad und wusch verzweifelt meine Hände, rubbelte sie mit einer Nagelbürste ab, bis die Farbe abgegangen war. Meine Hand schmerzte daraufhin und blutete an zwei Stellen.

Während wir uns am Vorabend noch vergnügt hatten, waren Hitlers Schergen grölend durch Deutschlands Städte gezogen und hatten Juden angegriffen. Sie hatten ihre Besitztümer zerstört, ihre Häuser in Brand gesteckt, ihre Synagogen entweiht, einige gequält und andere ermordet. Später sprach man von dieser Nacht als der Reichskristallnacht, weil die Straßen mit Glassplittern zerstörter Schaufenster übersät waren.

Den ganzen Tag versuchte Jakob erfolglos, eine Telefonverbindung mit seinen Eltern herzustellen. Er war unruhig, rief pausenlos an, obwohl er genau wusste, dass er doch nicht durchkam. Wir hatten keinen Hunger und konnten die ganze Nacht nicht schlafen, waren wie zwei umherschleichende Gespenster, Schatten der Schatten im verlöschenden Licht. Um die Mittagszeit kam David und blieb für den Rest des Tages bei uns. Er war krank vor Angst und rührte sich nicht von seinem Stuhl in der Ecke, von dem aus er seinen Bruder beobachten konnte, der den Telefonhörer abnahm und wieder auflegte, immer aufs Neue.

«Versuchst du es noch mal?», fragte er jedes Mal, wenn Jakob den Hörer abnahm. Und ein paar Minuten später: «Kommst du nicht durch?»

Diese eintönigen Wiederholungen machten mich nur noch nervöser, und ich wünschte, er würde von dem Stuhl aufstehen, seinen Mantel nehmen und gehen. «Versuchst du es noch mal?» – «Kommst du nicht durch?» Wie das ununterbrochene Quengeln eines Babys. Seine feinen Gesichtszüge, die ich einst so angenehm empfunden hatte, stießen mich nun ab und erinnerten mich an die Schwäche und den Egoismus eines verwöhnten Kindes. Ich beherrschte mich und sagte nichts, spürte aber, dass Jakob mich verstand.

Als er endlich spät am nächsten Tag eine Verbindung bekam, war David zusammengerollt auf dem Stuhl in der Ecke eingeschlafen. Es sah aus, als hätte er dort Wurzeln geschlagen. Jakob bat mich, ihn aufzuwecken, doch aus irgendeinem Grund entschloss ich mich, es nicht zu tun. Ich behauptete einfach, dass es mir nicht gelungen sei.

Das Telefongespräch war verkrampft und langatmig. Ihre Mutter sagte, dass der Buchladen völlig niedergebrannt worden sei, dass aber die anderen Besitztümer der Familie wahrscheinlich aus Versehen unversehrt geblieben waren. Vor einem Monat hatte man ihnen ihre Anteile an der Zeitung genommen, doch darüber wollte sie nicht sprechen. Ihre Wohnung sei verschont geblieben, sagte sie, und das sei das Wichtigste.

Jakobs Stimme verriet mir, dass er den Eindruck hatte, sie würde ihm etwas verheimlichen.

«Lass mich mit Vater sprechen», sagte er.

Schweigen.

Ich trat näher ans Telefon und hörte, dass sie zu schluchzen begonnen hatte. Als sie sich wieder beruhigt hatte, sagte sie, dass sein Vater an dem Morgen nach den Gräueltaten krank geworden sei. Sie vermutete, es sei wegen des Schocks gewesen, dass er kein Wasser mehr lassen konnte. Er habe sich vor Schmerzen gekrümmt, konnte sich aber keine Erleichterung verschaffen, so sehr er es auch versuchte. Kurz nach Mittag seien sie in den Wagen gekrochen. Da sie selbst nicht Autofahren konnte, musste er sich ans Steuer setzen. Sie fuhren ohne vorherige Anmeldung zu Dr. Werfels Praxis. Sie sagte, sie habe sofort an dem Gesichtsausdruck der Sprechstundenhilfe erkannt, dass etwas nicht stimmte. Dr. Werfel sei nicht zu sprechen, sagte die Frau. Wann er denn zu sprechen sei?

«Er kommt heute nicht.»

Doch sie konnten seine Stimme hören.

«Ich muss ihn sprechen.»

«Er ist nicht da. Guten Tag.»

«Ich höre ihn sprechen!»

«Guten Tag!»

Als die Sprechstundenhilfe sich anschickte, sie zur Tür zu begleiten, platzte Jakobs Mutter in Dr. Werfels Sprechzimmer hinein. Er hatte gerade telefoniert.

«Man entzieht mir die ärztliche Zulassung, wenn ich Juden behandle», sagte er. «Ich kann dieses Risiko nicht eingehen. Ich habe Familie. Drei Kinder ...»

Er steckte ihr einen Zettel zu.

«Sie dürfen niemandem sagen, dass ich Ihnen diesen Namen gegeben habe.»

«Dr. Hermann Hölle», stand darauf und die dazugehörige Adresse. Sie gingen hinaus. Der alte Mann war in einem schlechten Zustand, schaffte es aber mit Hilfe seiner Frau bis zum Wagen. Nebel kam auf. Die Straßen waren nass und glitschig. Er fuhr schneller als gewöhnlich und hatte Schwierigkeiten, seine Füße zu kontrollieren, sobald der Schmerz in seine Beine fuhr. Schließlich verlor er die Kontrolle über den Wagen, der von der Straße abkam und einen Zaun rammte. Die Windschutzscheibe zersplitterte, und die Splitter schnitten ihnen, wenn auch nicht tief, in Gesicht und Hände. Das Lenkrad war zerbrochen, doch es gelang Jakobs Vater, eine der nur halb durchbrochenen Speichen zu fassen zu kriegen und den Wagen auf die Straße zu manövrieren. Der Regen prasselte durch die zerschlagene Windschutzscheibe auf sie hernieder. Sie wischte ihm das Blut und das Wasser aus dem Gesicht, damit er die Straße sehen konnte. Einer der Scheinwerfer funktionierte nicht mehr. Als sie Dr. Hermann Hölles Praxis erreichten, brach er zusammen. Dr. Hölle leitete den Urin ab, verlangte aber vorab das Vierfache von dem, was Dr. Werfel genommen hatte.

Jetzt lag der alte Mann im Bett.

«Er nimmt Medikamente», sagte sie. «Mach dir keine Sorgen um uns. Nun ist es vorbei. Ich bin sicher, dass sich die Lage beruhigen wird.»

Zwei Tage später bekam Jakob einen Flug nach Deutschland. Ich versuchte ihn zurückzuhalten, durfte aber nicht zu sehr auf ihn einreden. Er war davon überzeugt, seinen Eltern helfen zu können. «Ich muss sie außer Landes schaffen», sagte er. «Je schneller, desto besser.»

Bei kaltem Regen begleitete ich ihn zum Flughafen. Die Stühle in der Abflughalle waren hart und unbequem, es roch nach nasser Kleidung, und Nebel kroch an den Fensterscheiben empor. Schweigend hielten wir uns die Hände, während der Wind durch den strömenden Regen fuhr und ihn wie klares Plastik über das Rollfeld peitschte.

Als es zu regnen aufgehört hatte, verabschiedete ich mich zum letzten Mal von ihm.

Das ist an Dich gerichtet. Zu meiner Unterhaltung und zum Zeitvertreib.

Im Raucherzimmer wetteten sie, wann Land in Sicht kommen würde. «Auf die Minute», sagte Dr. Palsson und ging mit seinem Hut herum, damit diejenigen, die mitmachen wollten, hundert Krónur hineinlegten. Ich dachte gerade an Dich, als jemand sagte: «Und was ist, wenn Nebel aufkommt?» Vielleicht dachte ich in diesem Augenblick an Dich, weil ich in der Schublade des Beistelltischchens eine Bibel entdeckt hatte oder auch nur, weil ich Dich immer als eine recht verschwommene Gestalt wahrgenommen habe.

Ich habe ein Auge auf den Teufel geworfen. Und was immer Du auch über ihn sagst, Du kannst nicht leugnen, dass er unternehmungslustig ist. Er ist nun wirklich keiner, der seine Hände in den Schoß legt und Selbstgespräche führt. Er fragt sich nicht: «Was wäre, wenn ich dies täte, was, wenn ich jenes ließe?» Er sagt nicht etwa: «Wäre es nicht besser, alles in Flammen aufgehen zu lassen? Vielleicht wäre es besser, wenn andere sich darum kümmern würden. Oder lass uns bis morgen warten. Ja, ich glaube, es wäre besser, alles auf morgen zu verschieben.»

Nein, er drückt sich nicht vor seinen Aufgaben, und die Ergebnisse seiner Arbeit kann man täglich sehen. Krieg, Krankheit, Tod und Hungersnot; falsche Versprechungen und Verrat, Neid und Betrug. Einer gegen den anderen, und die ganze Menschheit ist für immer in Zwietracht geteilt. Wir hören es aus dunklen Ecken flüstern und wissen, dass Pläne ausgeheckt werden. Nein, seine Arbeit verschont niemanden. Er ist ständig beschäftigt, der Bursche da unten.

Du hingegen? Was ist mit Dir? Wo bist Du, wenn man Dich braucht? Warum versteckst Du Dich im Nebel?

Früher habe ich mich oft über Dich geärgert. Ich konnte Dich nicht verstehen und horchte in mein Herz hinein, in dem blinden Glauben, dass ich für mein Glück selbst verantwortlich sei. Doch allmählich wurden mir die Augen geöffnet, und mir kam der Verdacht, dass Deine Gleichgültigkeit nicht auf Zufall beruht. Ist Er ein Feigling?, fragte ich mich, oder kann Er den ganzen Kampf vielleicht nicht mehr ertragen? Er lässt die Menschen in der Hoffnung auf Rettung leben und verspricht ihnen das Leben nach dem Tod. Es wäre nicht schlecht, wenn auch ich auf diese Art Ditton Hall führen könnte: leere Teller servieren und den Gästen versprechen, dass ihr Hunger im Schlaf gestillt wird.

Ob ich an Deine Existenz glaube? Oh, ich weiß nicht. Ich würde mich zweifellos besser fühlen, wenn ich auf die eine oder andere Weise unvoreingenommen darauf antworten könnte, doch leider kann ich das nicht. Manchmal bringe ich euch durcheinander, Dich und den Burschen da unten. Wer von beiden steckt wohl dahinter? Das frage ich mich manchmal, wenn ich durch die Zeitung blättere und etwas über ein Unglück lese. Aber bisher habe ich nie eine Antwort darauf gefunden. Einen Augenblick später scheint die Sonne durch das Fenster auf die Pilze und Brombeeren, die Gänse schnattern, der Wind flüstert der Pappel draußen süße Nichtigkeiten zu, und schon wenden sich meine Gedanken anderen Dingen zu, glücklicherweise.

Wenn ich zu Hause in Somerset bin, denke ich oft an Dich. Die alteingesessenen Landbesitzer verlieren einer nach dem anderen ihr Land an die skrupellosen Neureichen, die vor nichts Halt machen. Viele Mitglieder des alten Adels sind wohl gesinnt und könnten keiner Fliege etwas zu Leide tun, aber am Ende haben sie nichts als ihre Titel. Und die Erinnerungen an glorreiche Tage. Doch ich habe nichts gegen diese Leute, sie tun mir nur Leid.

So schweifen meine Gedanken weiter, während Hallgrimur Palsson den Passagieren seinen Hut unter die Nase hält und sie auffordert, mitzuwetten.

«Was ist, wenn Nebel kommt? Was dann?»

Die Stimmen, die mit der Ankunft des Herbstes verstummen, sind fröhlich und flüstern uns im schwindenden Licht Geheimnisse zu, wenn der Nebel sich am Fluss wie Rauch von Brennholz herabsenkt. Wir bleiben im Durchgang des alten Herrenhauses stehen, das nun an einen deutschen Industriellen verkauft worden ist, halten Hände und lauschen dem leisen Gemurmel.

«Das Gerücht um den Blumenhändler», sagt Anthony.

Ich lenke seine Aufmerksamkeit auf die Stille.

«Du weißt, dass es nicht wahr ist.»

Als ich klein war, trug der Wind für gewöhnlich den Geruch von Heidekraut und nasser Wolle vom Moor herüber. Manchmal auch das Echo von Hufschlägen, wenn ich draußen auf dem Feld saß und auf Vaters Heimkehr wartete. Ich stellte mir vor, ich könnte in diesen Schlägen seine Stimme hören, die etwa zu mir sagte:

«Disa, Liebling, was hast du heute gemacht?»

Wenn die Herbstnächte näher rücken, ändern die Stimmen meistens ihren Klang. Manchmal mag ich sie nicht und versuche sie zu ignorieren, indem ich die Durchgänge des alten Herrenhauses meide und laut mit den Füßen durch das herabgefallene Laub schlurfe, damit das Geraschel ihr Geflüster übertönt.

Was tust du hier, eine Pilgerin, die ihren Weg auf der Lebensstraße verloren hat? Die Erde erkennt deinen Schritt nicht wieder, sie vergisst den Klang deiner Tritte, sobald du verschwunden bist.

Wenn ich mich an die Wand gegenüber dem Herrenhaus stelle und seinen Namen rufe, kann man noch nicht einmal das Echo meiner Stimme hören. «Jakob», rufe ich, «Jakob», doch alles bleibt still. Es ist dieselbe Stille wie die, als ich ihn zu erreichen versuchte, nachdem er fortgegangen war. Totenstille.

Anthonys Cousine Lady Galsworthy, eine Frau um die sechzig, groß und schlank, mit einer Adlernase und Falkenaugen, blieb vor Weihnachten fast eine Woche bei uns. Das ist erst zwei Jahre her. «Es wird Zeit, dass ihr beiden heiratet», sagte sie. «Wenigstens anstandshalber.»

Sie wischte sich mit einem weißen Taschentuch den Tropfen von ihrer roten Nasenspitze. «Eine vorzügliche Bratensoße, meine Liebe», sagte sie zu mir. «Wenn doch mein Koch auch so eine gute Bratensoße machen könnte.»

Sie blieb fast eine Woche, doch zu meinem Glück bekam sie eine Grippe und lag drei Tage im Bett. Ich vermied es, so gut es ging, mich mit ihr zu unterhalten.

Als Kinder waren sie und Anthony oft mit dem Pferdeschlitten zu ihrem Großvater gefahren.

«Weißt du noch, wie wir hingefallen sind? Und du aufgestanden bist und gesagt hast ...»

«Eine gute Bratensoße, meine Liebe. Wenigstens anstandshalber.»

«Du weißt, dass es nicht wahr ist», wiederholte Anthony.

Wir schlendern nach Hause. Ich kann seine Schwäche nicht ertragen und will ihn gerade anfahren, da höre ich plötzlich eine fröhliche Stimme im Wind und beiße mir auf die Zunge. Ich bin mir sicher, dass es eine Kinderstimme ist, das Lachen eines Jungen. Vielleicht ist er unten auf der Straße in Begleitung seiner Mutter.

«Stimmt nicht», sagt er.

Der blaue Dunst wälzt sich über die Felder, wie langsame Wellen auf den verlassenen Strand zu.

Morgen früh um neun Uhr werden wir Island erreichen. Ich nehme diese Nachricht mit gemischten Gefühlen auf, denn einerseits bin ich froh, mich endlich von dieser tödlich langweiligen Gesellschaft zu befreien, andererseits macht mich meine Heimkehr nervös.

Was soll ich ihm sagen? Meine Worte werden nichts als ein Epilog sein, sie werden ihm in keiner Weise helfen. Was weiß er über mich? Was wird er wohl über mich wissen wollen? So wenig wie möglich, hoffe ich doch.

Warum tust du das?, frage ich mich und höre auf den Herbstregen, der gegen das Glas des Bullauges peitscht. Warum? Ich brauche etwas frische Luft.

Jemand sagt, dass vor wenigen Augenblicken Möwen gesichtet worden seien. Ich gehe raus auf Deck und meine im Nebel einen weißen Flügel zu sehen. Einen weißen Flügel, der zu einem Lichtfleck wird und dann verschwindet. Ich erahne einen Felsen draußen im Nebel, einen mit Algen überzogenen Felsen, an dem eine Robbe emporklettert. Warum, weiß ich nicht mehr. Meine Gedanken wandern ruhelos umher. Ich kann sie nicht bändigen.

Diese Clowns warteten in ihrer Sonntagskleidung auf den Abend, frisch rasiert und mit Aftershave parfümiert, nass gekämmt, mit einem Aperitif in der Hand, lächelnd und glücklich wie Schnecken im feuchten Moos. Sie zweifeln nicht, haben keine Angst, sie rücken zum vierten Mal ihre Krawatten zurecht, schauen in den Spiegel und beobachten sich dabei, wie sie ihre Drinks an die Lippen führen.

Die Frauen pudern sich zweifellos immer noch ihre Nasen, denn die Vorbereitungen für das letzte Abendessen wollen sorgfältig durchgeführt sein. Morgen werden sie wieder in ihre grauen irdischen Lebensrollen schlüpfen und zu getrocknetem Schellfisch und gekochten Kartoffeln zurückkehren. Schreiende Kinder in der Nacht und Leere am Tag und am Abend ein heimliches Glas Sherry, um die Dunkelheit zu vertreiben. Die Räder laufen mechanisch weiter, und die Glocken bezeugen gewissenhaft jeden Schritt auf das Ende zu. Manchmal wird jemand befördert, dann wird gefeiert. «Chefbuchhalter», sagt die Frau zu ihren Freundinnen und sieht mit bewunderndem Blick zu ihrem Mann auf, der eine bescheidene Miene aufsetzt, obwohl er weiß, dass er diesen Posten verdient hat. Nach all diesen Jahren. Nach all diesen Jahren der Plackerei.

Als ich wieder in das Raucherzimmer gehe, wird gerade

Poker gespielt. Der Literaturwissenschaftler ist richtig beschwingt, das erste Glas hat seine Seele aus den Tiefen seines Katzenjammers befreit. Scheinbar erinnert er sich an unser letztes Gespräch und meidet meinen Blick.

«Guten Abend, Madam», schreit sein Spielpartner. «Dürfen wir Sie zu einer Partie einladen?»

Ich denke an Anthony.

In jenem Frühjahr hatten wir beschlossen, die Steinmauer unten an der Straße und die Mauer zwischen Haupt- und Gewächshaus zu reparieren. Auch die Gästezimmer im Nordflügel mussten unbedingt gestrichen und tapeziert werden, obwohl es genauso wichtig gewesen wäre, im Billardzimmer und dem Zimmer mit den Spieltischen neue Teppiche zu verlegen. Anthony wies darauf hin, dass es auch an der Zeit sei, das Netz um den Tennisplatz zu ersetzen, während mir nicht klar war, wie wir die Erneuerung der Gläser im Gewächshaus noch länger hinausschieben konnten. Zu all dem kam noch der traditionelle Frühjahrsputz, um den sich normalerweise Old Marshall kümmerte. Aber diesmal konnten wir nicht auf ihn zählen, weil er sich eine Woche zuvor das Bein gebrochen hatte, als er vom Traktor gestiegen und auf nassem Holz ausgerutscht war.

«Er muss sowieso kürzer treten», sagte ich zu Anthony. «Du weißt ja, der liebe alte Kerl wird auch nicht jünger.»

Anthony versuchte diesem Gespräch aus dem Weg zu gehen. «So etwas kann jedem passieren», erinnerte ich ihn murrend. «Vielleicht sollte doch mal ein anderer die schwersten Arbeiten übernehmen.»

«Das kannst du ihm ja sagen», antwortete er darauf.

Natürlich brachte keiner von uns beiden den Mut auf, mit dem alten Mann darüber zu sprechen. Und es war ja nicht so, dass wir einen Monat vor Ankunft der ersten Gäste nichts anderes zu tun gehabt hätten. Wir sind in den letzten Jahren oft von Handwerksfirmen enttäuscht worden – sie sind unglaublich teuer –, darum entschlossen wir uns, mit einer Zeitungsannonce Aushilfskräfte zu suchen.

Nachdem wir sorgfältig alle Zuschriften geprüft hatten, einigten wir uns darauf, die zwei Männer aus Surrey einzustellen, die in ihren Unterlagen anführten, dass sie bereits für Lord Greene of Joldwyn gearbeitet hätten.

«Die Leute in Joldwyn müssten sich eigentlich mit Handwerkern auskennen, nach all den Unannehmlichkeiten, die sie dort hatten», sagte Anthony. «Nur sieben Jahre, nachdem sein Haus gebaut worden war, hatte man Lord Greene geraten, es abzureißen und von Grund auf neu zu bauen.»

Ich bat ihn, sich bei Lord Greene über die Arbeitsleistung der beiden Männer zu erkundigen, aber aus irgendeinem Grund kam er nie dazu.

In der ersten Woche waren sie sehr fleißig. Sie schliefen im Ostflügel und standen in aller Herrgottsfrühe auf, arbeiteten den ganzen Tag, verloren während der Mahlzeiten keine Zeit, sondern aßen schweigend in der Küche und gingen zeitig zu Bett. Sie waren beide Ende dreißig, der eine war mager und schmächtig, der andere stämmig, aber nicht sehr groß. Da es die ersten Tage recht mild und trocken war, nahmen sie zuerst die Arbeit in Angriff, die draußen zu erledigen war. Die Steine, die aus der Mauer bei dem Gewächshaus gefallen waren, fügten die Männer aus Surrey im Handumdrehen wieder ein, und auch die Mauer am Eingang sah nach wenigen Tagen wie neu aus. Als sie daraufhin begannen, ein neues Netz um den Tennisplatz zu spannen, fing es an zu regnen, und ich rechnete damit, dass sie die Arbeit niederlegen und hereinkommen würden. Doch sie zogen Regenmäntel und Gummistiefel an und ließen sich von den Schauern nicht beeindrucken. Ich atmete erleichtert auf und sagte Anthony, dass ich mich fragte, wie wir früher ohne sie hatten auskommen können.

Die Anstreicharbeiten erledigten sie ohne Zwischenfälle, obwohl ihre Essenspausen nun länger zu werden schienen. Sie gingen auch später zu Bett, saßen abends für gewöhnlich im Billardzimmer, spielten Karten, manchmal Rommee, aber meistens Poker. Ich glaube, sie spielten um Geld.

Manchmal schaute Anthony abends bei ihnen vorbei, wobei ich den Eindruck gewann, dass sich der stämmigere der beiden Männer ihm gegenüber einen zu vertraulichen Umgangston angewöhnte. Erst sorgte ich dafür, dass Anthonys Visiten sich nicht zu lange hinzogen, und dann riet ich ihm ernstlich, die Aushilfskräfte abends nicht mehr aufzusuchen.

Etwa knapp drei Wochen, nachdem wir die beiden eingestellt hatten, fuhr ich wie jedes Jahr um diese Zeit für zwei, drei Tage fort. Die Reise führte mich nicht weiter als bis Hampshire oder Wiltshire, manchmal auch nach Devon oder Cornwall. Ich nahm die kleine Marilyn mit, und gemeinsam besuchten wir einen Bauernhof nach dem anderen, manchmal vier oder fünf an einem Tag. Auf diese Weise konnte ich unbehandeltes Fleisch oder frische Gewürze preisgünstig einkaufen. Natürlich bin ich den Wakefields gegenüber immer loyal geblieben, aber wenn es zu Verhandlungen mit ihnen kam, konnte es nicht schaden, noch den einen oder anderen Trumpf in der Hand zu halten. Man muss dazu wissen, dass nicht alle ihre Lieferungen tadellos sind. Enten und Fasane zum Beispiel kaufte ich lieber bei Liphook in Hampshire ein. Ich wusste es auch so einzurichten, dass Mr. Wakefield, wenn er mich denn zu geschäftlichen Zwecken aufsuchte, die Angebote der Konkurrenz zur Kenntnis nehmen musste. «Die Liphook Game Farm», konnte er dann beispielsweise auf einem wie zufällig auf dem Tisch liegenden Faltblatt lesen, «liefert Fasaneneier aus einem Bestand von 10 000 Vögeln zu vernünftigen Preisen (ich unterstrich «vernünftig» mit rot, so dass es ihm wirklich nicht entgehen konnte), alle unfruchtbaren Eier werden ersetzt. Wildenten, so viel Ihr Herz begehrt.»

Wir hatten gerade die Stadtgrenze von Salisbury passiert, als mir unwohl wurde. Die Spitze der Kathedrale ragte über die Wälder, wie ein zum Allmächtigen ausgestreckter Zeigefinger erhob sie sich vor den ziellos dahintreibenden Wolken, für gewöhnlich ein tröstlicher Anblick. Aber als ich den Kirchturm diesmal vor mir aufragen sah, war mir beklommen zumute, was ich mir jedoch nicht anmerken ließ, weder im Wagen noch später, als wir bei einer Schweinefarm hielten und in die milde Luft hinaustraten. Wie immer sahen wir uns rasch um, doch je weiter der Tag voranschritt, desto schlechter fühlte ich mich. Eigentlich hatten wir vorgehabt, mit den Leuten von der Liphook Farm zu Abend zu essen und dort zu übernachten, aber als wir mit dem Essen fertig waren und im Wohnzimmer mit einer Tasse Kaffee und bei einem Glas Portwein zusammensaßen, beschloss ich plötzlich, nach Hause zu fahren. Vielleicht hatte Marilyn schon bemerkt, dass etwas nicht stimmte, denn sie stellte keine Fragen, sondern suchte nur unsere Sachen zusammen und weckte den Fahrer, der eingeschlafen war.

Auf unserer Heimfahrt war die Landschaft in Nebel gehüllt. Hin und wieder riss die Wolkendecke auf. Als wir auf der engen Brücke über dem Avon hielten, öffnete ich das Fenster und hörte in der Finsternis eine Nachteule heulen, so kam es mir zumindest vor. In der Ferne schimmerten die Wolken.

Als wir zum Haus hochfuhren, war es nach ein Uhr nachts. In vielen Fenstern des Haupthauses brannte noch Licht, und sobald ich die Wagentür geöffnet hatte, schlug mir der Rauch von Holz entgegen. Der Schornstein qualmte, und die Haustür stand sperrangelweit offen. Ich ging sofort hinein und blieb erst stehen, als ich die Tür des Billardzimmers erreicht hatte. Der Erste, den ich sah, war unser Nachbar, Earl of Helmsdale, der auf einem Stuhl neben dem Feuer eingenickt war. Ich trat näher und entdeckte Anthony und die Handwerker. Anthony blickte mich aus trüben Augen an, so weit er überhaupt noch geradeaus schauen konnte. Er saß oder besser gesagt hing am Kartentisch und war so betrunken, dass er kein Wort herausbrachte. Die Handwerker saßen neben ihm, nicht weniger betrunken, aber noch in der Lage, sich zu artikulieren.

«Willkommen, Madam», sagte der stämmige Mann.

«Willkommen in unserem Haus», sagte der andere. «Es wäre vielleicht besser, wenn Sie das nächste Mal vorher anklopfen würden.»

«Und Ihre Schuhe abstreifen würden.»

Dann lachten sie wie irre.

Leere Flaschen lagen auf dem Boden verteilt: Whisky, Gin und zwei Rotweinflaschen, ein 1951er Margaux und ein 1945er Mouton, die ich als Reserve beiseite gelegt hatte. Graf von Helmsdale schnarchte in seinem Stuhl neben dem Kamin, während Anthony seine Jagdmütze abgenommen hatte, die er anstarrte, als hätte er sie nie zuvor gesehen.

«Unser Kumpel Anthony hat im letzten Spiel das Haus gesetzt», sagte der untersetzte Handwerker.

«Dieses Stück Papier beweist es», fügte der andere hinzu und schwenkte ein hellgelbes Blatt, das ich sofort wiedererkannte. Mein Briefpapier. Sie konnten es nur vom Schreibtisch in meinem Schlafzimmer genommen haben.

«Wie können Sie es wagen!»

«Wir werden Sie in der Küche anstellen. Wir brauchen jemanden, der uns füttert.»

«Und abwäscht. Irgendwer muss auch abwaschen.»

«Das werdet Ihr noch bereuen.»

«Anthony, wach auf, Kumpel! Erzähl uns von diesem Blumenhändler, von dem wir gehört haben.»

Da verlor ich die Beherrschung. Ehe ich mich versah, war ich schon unten im Keller und hatte die Tür zum Waffenlager aufgerissen. Ich packte eine Browning Doppellaufflinte, lud sie eiligst durch und rannte wieder die Treppe hinauf. Marilyn kam gerade mit unseren Sachen herein.

«Was ist los?»

Ohne ihr zu antworten, stürmte ich in den Billardraum und blieb erst wieder stehen, als ich den Kartentisch erreicht und die Flinte zuerst auf den stämmigen Mann, dann auf seinen Kumpel gerichtet hatte.

«Raus hier!»

Sie waren wie gelähmt, entweder vor lauter Verwunderung oder aus Angst. Sie rührten sich nicht von der Stelle, doch ich war mit meiner Geduld längst am Ende, zielte auf den Kamin und feuerte. Der Schuss hallte durch das ganze Haus, heulte den Schornstein hinauf und weckte die Vögel in den Bäumen, scheuchte die Geister in den Dachstuben auf und hallte in der Stille der Nacht wider. Die beiden Männer sprangen auf und rannten in Panik zur Tür. Ich folgte ihnen dicht auf den Fersen, und da ich den Eindruck hatte, sie würden ihren Schritt verlangsamen, feuerte ich nochmals.

«Haben Sie den Löwen erlegt?», brüllte Earl of Helmsdale, als ich zurückkam.

Ich riet ihm, schlafen zu gehen.

Am folgenden Tag beauftragte ich den Chauffeur, die Männer ins Dorf hinunter zu bringen. Er brachte ihnen ihr gesamtes Werkzeug und einen Scheck für das Geld, das wir ihnen schuldeten. Allerdings hatte ich mir den Spaß erlaubt, von ihrem Lohn den Preis für die Flasche Mouton abzuziehen, die sie so dreist ausgetrunken hatten. Ich glaube ehrlich gesagt, dass sie weder vorher noch nachher je wieder so teuer für Drinks bezahlen mussten.

Das Polizeirevier von Radstock befindet sich in einem schmalen Gebäude neben der Bibliothek. Über der Tür hängt ein kleines Schild. Aus der Entfernung betrachtet, sieht das Bild darauf wie ein Uhrwerk aus, mit Sprungfeder und Rädchen, doch im Näherkommen erkennt man, dass die Farbe weitgehend abgeblättert ist: Die Sprungfeder erweist sich als der Rest eines Blumenstraußes, und die Rädchen sind das, was noch von dem *e* in *gegründet* und den letzten drei Ziffern in *1888* übrig geblieben ist. Nur wenige Einwohner wissen noch, dass hier einst ein Blumenladen war, doch der Polizei ist es nie in den Sinn gekommen, das Schild abzumontieren. Im Grunde verläuft ihr Arbeitsalltag recht ruhig, im Ort herrscht nur wenig Verkehr und die Bewohner sind friedliche Leute, und es ist – an den meisten Tagen zumindest – gar nicht einmal unangemessen, die Besucher unter einem Bild vergilbter Blumen zu empfangen.

So war es nicht weiter verwunderlich, dass die Polizisten von dem Vorfall, von dem ich hier erzählen möchte, völlig überrascht wurden – wobei sie im Grunde erleichtert waren, als Jakob und ich bei ihnen auftauchten.

Anthony hatte Jakob an jenem Morgen eine Nachricht gesandt und ihn gebeten, sich sofort mit ihm unten vorm Polizeirevier zu treffen. Ich begleitete Jakob, und wir radelten so schnell wir konnten, doch schon nach kurzer Strecke hatte ich ein Loch in meinem Vorderreifen. Ich bat Jakob, allein weiterzufahren, und schob mein Rad ins Dorf. Dort gab ich es in Reparatur, bevor ich mich zu Fuß auf den mühsamen Weg zum Polizeirevier machte. Es ging ein kühler Wind, und mir wurde kalt. Erst war ich durch die Anstrengung ins Schwitzen gekommen, und nun war ich nicht warm genug angezogen.

Jakob befand sich mit Anthony und zwei Polizeibeamten in einem Raum im Empfangsbereich. Die Tür war geschlossen.

Der Wachtmeister hinter dem Empfangstisch im Vorzimmer fühlte sich sichtlich unwohl, er war nervös und wiederholte in regelmäßigen Abständen: «Ich bin sicher, dass es sich um ein Missverständnis handelt.» Dann sah er auf die Uhr an der Wand und fügte hinzu: «Sie werden gleich wieder herauskommen.»

Die Uhr tickte, und von Zeit zu Zeit kam jemand vorbei, nickte durch die Scheibe oder grüßte kurz. Nach einer Weile öffnete sich die Tür, Jakob trat hinaus und bat mich, ihm auf die Straße zu folgen. Anthony blieb drinnen, er saß an einem Tisch, leichenblass, versuchte aber, mich anzulächeln. Er schien geweint zu haben.

«Da will jemand Anthony wegen unanständigen Benehmens anzeigen», erklärte Jakob, als wir auf der Straße waren. «Der Vater eines Jungen, mit dem Anthony angeblich ein Verhältnis hat.»

«Was?», rief ich aus.

«Mit dem er geschlafen haben soll, Disa. Er könnte großen Ärger bekommen.»

Ich war so verwirrt, dass ich die Bedeutung seiner Worte erst allmählich begriff.

Anthony hatte Jakob gebeten, mit dem Vater des Jungen zu sprechen und zu versuchen, eine Einigung herbeizuführen. Die Polizei wusste nicht, welche Stellung sie beziehen sollte, und fand die ganze Angelegenheit ausgesprochen peinlich.

«Ich werde mich später mit dem alten Mann treffen», sagte Jakob. «Das wird bestimmt interessant werden.»

Der Vater, so stellte sich heraus, war nichts weiter als ein kleiner Gauner, der von Anthony Geld erpressen wollte. Der Sohn, er war an die zwanzig, saß etwas abseits, während sein Vater und Jakob stritten, und erhob sich nur gelegentlich, wenn die Debatte lauter wurde. Er hörte schweigend zu, doch Jakob meinte, dass er einen durchtriebenen Blick habe.

Natürlich war die Forderung seines Vaters infam. Nachdem Jakob zweimal aufgestanden war und angedroht hatte, das Gespräch abzubrechen, einigten sie sich schließlich. Vater und Sohn sollten einen pauschalen Betrag erhalten, ein Viertel von dem, was der alte Mann ursprünglich gefordert hatte, und im Gegenzug eine Erklärung unterzeichnen, dass Anthonys Verhältnis mit dem Jungen keinesfalls zu beanstanden sei, damit die beiden nicht auf die Idee kamen, Mr. Anthony Lonsdale noch einmal zu erpressen.

Anthony weinte, als wir ihm die unterschriebene Erklärung überreichten. Wir waren froh, dass wir ihm hatten helfen können, auch wenn es eine unangenehme Angelegenheit war. Ich hielt es auch für das Beste, ihn nicht mehr nach seiner Meinung über Shirley Taylor, die Nachbarstochter, auszufragen.

«Unter den Augen des Schöpfers», wie Mutter immer sagte, wenn wir Kinder etwas getan hatten, was ihr missfiel. «Disa, sprich nicht so! Du befleckst deine Seele unter den Augen deines Schöpfers. Kinder, was für ein Benehmen. Wie benehmt ihr euch unter den Augen eures Schöpfers!»

Als ich ein Kind war, schien Er mich nie aus den Augen zu lassen, immer darauf gefasst, dass ich etwas falsch machte oder dass ich ihn beleidigte, darauf hoffte Er sicherlich.

Als Teenager fing ich an, diesen Blick als hochmütig, stolz und prüde zu empfinden. Manchmal sah ich Ihn im Geiste vor mir: ein alter Mann, der auf einer Bank saß, den Tauben und Staren Brotkrumen zuwarf, aber beleidigt war, wenn sie sich zu seinen Füßen darum stritten.

Mit den Jahren kümmerte ich mich immer weniger um diesen Blick. Ich dachte nicht viel über den Tod nach, denn als ich mit Jorunn in Reykjavík lebte und auch später, als ich nach England aufbrach, fühlte ich mich sorgenfrei. Dann ließen mich sowohl der Blick meines Schöpfers als auch seine Gerechtigkeit in Frieden – seine Gerechtigkeit, die nichts weiter als Bestrafung bedeutet, seine Liebe, die nichts als Verachtung ist, seine Berührung, die nur ein Hauch ist, seine Gnade, die den Tod bedeutet. Mein Schöpfer ließ mich in Frieden und warf seine Brotkrumen anderen kleinen Vögeln zu und betrachtete sie zufrieden zu seinen Füßen. Da waren die Tage hell und die Nächte warm wie ein Mantel, der die Seele umhüllt. Niemand wies mich zurecht, keine bösen Vorahnungen quälten mich.

«Mors est quies viatoris», flüstern uns seine Scharlatane zu, der Tod ist des Wanderers Ruh. *«Pie Iesu domine dona eis requiem.»* Gnädiger Herr Jesu, gewähre ihnen Ruhe. Anthony weint jedes Mal, wenn er diese Worte in Deiner Kirche wiederholt, denn er weiß, dass Du keinen Gefallen an ihm findest. *«Mors est quies»*, doch da ist nichts nach dem Leben, auch wenn Deine verkaufstüchtigen Lakaien nie müde werden, die Leichtgläubigen mit ihren Versprechungen einer Ewigkeit abzuspeisen.

Und so hatte ich mich von Deinem brennenden Kuss und Deiner schützenden Hand befreit, die immer bereit war, zu einem Schlag auszuholen, ich war frei bis zu dem Tag, an dem ich Mutter anrief und ihr erzählte, dass ich mich mit Jakob verlobt hatte. In jener Nacht verfolgte mich Dein anklagender, rachsüchtiger Blick von Traum zu Traum.

Als ich mitten in der Nacht mit einem Ruck aus den aufwühlenden Träumen erwachte, starrte Er mich an. Ich begegnete dem Blick, und ganz plötzlich erkannte ich ihn wieder. Für einen kurzen Augenblick wurde der Schleier beiseite gerissen. Es war der Blick meiner Mutter. Das war es, was mich all die Jahre verfolgt hatte.

Selbstmitleid nützt niemandem etwas, man kann nichts ungeschehen machen, nichts ändern. Die Kerze brennt, und ihre kleine und schwache Flamme sucht in der Dunkelheit nach neuer Nahrung, bevor sie tropft und erlischt. Wir können nur ahnen, was sich hinter der Tür befindet, fragen aber nicht danach. Wir freuen uns über einen Sonnenstrahl auf einer Fensterscheibe und fürchten die Dunkelheit. Schicksal, sagen wir, anstatt in unsere Herzen zu blicken.

Vor einer halben Stunde habe ich ein Schmerzmittel genommen, das es mir schwer macht, mich zu konzentrieren. Meine Finger umfassen krampfhaft das Arzneifläschchen, rutschen aber immer wieder unkontrolliert zur Seite ab. Vor mir kann ich das Buch *Hilf dir selbst* sehen; ich weiß, dass es dieses Buch ist, obwohl die Schrift vor meinen Augen verschwimmt. In Bath, bei der Pulteney Brücke über den Avon, gibt es einen kleinen Kai mit schönen Laternen. Neben den Laternen stehen Bänke, wo man seine müden Beine ausruhen kann; ich erinnere mich, dass von diesen Bänken besonders ältere Leute Gebrauch machten, die vielleicht in Pension waren und nichts anderes zu tun hatten, als die Strömung des Flusses zu beobachten. Doch auch die jungen Leute haben sich mir eingeprägt, die in der Dämmerung Hand in Hand den Kai entlangliefen und sich süße Nichtigkeiten zuflüsterten. Den jungen Leuten machte es nichts aus, wenn es regnete, sie schienen es zu genießen, sich bei den ersten Tropfen unter einen Baum im Park zu flüchten und unter seinem blättrigen Himmel Schutz zu suchen.

Nachdem David die Bestätigung erhalten hatte, dass Jakob und die Eltern in Buchenwald waren, fuhr ich allein nach Somerset und holte meine Sachen ab. Nichts Besonderes, nur Kleider und Bücher, die leicht in ein paar mittelgroßen Koffern Platz fanden. Alles Übrige würden Jakob und ich später abholen.

Am Abend besuchte mich Anthony, und wir fuhren gemeinsam nach Bath, wo gerade die Straßenlaternen angingen. Ungewöhnlich wenig Menschen waren am Flussufer unterwegs, denn ein beißender Wind fegte darüber hinweg, die Markisen der Cafés hingen verloren über den Stühlen und das Licht der Laternen wirkte nicht so beruhigend wie sonst. Anthony versuchte erneut, mich von dem Entschluss, nach Island zu fahren, abzubringen.

«Du kannst bei mir wohnen», sagte er. «Es ist ja genügend Platz da. Er wird bald wieder zu Hause sein.»

Aber wir wussten beide, dass seine Worte reines Wunschdenken waren, und der Wind entriss sie seinen Lippen und wehte sie fort, noch bevor ich darauf antworten konnte. Anthony spürte, dass ich nicht länger bleiben konnte. Hier erinnerte mich alles an Jakob.

«Ohne ihn ...», begann ich, konnte den Satz aber nicht zu Ende sprechen.

«Du weißt, dass du immer willkommen bist.»

«Ich werde wiederkommen, wenn sie ihn entlassen haben. Bis dahin werde ich in Island bleiben.»

«Dann werdet ihr beide wiederkommen.»

«Dann werden wir beide wiederkommen.»

Der Zug ratterte nach London, als sei nichts geschehen, und pfiff hin und wieder in die Nacht, als ließe er die Erinnerung an etwas hinter sich, das nie mehr zurückkehren würde. Ich war zu müde, um zu schlafen, zu matt, um einen Schmerz zu empfinden. Warum hatte ich ihn gehen lassen? Diese Frage hallte unbarmherzig in meinem Kopf. Warum habe ich ihn nicht gebeten zu bleiben?

Glücklicherweise war der Zug fast leer. Auch nach all diesen Jahren kann ich mich noch an mein Abteil erinnern. Jedes noch so kleine Detail hat sich in mein Gedächtnis eingegraben, als wäre es von Bedeutung. Ich sehe sogar noch den langen Riss in dem Bezug des gegenüberliegenden Sitzes vor mir, aus dem der Schaumstoff in der Mitte herausquoll. Der Sitz war rot.

Als wir in London einfuhren, schneite es. Darauf war ich nicht vorbereitet.

Rechnete ich damit, ihn wiederzusehen? Ich weiß es nicht, ich weiß nicht, wann ich die Hoffnung aufgegeben habe, ich weiß nicht, ob es mir jemals wirklich geglückt ist, mich selbst ganz zu täuschen.

Ich wusste über Buchenwald nur, dass es sich um ein Gefangenenlager handelte. Die ganze Wahrheit über die Konzentrationslager erfuhr ich erst später. Wenn ich versuchte, mir das Straflager vorzustellen, sah ich Jakob meistens harte Arbeit verrichten und redete mir ein, dass er das ertragen würde, denn sowohl in körperlicher als auch in geistiger Hinsicht war er gesund und kräftig. Als jedoch Gerüchte aufkamen, die eines schrecklicher als das andere waren, verblasste diese Vorstellung. Doch da war ich bereits in Island, und es ist sinnlos, mir diese Dinge jetzt wieder ins Gedächtnis zurückzurufen, denn sie sind jedermann bekannt.

Die Überfahrt nach Hause mit der *Bruarfoss* war strapaziös, und ich lag die meiste Zeit unter Deck und übergab mich. Immer wieder sah ich Jakob vor mir, wie er ausgesehen hatte, als wir uns am Flughafen voneinander verabschiedeten. Während dieser Wahnvorstellungen verwandelte er sich manchmal in einen Schatten, dann schreckte ich mit dem Geruch von nasser Kleidung auf, und mein Blick war benebelt.

Vater hatte versprochen, mich in Reykjavík abzuholen, und ich versuchte an nichts anderes als an seine Umarmung und das Lächeln meiner Schwester Joka zu denken, die ich so sehr vermisst hatte. Von Zeit zu Zeit muss ich wohl das Bewusstsein verloren haben, denn später sagte der Kapitän, dass er sich Sorgen um mich gemacht hatte. Im Nachhinein glaube ich, dass mir diese Bewusstlosigkeit gut getan hat, denn sie dämpfte den Schmerz und ließ die Zeit schneller vergehen.

Nach meiner Heimkehr musste ich eine Woche im Bett bleiben. Ich empfand die Gesellschaft meiner Schwester und ihres Mannes Gunnar als tröstlich, und das Gezwitscher ihrer drei Monate alten Tochter Helga munterte mich wieder auf. Vater verbrachte die ersten Tage mit mir, fuhr dann aber zurück nach Norden und kümmerte sich um seine Patienten. Bevor er sich von mir verabschiedete, hatte er bei dem Bankdirektor Bolli Haraldsson und seiner Frau Gudrun in der Fjolugata Nr. 56 eine Arbeit für mich gefunden. Er sagte, dass Gudrun krank sei und unter Depressionen leide, die schlimmer wurden, seit ihr Sohn im Ausland lebte.

«Sie muss ziemlich schwach sein», meinte er. «Sie brauchen eine Köchin.»

«Werde ich auch dort wohnen?»

«Nur bis du dich wieder besser fühlst, Disa, Liebes. Später kannst du immer noch bei Sivertsen im Hotel Borg arbeiten. Sobald du dir das zutraust.»

Mein Vater kannte Dr. Bolli nicht persönlich, behauptete aber, dass Vilhjalmur Borg nur Gutes von ihm erzählt habe.

Als es mir wieder besser ging, gewöhnte ich mir an, Zigarillos zu rauchen, denn das beruhigte mich. Ich ging täglich spazieren, um wieder zu Kräften zu kommen. Manchmal besuchte ich Mrs. Olsen, doch meistens ging ich zum Hafen hinunter und blickte aufs Meer. Oft waren die Tage grau, doch ein-, zweimal ließ sich die Wintersonne am wolkenlosen Himmel blicken, und man konnte sich auf den Mond am Abend freuen. Zigarillos, zehn Stück in einer Packung. Ich nahm mir vor, nicht mehr als fünf täglich zu rauchen, damit ich etwas hatte, worauf ich mich freuen konnte.

Als ein Monat vergangen war, rief ich Vater an und teilte ihm mit, dass ich nun wieder arbeiten könne. Am nächsten Tag kündigte er in dem Haus Fjolugata Nr. 56 meine Ankunft an.

Nun gleiten wir über die Wellen, auf die ich früher oft vom Hafen blickte, während ich an einem Zigarillo sog und den Rauch in den schwachen Wind blies. Der Esja Berg und die Kathedrale kommen immer näher, und ich erkenne das Kaufhaus unten am Hafen. Der Geruch von Teer und Sackleinen liegt in der Luft. Möwen umkreisen das Schiff, als hätten sie eine geheime Nachricht über einen Fang erhalten. Sie sind so klug, es zu verschweigen.

Den meisten meiner Reisegefährten geht es seit dem Gelage gestern Nacht schlecht. Ein junger Mann, der sich als berühmter Sänger ausgibt, hat die Wette gewonnen, obwohl der Nebel die ganze Nacht über die Sicht auf das Festland behinderte. So um die Zeit, als zum ersten Mal Ausschau gehalten wurde, behauptete er, Island riechen zu können. Der Kapitän bestätigte, dass man soeben Land gesichtet hätte, wäre nicht der Nebel gewesen. Hallgrimur Palsson, der Literaturexperte, feierte den Sänger, der wiederum schmetterte: «Oh blessed art thou summer sun», und bot denen, die noch aufrecht stehen konnten, Whisky und Gin an. Ich stahl mich in meine Kabine davon, kroch ins Bett und drehte mein Gesicht zur Wand.

Doch nun singt niemand mehr; die Passagiere haben rote Augen und blasse Wangen. Ein Mann aus der ersten Klasse, der während der ganzen Reise bei einem Mädchen aus der zweiten Klasse geschlafen hatte, behauptet plötzlich, es gar nicht zu kennen, denn seine Frau und seine zwei Töchter erwarten ihn jetzt an den Docks. Sie tragen rote Hüte und winken dem Schiff zu, als wir uns nähern. Wie dämlich er wirkt, als er zurückwinkt. Und der gelehrte Dr. Palsson hält endlich den Mund, als er seine Eltern begrüßt. Vielleicht bedauert er jetzt, meinen Rat nicht angenommen zu haben.

Ich nehme mir ein Taxi zum Hotel Borg, wo ich wohnen werde, solange ich auf Island bleibe.

«Asdis Jonsdottir», sagt das Mädchen an der Rezeption. «Sechs Übernachtungen.»

Als ich die Tür zu meinem Zimmer öffne, fühle ich eine unbeschreibliche Leere.

FÜNFTER TEIL

Später wusste ich nicht mehr, ob es die Schale mit den Äpfeln war, die mir zuerst aufgefallen war, oder der Sonnenstrahl, der zwischen den dicken Vorhängen ins Zimmer drang. Seit ich England verließ, habe ich jedenfalls nie wieder so schöne Äpfel gesehen, rot und glänzend wie Edelsteine. Ich wollte sie unbedingt berühren und trat näher an den Tisch heran, wo die Schale auf einem runden gelben Tüchlein stand. Im letzten Moment hielt ich mich jedoch zurück und streckte meine Hand nach dem Sonnenstrahl aus. Ein Schatten fiel auf die Äpfel in dem halbdunklen Salon, und so zog ich schnell die Hand weg, um sie von neuem glänzen zu sehen.

In diesem Augenblick erhob sich eine Stimme hinter mir: «Auch sie verfaulen, wenn man sie vergisst.» Ich erschrak nicht, denn die Stimme war freundlich und liebenswürdig.

Er nahm seine Brille ab und putzte sie mit einem Taschentuch, begutachtete sie geistesabwesend und drehte sie anschließend zwischen seinen Fingern hin und her, anstatt sie wieder auf die Nase zu setzen.

«Es wird dunkel», sagte er schließlich und machte die Lampe neben der Schale an. «Diese langen, dunklen Winternächte.»

Ich war im Begriff, ihn darauf aufmerksam zu machen, dass es ja hell genug wäre, wenn er die schweren, dunklen Vorhänge nur beiseite zöge, besann mich dann aber und sagte nichts.

«Die Schneeammern haben mich heute Morgen mit ihrem Gezwitscher geweckt», fuhr er fort. «Nach dem Regen letzte Nacht haben sie sich im Garten vergnügt. Ich sehe ihnen gerne zu, deshalb bin ich am Morgen auf den Balkon gegangen, um sie besser zu beobachten. Die Ärmsten», sagte er schließlich und verstummte dann. Er bot mir an, mich zu setzen, blieb selbst aber stehen und polierte umständlich seine Brille.

«Meiner Frau bekommt der Winter nicht. Abgesehen von der Adventszeit natürlich, denn da hilft sie immer bei den Weihnachtsvorbereitungen mit. Läuft im Haus umher, vergewissert sich, dass alle Zimmer dekoriert sind, und zündet von morgens bis abends Kerzen an. Sie hilft ein bisschen beim Backen oder bei der Zubereitung von Blätterteig. Das ganze Haus duftet dann einige Tage danach, und meine Frau lächelt dann ununterbrochen, die Liebe.» Er schwieg und fügte hinzu: «Doch Weihnachten ist jetzt vorbei. Und manche Leute finden, dass die Wintermonate viel zu langsam vorübergehen.»

Er war untersetzt, aber nicht übermäßig dick, und sah besser als auf den Fotos in der Zeitung aus. Sein Blick verriet Klugheit, wirkte aber auch etwas abwesend, die Haare waren an den Schläfen ergraut und die Hände feingliedriger, als sein Körperbau vermuten ließ.

«Sie sollten wissen, dass meine Frau im Winter nur selten ihr Zimmer verlässt. An schlechten Tagen bleibt sie im Bett, doch wenn es ihr besser geht, setzt sie sich an die Balkontür, von wo aus sie einen Blick über die Bucht hat. Sie kommt aus dem Westen unseres Landes, und sie schaut gerne aufs Meer. Als Mädchen aus Kópasker müsste Ihnen das ja vertraut sein», fügte er lächelnd hinzu.

Ich nickte und murmelte, ich wisse wohl, was er meine.

«Wir müssen dafür sorgen, dass sie regelmäßig isst, denn meistens hat sie nur wenig Appetit. Das Dienstmädchen tut, was es kann, aber vom Kochen hat sie wenig Ahnung. Ich hoffe, dass gutes Essen die Gesundheit meiner Frau stärken wird. Im Grunde bin ich mir sicher, dass dem so sein wird.»

Er schwieg und betrachtete seine Brillengläser; er schien nicht recht zu wissen, wie er die Beschreibung der Aufgaben in diesem Haushalt beenden könnte. Gerade als er fortfahren wollte, ertönte von oben eine Stimme:

«Bolli! Komm her! O Bolli!» Mit der letzten Silbe wurde die Stimme schrill. Er entschuldigte sich und ging hinaus, ohne sonderlich bewegt zu wirken. Seine langsamen und gleichmäßigen Schritte hallten auf der Treppe zum ersten Stock nach, und ich hörte ihn noch an der Tür anklopfen, bevor er eintrat: «Meine Liebe ...»

Ich warf einen Blick auf das erdrückende Mobiliar in meinem Zimmer, ein rotes Samtsofa und zwei dazu passende Stühle, ein Mahagonitisch und Vasen voller Blumen, ein ausgestopfter Adler und das Gemälde einer Frau, die ein Buch in der Hand hielt. Sie war hübsch und zierlich, doch ihre Augen waren traurig. Ich wollte gerade zu dem Bild hinübergehen, als ein Mädchen ins Zimmer trat. Sie war schlank und lebhaft, nicht älter als zwanzig.

«Das ist die Hausherrin», sagte sie und fügte erklärend hinzu: «Auf dem Bild da. Als sie jung war.»

Sie stellte sich als das Dienstmädchen vor. «Maria.»

«Ich bin Asdis. Wie geht's?»

Sie sah mich für einen Moment prüfend an, ging dann aber schnell auf den Mahagonitisch zu und griff nach einem halb leeren Sherryglas, das auf einer Zeitschrift stand.

«Das trinkt er nicht mehr aus», sagte sie wie zu sich selbst. «Es steht schon seit gestern Abend hier.»

Mit dem Zipfel ihrer Schürze wischte sie den Staub vom Tisch, dann verabschiedete sie sich und wünschte mir Glück.

Draußen versteckte sich die Sonne hinter einer Wolke und warf einen Schatten auf die Schale mit den Äpfeln, trotz der Lampe, die daneben stand. Es schien, als hätte die Schale das Licht verschluckt, ohne es zu reflektieren. Von den Äpfeln verschwand der Glanz, und das betrübte mich. Bald rissen die Wolken wieder auf, und die Spätnachmittagssonne warf ihre Strahlen erneut durch die Vorhänge und überflutete die Äpfel mit ihrem Licht.

«Es wird mich nicht viel kosten», sagte ich mir.

Kurz darauf kam Dr. Bolli herunter. Diesmal achtete er darauf, dass er die Salontür ganz hinter sich schloss.

«Einmal hatte ich ein Treffen mit ein paar Männern, die ich überhaupt nicht kannte», begann er. «Als ich mich jedoch ihnen gegenüber an meinen Schreibtisch setzte, hatte ich den Eindruck, sie alle früher schon einmal getroffen zu haben. Auch hatte ich das Gefühl, ihnen schon einmal an diesem Schreibtisch genau zu dieser Tageszeit gegenübergesessen und mit ihnen über die gleichen Dinge diskutiert zu haben. Ich stellte mir sogar vor, dass sie dieselben Worte murmelten und die gleichen Bewegungen machten. Ganz plötzlich war ich mir sicher, dass einer von ihnen einen goldenen Zahn hatte. Bis dahin hatte er schweigend dagesessen, und so wartete ich geduldig darauf, dass er endlich den Mund öffnen würde. Mir fiel ein Witz ein, den ich kurz zuvor in *Isländischer Humor* gelesen hatte, und ich beschloss, ihn zu erzählen, obwohl ich normalerweise bei der Arbeit keine Witze mache. Zuerst grinste er, ohne seine Zähne zu zeigen, doch dann fing er wie die anderen lauthals zu lachen an, so dass das Gold in seinem Munde blitzte. Ich dachte, ich würde verrückt, und die restliche Zeit des Treffens war ich ziemlich verwirrt. Später kam mir wieder in den Sinn, was meine liebe alte Großmutter immer gesagt hatte, als ich noch ein kleiner Junge gewesen war: ‹Der menschliche Geist ist ein großes Labyrinth.› O ja, das stimmt. Und es ist einfacher, über andere zu urteilen, als sich selbst zu kennen.»

Vor dem Zimmer waren Stimmen zu hören. Er lauschte, blieb aber, wo er war. Kurz darauf klopfte es an der Tür, und das Dienstmädchen steckte ohne abzuwarten ihren Kopf herein.

«Der Minister ist hier», verkündete sie. «Er wartet im Arbeitszimmer.»

«Seien Sie doch so nett, Maria, und servieren Sie ihm einen Kaffee. Ich komme gleich.» Er wandte sich wieder an mich: «Nun gut, Asdis.»

«Möchten Sie etwas über mich wissen, Sir?», meinte ich. «Sie haben mich gar nichts gefragt.»

Er lächelte. «Das ist nicht nötig. Wir sind hier nicht so förmlich. Ich weiß alles, was ich wissen muss. Vilhjalmur hat mit Ihnen doch über den Lohn und die Konditionen gesprochen, nicht wahr?»

Ich nickte.

«Wenn Sie die Arbeit annehmen möchten ...»

«Ich wäre Ihnen sehr dankbar.»

«... dann wird Maria Ihnen Ihr Zimmer und alle Ecken und Winkel in der Küche zeigen. In Ihr Zimmer und die Küche fällt morgens die Sonne. Sogar im Herbst. Sie können am Montag beginnen ... es sei denn, Sie möchten schon früher anfangen. Sie wissen ja, der Aberglaube ... Es hängt nur von Ihnen ab.»

«Ich würde gern am Montag beginnen», antwortete ich.

Er streckte mir seine Hand entgegen, und ich schüttelte sie. Einen Augenblick später war er verschwunden.

Als ich auf die Straße hinaustrat, hatte es zu schneien begonnen. Der Wind hatte aufgefrischt und wirbelte den Schnee um meine Beine. Nach einer Weile, ich hatte mich schon ein gutes Stück vom Haus entfernt, blickte ich zurück. In einem Fenster in der oberen Etage konnte ich ein Gesicht erkennen. Es war weiß wie Schnee und verschwand, sobald ich es erblickt hatte.

Der Schnee bedeckte meine Spuren auf dem Bürgersteig.

In den ersten drei Wochen bekam ich die Hausherrin nicht zu Gesicht. Maria tauchte am Morgen auf und ging am Abend, manchmal spät, wenn Dr. Bolli Gäste hatte. Auch sie hatte ein Zimmerchen in der Mansarde, für den Fall, dass sie übernachten wollte, doch das geschah nur selten, denn der Raum war unzureichend geheizt. Meistens überbrachte sie mir die Nachrichten der Hausherrin mündlich, manchmal jedoch auch schriftlich: Die Hausherrin besaß eine elegante Handschrift. Für gewöhnlich ging es ums Kochen. Sie bat mich zum Beispiel, mich mit zwei Schiffskommandanten in Verbindung zu setzen, von denen sie wusste, dass sie Waren beschaffen konnten, die in den Geschäften nicht erhältlich waren, oder einen Dänen in Hafnarfjödur zu kontaktieren, der die dänische Botschaft mit verschiedenen Köstlichkeiten belieferte. Mir fiel auf, dass ihr Appetit von Tag zu Tag wuchs; an guten Tagen, vor allem wenn die Sonne schien, kamen ihre Teller völlig leer gegessen zurück. Sie legte dann auch Schallplatten auf ihr Grammofon, meistens Mozart oder Verdi. *La Forza del Destino* hörte sie besonders häufig. Maria sagte, dass ihr das Essen geschmeckt hatte und sie sich freuen würde, mich kennen zu lernen, jedoch vorläufig noch nicht dazu bereit war. Ich stellte keine Fragen.

Mit dem kleinen blauen Spiegel neben dem Herd freundete ich mich sogleich an, obwohl ich manchmal gar nicht wissen wollte, was sich in ihm spiegelte. Es gab Zeiten, da hatte ich, wenn ich hineinsah, das Gefühl, mich mit den Augen eines anderen zu sehen. Mit den Augen eines Menschen, der mich liebte und an mich dachte. Da spürte ich auch wieder die Nähe des Waldteiches, in dem wir gebadet hatten, oder die Schlaglöcher auf der Straße zu unserem kleinen Landhaus, in denen sich über Nacht das Regenwasser sammelte und in denen sich unsere Gesichter widerspiegelten. Manchmal dampfte die Erde am frühen Morgen, als würde sie atmen. Manchmal sprach die Erde auch zu uns.

Vielleicht hatten die handgemalten Blumen auf dem Rahmen des Spiegels diese Wirkung auf mich, zumindest erinnerten sie mich immer an Dinge, die ich als schön und liebenswert empfand. Manchmal habe ich daran gedacht, einen Kunsttischler zu beauftragen, mir denselben Rahmen nachzuschnitzen und ihn nach meinen Anweisungen zu bemalen, doch bis heute habe ich es nicht gewagt.

An einem Samstag, kurz vor Mittag, schickte die Hausherrin endlich nach mir.

«Sie wartet», sagte Maria, «du sollst dich beeilen.»

Ich wusste, dass etwas in der Luft lag, denn seit die Hausherrin um zehn Uhr aufgestanden war, hatte Maria sich den ganzen Vormittag mit ihr beschäftigt. Zehn Uhr war für Frau Bolli sogar ungewöhnlich früh; oft meldete sie sich erst gegen Mittag. Ich glaube, dass auch die Schlaftabletten daran schuld waren. Ich blickte in den Spiegel, strich mir eine Haarsträhne aus dem Gesicht, zog meine Schürze aus und eilte hinauf.

Sie saß in einem Stuhl neben der Balkontür und sah hinaus. Sie trug ein rotes Seidenkleid, eine Perlenkette und einen Armreif an ihrem linken Arm, beinahe so, als wäre sie im Begriff, zu einer Party zu gehen. Maria hatte ihr das braune Haar frisiert, das an einzelnen Stellen kastanienfarben schimmerte. Ein leichter Grasduft hing im Raum. Sie bat mich, an ihrer Seite Platz zu nehmen, und deutete mit dem Kopf zum Fenster.

«Das Meer», sagte sie.

Dann griff sie zum Grammofon neben sich und legte eine Platte auf.

«Hören Sie.»

«Pace, pace», sang Leonora, *«mio Dio, pace, mio Dio.»*

Wir saßen schweigend da und sahen aus dem Fenster. Ein Schwarm Drosseln flog vorbei. Wolken zogen am Horizont auf.

«Pace, pace …»

Sie setzte sich auf ihrem Stuhl zurecht, schloss die Augen und nahm meine Hand. Wir saßen so, bis sich die Nadel von der Schallplatte erhob und Stille einkehrte. Mir war das keineswegs unangenehm; ihre Hand verströmte Wärme und

Aufrichtigkeit. Und Angst. Sie zog ihre Hand wieder fort, und ich stand langsam auf. Als ich an der Tür war, sagte sie:

«Unser Sohn ist in Deutschland. Ich weiß, wie Ihnen zumute ist.»

Ich brauchte lange, um die Treppe hinunterzugehen.

Seit ich wieder zu Hause war, hatte ich meiner Mutter weder geschrieben noch mit ihr telefoniert. Auch erhielt ich keinen Brief von ihr. Vater und Jorunn taten, was sie konnten, um eine Versöhnung herbeizuführen. Vater auf seine stille Art, Jorunn etwas hartnäckiger, immer wenn wir alleine waren. Doch so sehr ich es auch versuchte, ich konnte Mutter nicht verzeihen. Wenn Jorunn mich darauf ansprach, bat ich sie, das Thema zu wechseln, und erinnerte sie daran, dass Mutter mir noch nicht einmal ihre Hilfe angeboten hatte, als Jakob in das Straflager eingeliefert worden war. Sie hatte sich nicht die Mühe gemacht, zu mir nach Reykjavík zu kommen. Hatte mich nicht angerufen, um mich zu trösten. Hatte noch nicht einmal einen Stift zur Hand genommen, um mich aufzuheitern. Sie hatte so getan, als würde mein Leben sie nichts angehen, sagte ich Jorunn, und darum sah ich es nicht ein, ihr einen Gefallen zu tun, indem ich um ihr Wohlwollen bettelte. Ein Fehler in der Buchhaltung, sagte ich zu Jorunn. Mehr bin ich nicht für sie.

Doch als der Frühling voranschritt, sah ich mich gezwungen, mich in meinem Zimmer in der Fjolugata Nr. 56 an den Schreibtisch zu setzen und meine Gedanken über unser Verhältnis zu Papier zu bringen. Vielleicht würde ich ihr diese Überlegungen per Brief zukommen lassen, falls ich mit dem Ergebnis zufrieden war, doch ich wusste nicht, ob das jemals der Fall sein würde. Aber eines Samstags früh merkte ich, dass ich bereit war, meine Ausführungen zu einem Ende zu bringen. Obwohl viel Zeit vergangen ist und ich den Brief jahrelang nicht mehr aus meiner Schreibtischschublade geholt habe, ist mir doch in Erinnerung geblieben, wie ehrlich und gerecht ich auf diesen Seiten – es wurden insgesamt fünf – zu sein versuchte. Aus irgendeinem Grund hielt ich es für klüger, den Brief nicht zu unterschreiben und nochmals eine Nacht darüber zu schlafen. Vielleicht wollte ich ja etwas ändern oder streichen. Ich legte die Blätter mit einem Umschlag, den ich noch nicht adressiert hatte, in meine Schreibtischschublade, zog meinen Mantel an und ging hinaus. Jorunn war krank gewesen, darum hatten wir uns ungefähr eine Woche lang nicht gesehen, dennoch war sie mir die ganze Zeit nicht aus dem Sinn gegangen, während ich an Mutter schrieb. Ich beschloss, hinüberzulaufen und sie und ihren Mann zu besuchen, doch vorher wollte ich ein paar alte Brotkrusten aus der Küche an die Enten im Weiher verfüttern.

Der Tag hatte viel versprechend begonnen, mit einer blassen Sonne und einer leichten Brise in den Bäumen, aber jetzt war es feucht und kalt. Es begann zu regnen, und der Wind heulte wie ein geschlagener Hund und wirbelte die vertrockneten Blätter über die Gehsteige. Aus den Häuserfenstern drang nur schwaches Licht. Diese graue Stimmung legte sich auf meine Gedanken. Ich versuchte sie abzuschütteln, als ich unten in Laekjargata plötzlich Zeugin eines sonderbaren Vorfalls wurde. Dieses Ereignis ist mir lebhaft im Gedächtnis geblieben, ich schreibe es aber nur deshalb auf, weil ich die für das Schauspiel verantwortliche Person später noch einmal treffen sollte.

Ein alter Mann saß auf einer Bank vor dem Theater und starrte ins Leere. Ich bin mir nicht sicher, ob er eine Tüte mit Brot in der Hand hielt. Jedenfalls erhob sich ein weißer Schwan vom See. Ich bemerkte ihn sofort, denn sein Flug war unregelmäßig und schwerfällig, als sei er verwundet und könne seine Flügel nicht richtig gebrauchen. Er kam nicht sehr hoch und verlor schnell allen Schwung, bis er schließlich auf der Straße aufprallte. Ich war nicht weit entfernt und fing zu rennen an, verlangsamte aber meinen Schritt, als ein Auto sich näherte und vor dem Vogel anhielt. Der Chauffeur stieg aus. Ich erkannte ihn und den Wagen auf Anhieb wieder, denn sein Chef war häufig Gast in dem Haus in der Fjolugata; es war Hallur Steinsson, Verleger und Importeur. Der Schwan lag auf der Straße und zuckte in dem Versuch, sich wieder aufzurichten. Der Chauffeur stand zögernd mitten auf der Straße, machte einen Schritt auf den Vogel zu und begutachtete ihn, wich dann aber verdutzt zurück. Er schien völlig ratlos zu sein. Da öffnete sich die Hintertür des Wagens und Hallur Steinsson stemmte sich aus den Sitzen und streckte die Beine auf die Straße. Das war mit einer gewissen Anstrengung verbunden, denn er war ganz offensichtlich betrunken.

«Können wir nicht weiterfahren?»

«Ich fahre nicht über den Vogel.»

«Ist er denn nicht tot?»

«Nein, er lebt.»

«Also gut, schaff ihn aus dem Weg. Wir haben keine Zeit zu verlieren.»

Eine junge Frau kletterte hinter ihm aus dem Wagen, torkelte auf ihren hohen Stöckelschuhen zum Chauffeur und stützte sich auf ihn. Ich hatte Hallur Steinssons Frau schon öfters gesehen, aber wahrscheinlich war sie zu Hause und strickte, während das hier passierte. Oder machte Krapfen. Oder nahm vielleicht an einer Sitzung der Frauenvereinigung teil. Wie auch immer, der Verleger befahl dem Mädchen, wieder in den Wagen zu steigen und sich nicht zu zeigen, doch sie ignorierte ihn.

«Das arme Tier», sagte sie. «Es hat Schmerzen. Siehst du denn nicht, wie es leidet?»

Hallur Steinsson hatte genug.

«Schaff uns das verdammte Vieh vom Hals! Und zwar sofort!»

Da der Chauffeur nicht sofort reagierte, machte sich sein Chef persönlich an die Arbeit. Entschlossen ging er zu dem Vogel hinüber, packte ihn am Hals und zerrte ihn zum Straßenrand. Das Mädchen rief laut: «Mein Gott!», der Chauffeur hingegen wandte den Blick zur Seite. Vielleicht fühlte sich der Verleger und Importeur gerade wie ein Großwildjäger, zumindest lächelte er triumphierend, als hätte er eine Bestie erlegt. Doch so schnell es gekommen war, verschwand sein Lächeln auch wieder, denn der Schwan drehte sich um und biss ihn in den Hintern. Hallur stieß einen Schmerzensschrei aus und versuchte, den Vogel abzuschütteln, trat nach ihm, taumelte zum Wagen und brüllte den Chauffeur an: «So unternehmen Sie doch was!» Er hörte erst wieder auf zu schreien, als der Schwan mit einem Stofffetzen im Schnabel auf die Straße zurückfiel.

Hallur Steinsson sprang hinters Steuer und befahl dem Mädchen und dem Chauffeur sich hinten in den Wagen zu setzen. Als er auf der Straße davonzischte, sah ich, dass das Kleid des Mädchens in der Hintertür eingeklemmt war und ein Stück davon heraushing. Das Kleid war rot und flatterte im eisigen Winterwind.

Jorunn war nicht zu Hause. Ihr Mann erhob sich kurz aus einem grünen Stuhl am Fenster, als ich hereinkam. Er hatte in einem Buch gelesen. Hinter ihm konnte ich den Esja Berg sehen, seine mit grauen Schneewehen bedeckten Hänge, den grauen Himmel und die graue See. Die kleine Helga schlief.

«Jorunn ist zum Einkaufen gegangen», erklärte Gunnar. «In ein paar Minuten wird sie zurück sein.» Er sah auf die Uhr. «Sie müsste schon da sein. Ich habe Spätschicht.»

Ich riet ihm, sich doch schon auf den Weg zu machen, denn um ein Kind zu beaufsichtigen, mussten ja nicht zwei Erwachsene hier bleiben.

«Ich habe im Moment auch nichts Besseres zu tun», fügte ich hinzu.

Gunnar war ein ruhiger, zuverlässiger und liebenswerter Mann, auch wenn er kein sonderlich heiteres Gemüt besaß. Ich habe ihn immer gemocht. Später gab er sich selbst die Schuld an Jorunns Tod. Ich war daher froh, als ich vor ein paar Jahren hörte, dass er eine Beziehung zu einer Frau begonnen hatte, die ich selbst jedoch nicht kannte. Ich glaube, sie ist Lehrerin oder arbeitet in einem Kindergarten, aber sicher bin ich mir nicht.

Die kleine Helga schlief friedlich; ihr Gesicht wurde von einer schwachen Lampe auf dem Fensterbrett beleuchtet. Sie war ihrer Mutter wie aus dem Gesicht geschnitten; ich frage mich, ob sie auch heute noch so aussieht. Ich würde mich gerne mit ihr treffen, während ich hier in Island bin.

Die Wohnung war klein, aber sauber, nirgends war auch nur ein Staubkorn zu sehen, und alles stand ordentlich auf seinem Platz. Jorunn hatte zur Dekoration alle möglichen kleinen Ziergegenstände aufbewahrt: Schmucksteine und Kieselsteine, zwei rote Schachteln, die ich ihr aus England geschickt hatte, einen alten Wecker von Großmutter, der nicht mehr funktionierte, ein silbernes Tintenfass und einen Federkiel und das weiße Ei einer Bachstelze, das wir, als wir klein waren, in der Heide unten beim Fluss gefunden hatten – Vater hatte uns damals befohlen, es in unserem Schlafzimmer gut sichtbar aufzustellen, eine ständige Erinnerung, wie ungezogen wir gewesen waren. Im Wohnzimmer fiel mir der runde Tisch mit der kleinen blauen Decke ins Auge, auf der eine Vase mit Trockenblumen stand. Daneben lagen ein Gedichtband und ein paar Briefe, die Jorunn mit einem gelben Band zusammengebunden hatte. Ich ging hinüber, zögerte eine Weile und nahm sie in die Hand. Ich erkannte die Schrift auf dem obersten Briefumschlag wieder; die Briefe stammten von Mutter.

An diesem Morgen hatte ich die Halskette umgelegt, die

Jakob mir in Bath zum Geburtstag gekauft hatte, und nun begann ich unbewusst an ihr herumzuspielen. Ein Beben ging durch die Stille des Raumes. Ich legte für einen Augenblick die Briefe beiseite, um mich zu beruhigen, dann griff ich doch wieder nach ihnen und löste schließlich den Knoten im Band.

Mrs. Jorunn Jonsdottir, 24 Frakkastigur, Reykjavík.

Zwei Zwanzig-Aurar-Briefmarken, ein roter Gullfoss.

Der oberste Brief war vor zwei Wochen abgestempelt worden. Ich öffnete den Briefumschlag.

Schicksal nennen es die Menschen, statt in ihre Herzen zu blicken.

Ich wäre sehr viel glücklicher geworden, wenn ich diesen Brief nie gelesen hätte. Oder wenn ich ihn einfach für immer behalten hätte, um ihn als Bestätigung dafür, dass mein Verhalten nur zu sehr gerechtfertigt war, immer wieder aufs Neue zu lesen.

Schicksal nennen die Leute so etwas, aber darüber kann ich nur müde lächeln.

… Ich habe sehr oft ein Auge zugedrückt, mir ihre verrückten Launen gefallen lassen, sie in manchen Dingen gegen meine Überzeugung unterstützt, für sie bezahlt, damit sie ins Ausland gehen konnte, als sie sich entschlossen hatte, ihre teure Ausbildung an den Nagel zu hängen. Ich war nie der Meinung, dass alle Menschen gleich sein müssen, und gestand ihr daher das Recht zu, ihren eigenen Weg zu gehen, so ziellos und verrückt er auch erscheinen mochte. Du weißt, ich habe dafür nur Undankbarkeit erhalten. Als sie noch jünger war, erkämpfte sie sich hartnäckig ihren Weg, doch in den letzten Jahren legte sie auf meine und Vaters Meinung keinen Wert mehr … Ich dachte, ich hätte mich an ihre Rügen gewöhnt, an die Rücksichtslosigkeit, mit der sie uns behandelte, aber in den letzten Monaten ist sie zu weit gegangen, nicht zuletzt durch die Art, wie sie uns mit diesem Juden in die Irre geführt hat. Nach diesem Vorfall habe ich mich

oft gefragt, ob sie uns nicht schon immer hintergangen hat. Ob ich ihr jemals wieder trauen kann? Ob sie selbst weiß, wann sie lügt und wann sie die Wahrheit sagt …?

Ich legte den Brief beiseite und stand eine lange Zeit regungslos da. Ich musste weiter an meiner Kette herumgespielt haben, denn plötzlich spürte ich, dass sie mich in den Hals schnitt. Ich zuckte zusammen, die Kette riss. Ich verlor die Fassung und begann so sehr zu zittern, dass ich den Mantel mit nach unten nahm. Draußen auf dem Gehsteig zog ich ihn an.

Erst als ich die Haustür von Fjolugata Nr. 56 öffnete, wurde mir klar, dass ich das Baby allein in der Wohnung zurückgelassen hatte.

Als die Briten das Haus besetzten, blieb die Hausherrin im Bett. Am Abend zuvor hatte sie mich mit zu einem Klavierkonzert ins Alte Kino genommen, denn Dr. Bolli spielte bei Vilhjalmur Borg Bridge. Es war ein wunderschöner Abend, über den Bergen lag ein tiefes Blau, und die Wellen draußen in der Bucht kräuselten sich leicht. Darum schlug sie vor, nach dem Konzert zu Fuß nach Hause zu gehen. Ich weiß noch, dass wir Hand in Hand gingen. Als wir zum See kamen, strömten die Theaterbesucher aus dem alten Theater in die blaue Abendluft. Eine neue Komödie wurde gezeigt, alle sahen glücklich aus, und die Hausherrin sagte:

«Disa, der Frühling naht, ist das nicht wunderbar?»

In den letzten Tagen war es bedeckt gewesen, und des Nachts war etwas Pulverschnee gefallen, doch nun flogen die Schwäne über den See, auf den ihre Schatten fielen, und ein Ehepaar, das wir beim Konzert getroffen hatten, erzählte uns, dass sie soeben vom Frühjahrsputz aus ihrem Schrebergarten im Sumpf kämen.

«Der Frühling naht, ist das nicht wunderbar?», hatte sie gesagt.

Jetzt aber lag sie im Bett, und mein Dienstherr war unterwegs und konnte sich nicht um seine Frau kümmern. Zunächst verweigerte sie das Essen, doch am Abend überbrachte Maria mir die Nachricht, dass sie etwas Suppe wolle. Manchmal habe ich mich gewundert, weshalb sie es vermied, sich mir zu zeigen, wenn es ihr besonders schlecht ging, und stattdessen Maria als Vermittlerin zwischen uns einsetzte. Ich gelangte zu dem Schluss, dass es zugleich Stolz und Zuneigung gewesen sein musste. Sicher war es für beide besser so.

Fast eine Woche blieb sie im Bett, doch als sie endlich aufstand, richtete ihr Mann uns aus, dass sie hier im Haus kein Wort über die britische Besatzung zu hören wünsche. Wir waren vorsichtig, wenn sie in der Nähe war, achteten darauf, dass keine Zeitungen herumlagen und dass das Radio zur Nachrichten-Zeit ausgeschaltet blieb. Maria las ihr aus der Morgenzeitung vorwiegend die Todesanzeigen und die Artikel von allgemeinem Interesse vor, während die Hausherrin mit dem Rücken zu ihr saß, so dass sie die Titelseite nicht sehen konnte.

Maria und ich sagten uns, dass diese Isolation bald ein Ende haben musste. Während der ersten Woche der Besatzung verließ die Hausherrin nie das Haus, doch Anfang Juni rief ihr Arzt an und bat sie in seine Praxis. Normalerweise war er immer zu ihr gekommen, und ich bin mir ziemlich sicher, dass dies ein Trick war, um sie aus dem Haus zu locken.

Während sie beim Arzt war, warteten wir sehr gespannt und befürchteten das Schlimmste. Umso größer war unser Erstaunen, als wir sahen, wie ruhig sie zurückkam. «Vielleicht hat sie das Unvermeidliche akzeptiert», meinte Maria, aber ich vermutete, dass der Arzt ihr stärkere Medikamente verschrieben hatte.

Die Hausherrin erklärte, sie habe während der Fahrt zur

Arztpraxis, die in der Stadtmitte lag, die Augen geschlossen gehalten. Auf seinen Rat hin hätte sie die Augen auf der Heimfahrt jedoch geöffnet. Die Matrosen im Lastwagen vor dem Hotel Borg beschrieb sie im Ton großer Neuigkeiten, und dann erzählte sie uns von den Sandsäcken, die vor den Kellerfenstern der Post aufgestapelt waren, und von den Luftschutzbunkern auf dem Hügel. Sie sprach mit tiefer Stimme, und ihre Augenlider waren schwer. Kurz darauf schlief sie auf einem Stuhl im Salon ein.

Wir waren erleichtert und hofften, das Schlimmste sei nun überstanden. Entsprechend groß war für uns der Schock, als wir in der Woche darauf merkten, wie sehr ihr die Luftangriffsübungen zusetzten.

Dr. Bolli hatte sie vorgewarnt, und sie hatte Maria und mir gegenüber nicht erwähnt, wie sehr sie sich vor diesen Übungen fürchtete. Am frühen Nachmittag begannen die Sirenen in ständig wechselndem Ton Warnsignale abzugeben, darauf folgten scharfe Explosionen. Ein paar Minuten später läuteten für dreißig Sekunden alle Telefone im Ort. Das war der Moment, in dem sie einen Anfall bekam.

«Bolli!», schrie sie. «Bolli ...», und hob wie gewöhnlich mit den letzten Silben ihre Stimme.

Er war bei ihr, trotzdem hörte sie nicht auf, nach ihm zu rufen.

An diese Manöver gewöhnte sie sich nie. Ich für meinen Teil bereitete mich so gut es ging darauf vor. Wenn ich heute zurückdenke, muss ich sagen, dass ihre Reaktion in gewisser Weise meine Rettung war. Obwohl der Krieg mich nun bis Island verfolgt hatte und die Erinnerungen mir auf Schritt und Tritt auflauerten, bereitete es mir einen gewissen Trost, mich um die Hausherrin kümmern zu müssen. Ja, ich glaube, dass es meine Rettung war.

Mitte Juni traf ich sie im Salon. Sie trug ein gelbes Kleid mit weißen Vögelchen und stand mit dem Rücken zur Tür. Auf dem Tisch neben ihr lag die Morgenzeitung.

«Atli», hörte ich sie immer wieder sagen. «Atli, mein Liebling, mein Junge.»

Erschüttert lief ich in die Küche, um auf andere Gedanken zu kommen.

Im Spätsommer 1940 waren zwei politisch mächtige Männer häufig in Fjolugata zu Gast. Um ehrlich zu sein, empfing Dr. Bolli regelmäßig einflussreiche Herren. Diesmal jedoch war nicht zu übersehen, dass sich etwas Ungewöhnliches anbahnte. Der Hausherr schien nicht sehr besorgt zu sein, wohl aber aufgekratzt und angespannt; er lächelte abwesend, wobei seine Augen nicht wie sonst glitzerten, wenn er seine kleinen Scherze machte, sobald sich unsere Wege kreuzten. Obwohl er sich leise bewegte und versuchte, niemanden zu wecken, hörte ich ihn jede Nacht aus dem Bett aufstehen. Ich schlief immer nur leicht und war auf der Hut. Warum, weiß ich nicht. Eines Nachts, als ich in die Küche hinunterging, um mir ein Glas Milch zu holen, sah ich ihn bei gelöschtem Licht reglos in seinem Büro stehen und auf einen blassen Lichtschimmer blicken, der schwach durch das Fenster fiel. Wie eine Statue, seine Hände hinter dem Rücken gefaltet, stand er bis zur Morgendämmerung da. Endlich setzte er sich hin und schlief immer noch in seinem Bürostuhl, als Maria um acht Uhr kam. In Gedanken war er irgendwo weit fort, und wenn er sprach, verlor er mitten im Satz den Faden: «Asdis, heute werden später zwei Herren bei mir vorsprechen … wenn es Ihnen nichts ausmacht … drei Uhr … wenn Sie.» Er brach abrupt ab und stierte ins Leere, bis ich ihn fragte: «Um drei Uhr? Um drei Uhr, Dr. Bolli?» Erst in diesem Moment kam er wieder zu sich und sagte: «Ja, vielleicht etwas Kaffee und Kuchen. Es sind zwei. Vielleicht ein bisschen Kaffee und Kuchen, wenn es Ihnen nichts ausmacht.»

An jenem Tag erschienen die beiden Herrschaften jedoch nicht, um Dr. Bolli um seine Unterstützung zu bitten, sondern um ihm zu helfen. Ich hörte, wie sie sagten: «Wir tun, was wir können. Das Schiff wird von Finnland abfahren. Petsamo heißt der Hafen, hoch im Norden Lapplands. Doch zuerst muss er nach Kopenhagen. Wir müssen die deutsche Botschaft in Dänemark ansprechen, am besten bitten wir Renthe-Fink, als Mittelsmann zu agieren ... Georgia, Björns Mutter, wird auch mitreisen. Björn wird noch in Deutschland bleiben ...»

Nachdem die Deutschen im April Dänemark besetzt hatten, war der Schiffsverkehr zwischen Island und Dänemark eingestellt. Viele Isländer saßen in Kopenhagen fest und warteten darauf, nach Hause fahren zu können. Georgia war die Frau von Sveinn Björnsson, dem isländischen Botschafter in Dänemark. Als Island 1944 seine Unabhängigkeit von Dänemark erklärte, sollte er Islands erster Präsident werden. Sein Sohn Björn und Atli waren, so hatte ich gehört, miteinander befreundet.

«Wir müssen Atli eine Nachricht zukommen lassen. Wir werden mit Vilhjalmur Finsen in Stockholm Kontakt aufnehmen. Er gibt Nachrichten an Jon Krabbe in Kopenhagen weiter. Jon versteht sich gut mit Renthe-Fink.»

Und wie jemand, der weiß, dass er keine andere Wahl hat, verabschiedete sich Dr. Bolli mit einem langen, festen Händedruck von ihnen. Er merkt, dass er ertrinkt, und greift nach dem dünnen Rettungsseil, das ihm jemand aus Pflichtbewusstsein hingeworfen hat.

Aus irgendeinem Grund war die Hausherrin dieser Tage besonders lebhaft. Meistens stand sie vor Mittag auf, zog sich an und ging die Treppe hinunter. Manchmal begab sie sich in den Garten, um nach den Vögeln und Pflanzen zu sehen, und sagte, wenn sie bei mir in der Küchentür erschien: «Disa, stell dir vor, es ist endlich wärmer geworden.» Sie setzte sich dann an den Ecktisch, und während ich über die Pfannen am Herd gebeugt stand, beobachtete ich sie im Spiegel und fragte mich, womit ich sie wohl fröhlicher stimmen könnte. Manchmal erzählte sie mir von ihrer Kindheit im Westen, von Auslandsreisen, von einem Zimmer im *D'Angleterre*, das ihr ganz besonders gefiel. An mich richtete sie nur selten Fragen, vielleicht aus Gleichgültigkeit, aber vermutlich eher aus Gedankenlosigkeit.

Die Tasse, aus der sie ihren Kaffee trank, war blau und mit einem Baum auf einem Feld bemalt. Es war das einzige Stück aus einem Service ihrer Mutter, das übrig geblieben war. Sie trank ihren Kaffee langsam, schob sich von Zeit zu Zeit ein Stück Zucker in den Mund und wiederholte immer den gleichen Satz: «Vielleicht sollte ich mir noch eins stibitzen …»

Zwei Wochen lang kamen die Besucher zu meinem Arbeitgeber, doch erst am vorletzten Tag hatte Maria das Gefühl, den Grund dieser Zusammenkünfte herausgefunden zu haben. Sie blieb aber auf Vermutungen angewiesen, denn für gewöhnlich verstummten die Gäste, sobald Maria ihnen Erfrischungen brachte, und nahmen erst wieder ihr Gespräch auf, wenn sie den Raum verlassen hatte.

«Es geht um den Sohn», sagte sie mir. «Er sitzt irgendwo in Deutschland im Gefängnis. Dr. Bolli versucht ihn über Dänemark nach Hause zu bringen.»

Ich beendete so schnell es ging die Unterhaltung, doch in dieser Nacht schlief ich schlechter als sonst.

«Jakob, Liebling», wiederholte ich immer wieder und weinte in mein Kissen, damit mich niemand hören konnte. «O Jakob, Jakob.» Ich konnte ihm nicht helfen, war völlig nutzlos. «Es geht um seinen Sohn», sagte Maria. «Ich bin fest davon überzeugt, dass es um ihn geht.» «Kaffee und Kuchen», sagte mein Arbeitgeber. «Die Sonne schien am Morgen wunderschön durch das Fenster im *D'Angleterre* in Kopenhagen.» «Komm rein», rief Jakob. «Ich werde dir schon nicht in die Zehen zwicken, ich verspreche es …»

Eine unruhige Nacht, voller Stimmen und zusammenhangloser Szenen. Und es war noch so lange bis zur Morgendämmerung.

Maria hatte mich gewarnt: «Das passiert nicht oft», hatte sie gesagt, «aber mindestens einmal im Jahr. Meistens im Frühling oder im Herbst. Während der Schneestürme vor Ostern, zum Beispiel, oder im September, wenn es kälter wird, das Gras verwelkt und die Bäume kahl und trostlos sind.»

«Weihnachten feiern?», rief ich, als Maria von der Hausherrin zu mir hinunter in die Küche kam. «Jetzt? Heute Abend?»

Dr. Bolli hatte sich am Vortag auf eine Reise nach Osten begeben und wurde nicht vor dem Wochenende zurückerwartet. Als er sich verabschiedete, fiel mir auf, dass er an Gewicht verloren hatte, was man von den Regierungsbeamten, die ihn besuchten, nicht behaupten konnte.

«Du solltest sehen, wie sie sich mit deinem Kuchen vollstopfen», sagte Maria. «Es ist unmöglich zu sagen, wer von ihnen mehr isst.»

Bevor mein Arbeitgeber aufgebrochen war, hatte sich eine Vorahnung in meine Gedanken geschlichen, wie das Geflüster lästiger Geister im Halbschlaf. Der Verdacht, dass eine große Veränderung unmittelbar bevorstand. Natürlich hatte ich keine Beweise dafür, hoffte aber, dass meine Zweifel unbegründet waren.

Die Befehle der Hausherrin hingegen waren alles andere als unbestimmt. Die Weihnachtsbeleuchtung musste hervorgeholt und Kerzen in die Kerzenhalter gesteckt werden, das Grammofon wurde in den Salon gebracht, und von ein bis sechs Uhr erklang Bachs Weihnachtsoratorium. Das Silber musste geputzt, das chinesische Geschirr hervorgeholt und der Tisch bis drei Uhr gedeckt werden. Die Hausherrin trug

Maria auf, in den Garten zu gehen und ein paar Piniennadeln einzusammeln, die sie trocknen und dann brennend im Haus herumtragen sollte, damit sie einen angenehmen Duft verbreiteten. Ich setzte mich mit meinem dänischen Freund in Hafnarfjördur in Verbindung und bat ihn, mir Schneehühner und geräuchertes Lamm zu besorgen.

«Es ist Weihnachten!», rief sie. «Jetzt werden wir uns amüsieren!»

Für drei Uhr hatte sie den Friseur zu sich gebeten, und Maria machte sich Sorgen, dass die Frau die Weihnachtsdekoration sehen und es ausplaudern könnte. So beschlossen wir, das Vorzimmer und den Eingang erst dann zu dekorieren, wenn sie wieder gegangen war.

«Und Zimt, Disa. Irgendwas mit Zimt. Ich liebe diesen Geruch.»

«Bratäpfel?»

«Ja, was für eine gute Idee.»

«Schneehuhn und geräuchertes Lamm?», fragte der Däne. «Feiert ihr Weihnachten, oder was?»

Ich antwortete ihm nicht, merkte aber, dass er wusste, was los war.

«Grüßen Sie die Hausherrin von mir.»

Als aus dem Grammofon Bach ertönte und das geräucherte Lamm in der Pfanne lag, als Maria mit den glühenden Piniennadeln durch das Haus gegangen war und die Weihnachtsbeleuchtung im Esszimmer eingeschaltet hatte, schien es uns beiden, als seien auch wir von der festlichen Atmosphäre angesteckt. Es war, als würde man nach einem düsteren Frühlingstag von einem warmen, fröhlichen Glühen umwoben. Zu unserer eigenen Überraschung spielten wir das Spiel mit und schlugen vor, Engelskerzen auf die Anrichte im Esszimmer zu stellen und den Salon mit Tannenzweigen zu dekorieren. Später zogen wir unsere besten Kleider an, stießen um sechs Uhr mit der Hausherrin an, tranken Portwein und wünschten uns frohe Weihnachten.

Um sieben Uhr aßen wir zu Abend. Die Hausherrin trug ein blaues Seidenkleid und eine weiße Perlenkette um den Hals, die ihr Gesicht erstrahlen ließ. Im Kerzenlicht konnte ich erkennen, wie schön sie als junge Frau gewesen sein musste. Wir sangen «Stille Nacht», verzehrten die Hummersuppe, dann das geräucherte Lamm und anschließend das Schneehuhn.

Nach dem Abendessen saßen wir mit Kaffee, Portwein und Keksen im Salon. Die Hausherrin überreichte jedem von uns ein Geschenk, und wir waren verlegen, weil wir nichts für sie gekauft hatten. Mir schenkte sie eine Brosche, Maria ein Tuch. Bis spät in die Nacht spielten wir Whist und waren bester Laune. Im Laufe des Abends frischte der Wind auf, und immer wieder gingen Wolkenbrüche nieder. Dem Klang an den Fensterscheiben nach zu urteilen, war der Regen mit Hagel gemischt. Doch uns störte das nicht, wir waren fröhlich und ließen uns durch den Portwein das Herz erwärmen.

«Keinen Trumpf», sagte Maria.

«Ich auch nicht. Du, Disa?»

«Ich habe keine Karten mehr.»

Die Schatten, die die Hausherrin verfolgten, schienen in diesem Moment weit weg zu sein, und aus ihren Gesichtszügen sprach eine innere Ruhe. Sie nahm einen Kieselstein vom Tisch und rieb ihn zärtlich zwischen ihren Fingern, als berge er ein kostbares Geheimnis. «Als er fünf war, hat er ihn mir zu Weihnachten geschenkt», sagte sie schließlich. «‹Es ist ein Wunschstein, Mutter›, hat er gesagt. ‹Du darfst dir wünschen, was du willst.›»

Eine Weile streichelte sie noch mit dem Daumen ihrer rechten Hand über den Kieselstein, dann legte sie ihn behutsam beiseite. «Er ist schon immer sehr sensibel gewesen. Schon immer. Diese politischen Auseinandersetzungen sind nichts für ihn. Dieser Krieg … Gott sei Dank kommt er bald nach Hause.»

Wir spielten so lange weiter, bis alle Kerzen heruntergebrannt waren. Dann dankten wir uns gegenseitig für den Abend, küssten uns und gingen zu Bett.

Als ich meine Augen schloss, peitschte der Wind gegen die Fenster.

Ein Brief von Anthony, vom 24. Juli 1940, auf blassblauem Papier geschrieben. Irgendwie ist dieser Brief mit auf diese Reise gekommen und nun zum zweiten Mal in Island. Etwas abwesend lese ich ihn, denn meine Aufmerksamkeit wird durch den Blick hier aus dem Fenster im Hotel Borg abgelenkt; von dem Platz, der zu dieser Morgenstunde furchtbar leer aussieht, und von dem Profil der Heldenstatue der Unabhängigkeit, die sich nicht verändert hat, seit ich sie das letzte Mal gesehen habe.

«Von Jakob habe ich keine Neuigkeiten, trotz verschiedener Nachforschungen», schrieb er. «Man hat mir gesagt, dass es ein schwieriges Unterfangen sei, etwas über den Zustand der Leute in den Straflagern herauszufinden – manche sagen sogar, dass es hoffnungslos sei, doch ich ignoriere sie. Ich werde natürlich nicht aufgeben und wie üblich in vierzehn Tagen schreiben.»

Ich will Dich nicht mit neuen Berichten über die Lage in London langweilen; seit meinem letzten Brief hat sich nichts geändert. Von mir gibt es so gut wie keine Neuigkeiten, die Sonne geht auf und wieder unter, und manchmal kommt jemand zu Besuch, um mich aufzuheitern. Wenigstens versuche ich zweimal in der Woche Tennis zu spielen und habe dieses Frühjahr an diesem seltsamen Kricket-Match teilgenommen. Manchmal spiele ich mit den Leuten von Old Bridge Farm ein wenig Bridge, um mir die Zeit zu vertreiben, während die restliche Welt brennt …

Gestern erhielt ich einen Brief von meinem Cousin, der in der Nähe von Kalkutta stationiert ist. Er hatte gerade Urlaub und schrieb mir aus der Bar vom Great Eastern. Auch wenn er noch nicht viele Kampfhandlungen miterlebt hat, macht mir sein Brief doch bewusst, wie nutzlos ich bin. Dieser lächerliche Schreibtisch-Job! Man hätte mich besser auch in den Krieg geschickt.
Letzte Woche kam David hierher und blieb das Wochenende bei mir. Man sieht, dass er sich Vorwürfe macht, weil er nicht anstelle seines Bruders nach Deutschland gefahren ist. Meistens tut er dies im Stillen, doch wenn er trinkt, bricht es aus ihm heraus. Ich habe den Verdacht, dass er in letzter Zeit öfter trinkt als ihm gut tut. Wie verschieden sie doch sind, die beiden Brüder. Jakob ist stark und zuverlässig … Aber lassen wir das.
Nebenbei bemerkt, ein Bekannter beim Außenministerium hat mir eine seltsame Geschichte über Davids Freundin Anna erzählt. (Ex-Freundin sollte ich hinzufügen.) Wirklich merkwürdig, sage ich Dir, aber ich glaube nicht, dass es Dich überraschen wird. Da sie aus einer wohlhabenden Familie stammt, hat sie, wie Du weißt, immer genügend Kleingeld gehabt. Aus dieser Geschichte geht nicht hervor, wo sich ihre Eltern jetzt befinden, doch Anna ist an Bord eines holländischen Schiffes, das zwischen Amsterdam und New York hin und her segelt. Du wirst Dich natürlich fragen, ob sie nach Amerika reist. Die Antwort lautet: mal ja, mal nein. Es gibt anscheinend mehrere jüdische Mädchen, die das machen. Die meisten von ihnen sind verheiratet, und ihre Männer sitzen in Straflagern. Die Besatzung nennt sie «Water babies» und behandelt sie wie Damen, aber es ist kein Zufall, welcher Offizier bei jeder Reise welches Mädchen bekommt. Sie haben ein System erfunden, an das sie sich eisern halten. Zuerst wählt der Kapitän, dann der Erste Maschinist und so fort. Aber wie dem auch sei, sie dürfen auf den Reisen nicht mehr als zweimal das gleiche Mädchen haben. Damit soll vermieden werden, dass eine zu enge Bindung entsteht. Sie lernen tanzen und wie man die Tische schmückt – und noch

mehr, nehme ich an. Auf diese Weise segeln sie den Atlantik rauf und runter, und wenn das Schiff im Hafen einläuft, gehen sie nicht an Land, sondern lesen Zeitung oder Zeitschriften und bestellen per Telefon ihre Kleider. Wenn sie erfahren, dass irgendeine Freundin auf einem anderen Schiff in demselben Hafen ist, setzen sie sich miteinander in Verbindung und reden über die Bräuche des jeweiligen Landes oder andere Dinge. Nur per Telefon, denn sie dürfen das Schiff nicht verlassen.

David gegenüber habe ich Anna nicht erwähnt. Es ist schon alles schlimm genug …

Ich lege den Brief beiseite. Das Letzte, was ich von David gehört habe, war, dass er in Amerika an der Ostküste lebte, wahrscheinlich in New York. Von Anna habe ich keine Neuigkeiten, ich habe aber auch nicht versucht, etwas über sie in Erfahrung zu bringen.

Zwei Möwen erheben sich über dem Helden der Unabhängigkeit, der sie keines Blickes würdigt, sondern weiter die Fassade des Parlamentsgebäudes betrachtet. Bis heute Morgen um vier Uhr habe ich gut geschlafen, doch seither liege ich wach. Vielleicht werde ich um sechs eine Schmerztablette nehmen. Jetzt ist es zehn vor.

Ein Arbeiter überquert mit seinem Lunchpaket den Platz. Die Gestalt wird größer, dann kleiner und verschwindet schließlich in Richtung Hafen. Ich greife nach dem Telefonbuch. Atli Bollason, Leitender Direktor, Havallagata Nr. 22. Zweifellos angesehen, Vater von zwei oder drei Kindern, wahrscheinlich etwas zu dick, ein Pfeiler der Gesellschaft, mit einer demütig an seiner Seite stehenden Frau, die schweigt, wenn er redet, und mit bewundernden Blicken zu ihm aufsieht. Havallagata Nr. 22.

Es ist fünf vor sechs. Ich kann die Schmerzen nicht länger ertragen, spüle zwei Tabletten hinunter und schließe in schwacher Hoffnung auf Schlaf die Augen.

Die Entfremdung zwischen mir und meiner Schwester Jorunn setzte an dem Tag ein, als ich ihre Tochter allein in der Wohnung zurückließ. Natürlich habe ich mich immer wieder bei ihr entschuldigt und ihr zu erklären versucht, welche Wirkung Mutters Brief auf mich ausgeübt hatte, doch das machte es nur noch schlimmer. Manchmal sage ich mir, dass alles anders gekommen wäre, wenn Mutters Brief nicht – mit einem gelben, unübersehbaren Band umschnürt – mitten auf dem Wohnzimmertisch gelegen hätte, aber ich gebe zu, dass das nur eine faule Ausrede ist. Vielleicht sind Dummheit und Selbsttäuschung der einzige Weg zu einem glücklichen Leben, dann wäre es das Beste, die Welt im Unklaren darüber zu lassen, was wahr und was unwahr ist. Im Grunde hat mir die Wahrheit auf meiner Reise nur wenig gebracht.

Jorunn hat mir nie offen Vorwürfe gemacht, aber ich wusste genau, wie ihr zumute war. Die Haltung ihres Mannes Gunnar war hingegen eindeutig. Ich nehme es ihm nicht übel. Bei den wenigen Gelegenheiten, bei denen wir uns nachher trafen, war er trotzdem freundlich. Von Jorunns Krankheit bekam ich auf diese Weise fast gar nichts mit. Nachdem ich nach England zurückgekehrt war, hatten wir lange Zeit keinen Kontakt mehr. Erst 1952 fingen wir wieder an, uns zu schreiben. Anthony hatte mich gedrängt, die Initiative zu ergreifen und zuerst zu schreiben. Ich erinnere mich, dass ich ihr über den Frühlingsanfang in Somerset schrieb, über die Pflanzen und Vögel, die Forellenbäche und Tina, die damals noch ein Welpe war. In den ersten Monaten übersah ich gewisse Anzeichen in ihren Briefen, Omen und sonderbare Ahnungen, doch auf Dauer konnte ich sie nicht länger ignorieren. Zwischen den Zeilen konnte ich es lesen, ihr wachsendes Unbehagen und ihren Schmerz, der sich für gewöhnlich in banalen Dingen äußerte, ihre diffuse Angst. Aber wie gesagt, zunächst versuchte ich, alle unheilvollen Vorzeichen zu ignorieren, beispielsweise indem ich mir vor Augen hielt, dass ich selbst eine schwere Zeit durchgemacht hatte, doch schließlich musste ich der Tatsache ins Auge sehen, dass es meiner Schwester Jorunn nicht gut ging. Zu jenem Zeitpunkt schrieben wir uns schon seit fast einem Jahr, und wenn ich heute wieder ihre ersten Briefe lese und sie mit den späteren vergleiche, besteht kein Zweifel, dass die Schatten auf ihrer Seele länger und dunkler geworden waren.

Nachdem ich mir bei Anthony und einem befreundeten Arzt Rat geholt hatte, beschloss ich, den Stier bei den Hörnern zu packen und sie in einem Brief, den ich Anfang September losschickte, zu fragen, ob ich richtig in der Annahme gehe, dass nicht alles gut um sie bestellt sei. Ich gab mir große Mühe, vorsichtig zu formulieren und sie nicht zu verletzen oder zu beleidigen. Ich brachte den Brief sogar persönlich zur Post, als könnte dies auch Einfluss auf die Art ausüben, wie er empfangen werden würde.

Ungeduldig wartete ich auf die Antwort. Der Postbote kam meistens am späten Vormittag, und an den Tagen, an denen ich einen Brief erwartete, blieb ich in der Eingangshalle. Natürlich entging unserem Personal nicht, dass ich zu einem festen Bestandteil der Halle geworden war, und sie begannen die Köpfe zusammenzustecken und zu rätseln, was wohl vor sich ging. Doch die Wochen verstrichen, ohne dass ein Brief mit ihrer schönen Handschrift kam, und ich fühlte mich elend und gab es auf, Tag für Tag darauf zu warten, bis die Küchenuhr elf schlug, zum Zeichen, dass die Post kam. Ich bereute, den Brief losgeschickt zu haben, versuchte mich daran zu erinnern, was ich geschrieben und was ich weggelassen hatte, und bedauerte, dass mein Gedächtnis nicht besser funktionierte. Vielleicht hätte ich taktvoller sein, den Stier «nicht bei den Hörnern packen» sollen. Hatte ich mich meiner Schwester Jorunn gegenüber schlecht verhalten? Hatte ich womöglich eine Wunde aufgerissen, die gerade zu heilen begonnen hatte? War ich wieder einmal zu neugierig gewesen?

Selbstzweifel plagten mich, und ich quälte mich mit fruchtlosen Spekulationen, bis Ende Oktober endlich ein Brief von ihr eintraf. Es war einen Tag nach dem ersten Nachtfrost, und ich weiß noch, dass das Gras mit Raureif bedeckt war, als ich mich an das Küchenfenster setzte, allen Mut zusammennahm und den Briefumschlag öffnete.

Die Erklärung für Jorunns Schweigen war einfach – glücklicherweise, muss ich sagen, obwohl das in diesem Zusammenhang sicher seltsam klingt. Sie hatte einen Monat im Krankenhaus gelegen.

Dieses Problem habe ich schon seit Jahren, doch in den letzten Monaten hat es sich verschlimmert ... Als es diesen Herbst so arg wurde, nahm Gunnar die Sache in die Hand und ließ mich einweisen. Jetzt fühle ich mich viel besser. Die Mauern dieses Irrgartens sind zurückgewichen; sie bedrohen mich nicht länger, brechen nicht mehr wie vorher über mir zusammen, drohen nicht mehr, mich zu erdrücken ... Ich fange wieder an auszugehen und meide die Nachbarn nicht länger. Selbst die Frau aus dem Kellergeschoss nicht, von der ich dachte, sie würde mir nachspionieren, oder den Mann, der immer neben dem Briefkasten stand, als würde er auf einen Brief warten, der niemals kam. Auch er ist verschwunden. Vielleicht hat es ihn nie gegeben ... Disa, manchmal habe ich den ganzen Tag in demselben Stuhl gesessen und ins Leere gestarrt. Ich dachte, dass ich wertlos sei, einfach wertlos, und keine Hoffnung mehr hätte. Niemand und nichts bedeuteten mir mehr etwas – nicht einmal Helga, aber sag ihr das nicht. Was auch geschehen mag, das darfst Du ihr niemals sagen, denn Du weißt, wie sehr ich sie liebe, Du weißt, wie viel sie mir bedeutet. Aber diese Krankheit, dieser Alptraum war so ...

Sie sprach von ihrer Krankheit nur in der Vergangenheit, und darüber war ich unglaublich erleichtert. Beim Abendessen meinte Anthony, dass ich seit Wochen endlich wieder fröhlicher wirkte.

«Sie hat Medikamente gegen Depressionen bekommen», sagte ich zu ihm. «Jetzt ist alles vorbei.»

Als ich gegen Mitternacht ins Bett ging, waren mir jedoch bereits Zweifel an dem Erfolg solcher Therapien gekommen. Jorunn würde die Krankheit niemals überwinden, zumindest nicht völlig und nie für lange. Sobald sie sich besser fühlte, fasste sie neuen Mut, begann den Tag voller neuer Interessen und wurde in aller Aufrichtigkeit gläubig – «jetzt lebe ich in Gott». Sie traf sich mit Bekannten, besuchte sogar Anthony und mich und blieb vierzehn Tage bei uns. Sie so zufrieden zu sehen war wunderbar, obwohl sie natürlich unter dem Einfluss der Medikamente stand und darum fast noch manischer als sonst wirkte. Was für eine schöne Zeit das war!

So vergingen die Jahre zwischen Licht und Schatten, Hoffnung und Verzweiflung. Bis das Licht endgültig erlosch und die tiefste Dunkelheit von allen Seiten über sie hereinbrach.

An dem Tag, da Jorunn sich das Leben nahm, schien die Sonne. Nach der nächtlichen Hitze war die Luft in meinem Schlafzimmer stickig, und ich hatte gerade die Fenster auf die Allee hinaus geöffnet, als Gunnar anrief. Während wir sprachen, beobachtete ich Anthony, der ganz in Weiß gekleidet vom Tennisplatz herüberkam und sich den Schweiß von der Stirn wischte. Die Vorhänge flatterten in dem schwachen Windhauch, der – wie aus Pflicht und Gewohnheit – den Duft von Omelette und gebratenem Speck aus der Küche herübertrug. Mir fiel plötzlich ein, dass ich Anthony, bevor er zum Frühstück hereinkam, etwas hatte sagen wollen, aber ich konnte mich beim besten Willen nicht mehr daran erinnern, was genau. Das lenkte meine Aufmerksamkeit ab, sodass einiges von dem, was Gunnar mir sagte, an mir vorbeiging. Darum war ich wohl überrascht, als er mich fragte:

«Glaubst du, du schaffst es?»
«Wie bitte?»
«Glaubst du, dass du zum Begräbnis kommen könntest?»
Ich erinnere mich nicht mehr genau, was ich geantwortet habe. Ich bezweifle, dass es irgendeinen Sinn ergab, denn inzwischen hatte ich begonnen, heftig am ganzen Körper zu zittern. Der Hörer fiel mir aus der Hand, und ich brauchte lange, mich nach ihm zu bücken; schließlich packte ich ihn mit beiden Händen, verabschiedete mich eilig von Gunnar und versprach, ihn später wieder anzurufen.
Zusammengerollt lag ich auf dem Boden und schloss meine Augen. Irgendwo in der Ferne hörte ich das Schwappen der Wellen und roch den Seetang am Strand zu Hause in Kópasker.
«Disa, wir werden immer Freunde bleiben, nicht wahr?»
«Ja, immer.»
«Auch wenn wir groß sind?»
«Wir werden immer Freunde sein.»
Als ich endlich aufstand, fiel mir wieder ein, dass ich Anthony an das Teegebäck erinnern wollte, das ich am Vortag gebacken hatte. Es war mir gut gelungen, war leicht und weich, wie geschaffen dafür, mit Brombeermarmelade zu seinem Morgentee verzehrt zu werden.
Ich ging in die Küche und holte die Schachtel mit dem frischen Gebäck aus dem Regal. Anthony hatte inzwischen schon gegessen und keinen Hunger mehr, probierte aber aus Höflichkeit zwei Kekse. Ich hätte an das Gebäck denken sollen, als er vom Tennisplatz zurückgekehrt war.
«Alles in Ordnung?», fragte er.
«Bitte, nimm wenigstens noch einen Keks, ja?»
Erst am Abend brachte ich die Kraft auf, ihm von Jorunns Tod zu erzählen.

Wenn Old Marshall bei mir in der Küche sitzt und aus dem Fenster schaut, spricht er nicht viel. Mit seinen Händen streichelt er die Tasse, nippt langsam am Tee und braucht lange, um ihn auszutrinken. Er ist schon immer schweigsam gewesen, und die Leute, die ihn nicht kennen, denken, dass er nicht ganz bei sich ist. Letztens bemerkte ich, dass ihn etwas bedrückte, er wich meinem Blick aus und trank seinen Tee schneller als sonst. Schließlich sagte er:

«Du musst auf ihn Acht geben, wenn ich tot bin.»

Ich wusste, dass er damit Anthony meinte.

«Du wirst nirgendwo hingehen, mein Alter. Du bist stark wie ein Ochse. Wir werden beide zusammen auf ihn aufpassen. So, wie wir das immer getan haben.»

«Ein seltsames Pferd stand die letzten Nächte unten auf der Wiese», sagte er nach einer kurzen Pause. «Grau. Ich weiß nicht, woher es kam, aber wenn ich es zu lange ansah, verschwand es.»

Er stand auf, öffnete die Tür und blickte hinaus.

«Es bleibt oft unten am Fluss stehen und verändert im Mondlicht seine Farbe, wird dann blau. Wenn es Zeit für mich ist, musst du auf Anthony Acht geben.»

Er drehte sich um und sah mich an.

Ich überlegte, ob er vielleicht Verdacht geschöpft hatte? Ahnte er etwas, wenn er mich ansah?

Ich schaute weg. Die Uhr in der Halle schlug drei tiefe Töne. Im Spiegel neben dem Herd wirkte mein Gesicht blass.

An dem Tag, als der Sohn des Hauses an Bord der *Esja* heimkehrte, schenkte die Hausherrin mir den kleinen Spiegel in der Küche. Sie war an diesem Tag ungewöhnlich früh aufgestanden und kam schon kurz nach neun in die Küche hinunter, um ihren Kaffee zu trinken und mir zu sagen, dass ich «den kleinen Spiegel haben» könne. Ich weiß nicht, was sie dazu veranlasste, denn ich hatte nie eine Andeutung gemacht, wie sehr er mir gefiel. In seiner Spiegelung konnte ich mich verlieren, ohne jede Verpflichtung auch in der Zeit zurückgleiten, meine Sorgen vergessen und so tun, als sei alles eitel Sonnenschein. Manchmal erinnerte er mich an den Himmel über Kópasker, als ich noch ein kleines Mädchen war und nach Zeichen und Wundern zu ihm aufsah. Aber davon hatte ich der Hausherrin nie etwas erzählt, darum überraschte es mich, als sie zum ersten Mal an diesem Morgen auf ihn zu sprechen kam. Ohne Umschweife, muss ich hinzufügen, dann erwähnte sie ihn nie wieder. Vielleicht hatte sie mich gesehen, wie ich ihn abstaubte, und zweifellos hatte sie das Bord bemerkt, das ich für meinen Kleinkram wie Lippenstift, Kamm und Feder darunter befestigt hatte. Soweit ich weiß, hatte sie mich jedoch nie dabei beobachtet, wenn ich in den Spiegel hineinsah. Das wagte ich nur, wenn ich alleine war.

Ich bedankte mich, und obwohl ich wusste, dass ich ihn nie von seinem Platz entfernt hätte, empfand ich eine seltsame Genugtuung bei dem Gedanken, dass ich nun sagen konnte: Er gehört mir.

Um elf Uhr rief Dr. Bolli aus der Bank an und verkündete, dass die *Esja* weiter draußen im Hafen vor Anker gegangen sei. Die Engländer würden noch die Pässe der Passagiere kontrollieren, doch sobald das erledigt sei, meinte er, werde das Schiff eindocken. Die Hausherrin machte sich fertig, um ihren Sohn zu begrüßen.

Aber der Tag verstrich, ohne dass den Passagieren erlaubt wurde, an Land zu gehen. Dr. Bolli kehrte besorgt heim. Jeder Passagier wurde aufgefordert, sechs Namen von Bekannten in Reykjavík aufzuschreiben, die den Militärs Auskunft über ihn erteilen konnten. Die Hausherrin legte sich schlafen. Mein Arbeitgeber ging auf und ab. Zufällig hörte ich, wie er jemanden am Telefon fragte, ob die Regierung nicht versuchen würde einzugreifen.

In der Nacht saß Dr. Bolli im Dunkeln in seinem Büro, anstatt ins Bett zu gehen. Ich sah einmal zu ihm hinein. Er saß regungslos in seinem Stuhl, doch ich wusste nicht, ob er schlief. Also beschloss ich, ihn nicht anzusprechen.

Am folgenden Tag fand die Vernehmung statt. Die Hausherrin zeigte sich nicht, ihr Mann hingegen verließ vor sieben Uhr das Haus. Als er gegen Mittag anrief und verkündete, dass es den Passagieren nun endlich gestattet sei, an Land zu gehen, war ich erschrocken, wie erschöpft seine Stimme klang. Maria rannte gleich nach oben zur Hausherrin und half ihr beim Anziehen.

Um zwei Uhr fuhr das Ehepaar zum Hafen hinunter, um den Sohn abzuholen. Maria staubte ab und polierte das Silber zu Ende. Ich bereitete nach Anweisung der Hausherrin das Abendessen mit Hummer und Gans vor. Aus dem Radio ertönte fröhliche Musik; mein Spiegel und ich waren bester Laune, lauschten der Musik und wechselten, während ich am Herd stand, mehrmals schalkhafte Blicke.

Es war fast fünf, als sich die Haustür öffnete. Wir schritten zur Begrüßung in die Eingangshalle. Maria voran, ich in kurzem Abstand dahinter. Die Hausherrin redete die meiste Zeit, Vater und Sohn dagegen sprachen kaum. Maria und ich stellten uns vor. Er nickte, als er unsere Hände schüttelte, und wandte rasch den Blick ab.

«Gut», sagte die Hausherrin und nahm ihren gelben Hut mit der roten Feder ab. «Endlich zu Hause. Atli, Liebling, würdest du …»

«Ich lege mich hin, Mutter.»

«Das ist eine gute Idee. Das ist eine sehr gute Idee. Es wird dir gut tun, dich vor dem Abendessen etwas auszuruhen. Wir haben ein Festessen vorbereitet. Nach der Reise … Ein wenig ausruhen, wird dir gut tun.»

Atli Bollason war mittelgroß, hatte ein rundes, blasses Gesicht und zerzauste Haare. Er trug einen tiefschwarzen Mantel mit einem Astrachankragen, einen Filzhut mit breiter

Krempe und einen breiten Schal um den Hals. Er warf den Mantel über einen Stuhl im Vorzimmer und legte Hut und Schal obenauf. Der Hut fiel auf den Boden, doch er schien es nicht zu bemerken, zumindest blieb er nicht stehen, um ihn aufzuheben, sondern öffnete die Kellertür und schickte sich an, hinunterzugehen. Ich sah, dass er hinkte.

«Maria, meine Liebe, würden Sie bitte Atli ein Bett zurechtmachen.»

«Das ist nicht nötig», sagte er, ohne sich umzudrehen.

Maria hängte seinen Mantel in den Wandschrank, und ich verschwand in die Küche. Von dort führte eine Tür zum Keller, und hin und wieder konnte ich seine Schritte hören, manchmal schwerer, manchmal leichter. Ich war überrascht, dass er nicht gleich ins Bett ging, und so begann ich unwillkürlich zu lauschen. Schwer, leicht, schwer, leicht ... Die Schritte hallten in meinem Kopf noch wider, als er sich schon längst schlafen gelegt hatte.

Das Abendessen wartete auf ihn, und natürlich seine Eltern. Um sieben bat die Hausherrin ihren Mann, ihn doch heraufzuholen. Dr. Bolli erhob sich umständlich.

«Er ist gerade wach geworden», sagte er, als er aus dem Keller zurückkam. «In ein paar Minuten wird er hier sein.»

Das Ehepaar trank Sherry. Die Hausherrin legte eine Schallplatte von Bach auf das Grammofon, das seit unserer Weihnachtsfeier vor vierzehn Tagen noch immer hier unten im Salon stand. Sie sprach unentwegt, ihr Mann schwieg. Um halb acht rief sie die Treppe hinunter zu ihrem Sohn, erhielt jedoch keine Antwort. Kurz darauf stapfte Dr. Bolli ein zweites Mal in den Keller hinunter. Seine Frau setzte sich zu mir in die Küche.

«Disa, ich verstehe das alles nicht. Wird das Essen nicht schlecht?» Ich versuchte sie mit dem Hinweis zu beruhigen, dass ich den Hummer erst dann in die Pfanne geben würde, wenn sie alle Platz genommen hatten. Auch schade es der Gans nicht, wenn sie noch ein wenig koche. «Er wird müde sein», sagte sie wie zu sich selbst. «Er ist schon immer so sensibel gewesen …»

Es war nach acht, als sie sich endlich an den Tisch setzten. Der Sohn nahm den Aschenbecher in Beschlag und rauchte ununterbrochen. Seine Mutter versuchte das Gespräch in Gang zu halten. Er hielt die Zigarette zwischen Daumen und Zeigefinger der rechten Hand, in der linken hatte er die Gabel, mit der er so geistesabwesend und lustlos auf dem Teller herumstocherte, dass es reiner Zufall war, wenn er einen Bissen erwischte. Die Hausherrin hatte mich gebeten, die beste Flasche Rotwein zu öffnen, einen Ducru-Beaucaillou aus der Zeit vor dem Ersten Weltkrieg, doch ihr Sohn trank lieber Brandy, sogar zur Gans.

Sie redete immer weiter.

«… Atli, Liebling, du warst erst fünf. Weißt du noch? ‹Du darfst dir wünschen, was du willst, Mutter›, sagtest du, ‹denn das ist ein Wunschstein.› Gerade fünf Jahre alt …»

Er zündete sich eine weitere Zigarette an. Maria leerte den Aschenbecher und machte ihn sauber.

«Als du und Kristjan noch klein wart, habt ihr oft zusammen gespielt. Er arbeitet jetzt in der Firma seines Vaters. Ich habe Mrs. Thorarinsson erzählt, dass du nach Hause kommst. Sie wollte es Kristjan sagen. Ihr seid immer so gute Freunde gewesen … doch jetzt arbeitet er für seinen Vater …»

Es war eher ein Monolog als eine richtige Unterhaltung, und mein Arbeitgeber verhielt sich sonderbar, so hatte ich ihn bei Tisch noch nie erlebt. Er ging kurz nach zehn zu Bett und vergaß zum ersten Mal, mir gute Nacht zu wünschen. Der Sohn und seine Mutter blieben noch im Salon sitzen.

«Sollen wir Karten spielen?», hörte ich sie fragen.

«Später, Mutter, später, ich bin müde.»

Schon bald schlief er auf seinem Stuhl ein. Maria und ich halfen uns gegenseitig beim Aufräumen. Die Hausherrin kam in die Küche, bedankte sich für den Abend und sagte noch etwas, das ich aber vergessen habe. Gegen Mitternacht verließ Maria das Haus.

Ich ging zu Bett, lag aber in der hellen Sommernacht noch lange wach.

Als ich heute Morgen aufwachte, dachte ich immer noch an die kleine Marilyn. Es war schon fast elf Uhr; nachdem ich das Schmerzmittel eingenommen hatte, muss ich wohl tief und fest eingeschlafen sein. Ein zunächst sachtes, dann immer eindringlicher werdendes Klopfen an der Tür – ich glaube, es war dreimal –, riss mich aus dem Schlaf. Ich fühlte mich erschöpft, stand aber trotzdem auf und zog meinen Morgenrock an. Als ich die Tür öffnete, war niemand auf dem Gang zu sehen. Für das Frühstück war es schon zu spät, doch ich konnte noch Tee, eine Scheibe Brot und Käse bestellen. Das Mädchen, das am Apparat war, als ich in der Rezeption anrief, hatte eine Stimme wie Marilyn, ruhig und liebenswürdig, und aus bloßer Lust am Zuhören zog ich das Gespräch in die Länge.

Ich habe schon immer gerne im Bett gefrühstückt und beschloss, es mir wieder einmal gut gehen zu lassen; im Grunde hatte ich ja nichts Besseres zu tun. Unter dem Fenster stand ein kleiner runder Tisch. Ich rückte ihn an mein Bett, denn mein Nachttisch war zu hoch und zugedeckt mit Zeitungen und mit dem Papierkram, den ich seit meiner Ankunft hier durchgesehen habe. Während ich den Tee trank, griff ich nach einem Zeitungsausschnitt, den ich mitgebracht, aus Zeitmangel jedoch noch nicht gelesen hatte. Wäre da nicht die Stimme des Mädchens an der Rezeption gewesen, hätte ich womöglich sogar vergessen, dass ich ihn auf meine Reise mitgenommen habe. Eigentlich dachte ich diesen Zeitungsartikel weggeworfen zu haben, darum war ich auch verblüfft, als ich ihn einen Tag vor meiner Abreise zwischen Marilyns alten Briefen in der untersten Schublade meines Schreibtisches fand, der in meinem Schlafzimmer steht. Es war ein Artikel aus dem *Daily Telegraph*: September 1959, hatte ich unten am Rand notiert, oben hingegen prangte der Titel: «Zwei Chefs, zwei Stile – ein Vergleich.» Bevor ich weiterlese, sollte ich vielleicht erwähnen, dass ich heute nicht mehr glaube, dass die kleine Marilyn für diesen Artikel verantwortlich war oder dass sie versucht hat, den Autor zu beeinflussen. Zumindest nicht absichtlich.

Ich gebe zu, dass ich sie dieser Boshaftigkeit verdächtigt habe, als ich zum ersten Mal von dem Artikel erfuhr. Und ich erinnere mich, dass ich auf- und ablief und Anthony fragte, wie sie mir das hatte antun können, nach allem, was ich für sie getan hatte. Anthony versuchte mich zu beruhigen, denn er war sich sicher, dass Marilyn nichts mit dieser Kritik zu schaffen hatte. Seine Toleranz und sein gutgläubiges Wesen waren mir aber auf die Nerven gegangen, und das hatte ich ihn auch wissen lassen.

«Glaubst du, dass das ein Zufall ist?», hatte ich ihn verächtlich gefragt. «Ein Unfall vielleicht? Willst du mir erzählen, dass es Marilyn nicht freut, Schmeicheleien über sich und verleumderische Kommentare über mich zu lesen?»

Ich merke, wie die Erinnerung daran mich immer noch in Rage bringt, darum beruhige ich mich wieder und trinke den Tee aus, den ich beim Zimmerservice bestellt habe. Ich werde versuchen, den Inhalt des Artikels, die Umstände seiner Entstehung und die daraus folgenden Konsequenzen so gut es geht zu schildern. Doch zuerst werde ich noch einen Schluck Tee trinken, ein Stück Zucker essen, tief durchatmen, wie Dr. Ellis es mir gezeigt hat, und das Radio in der Hoffnung auf einigermaßen gute Musik aufdrehen.

Die Nora Gannon kennen, sind sich alle darüber einig, dass es ihr sowohl an Urteilsvermögen als auch am nötigen Knowhow fehlt, um über kulinarische Fragen schreiben zu können. Zweifel bestehen auch an ihrer Ehrlichkeit, denn aus den Artikeln sprechen Neid und Minderwertigkeitskomplexe. Wie viele andere, so hatte auch sie zweifellos einmal davon geträumt, eine gute Köchin zu werden, und versucht, auf diesem Gebiet weiterzukommen, doch dazu war sie wohl nicht auserkoren. Zwischen Wollen und Können besteht bekanntlich ein Unterschied, und nicht jeder kann mit Enttäuschungen umgehen. Manche Menschen werden verbittert und eigenbrötlerisch, böswillig oder kleinlich und denken, dass die Welt ihre gemeinen Vorwürfe verdient hat. Sie versuchen dadurch für sich selbst zu werben, sinken bei jedem Angriff aber nur noch tiefer und enden schließlich in einem Kreislauf immer neuer Boshaftigkeiten. Und je mehr sie versuchen, sich aus dem Sumpf zu ziehen, desto tiefer sinken sie.

Gutmütige Menschen tolerieren Mrs. Gannon und verweisen darauf, dass sie doch immerhin recht packend zu schreiben versteht. Ich selbst allerdings finde ihren Stil prätentiös und umständlich.

Ich muss meine Meinung über Nora Gannon wohl vielen Menschen gegenüber geäußert haben, denn sonst wäre sie ihr ja nie zu Ohren gekommen. Die ersten fünf Jahre schnitt sie mich, erwähnte beispielsweise in ihren jährlichen Artikeln über Sommerhotels und Restaurants niemals Ditton Hall und tat so, als existierte ich nicht. Ich tat ihre Gleichgültigkeit immer mit einem Achselzucken ab und hatte eigentlich schon aufgehört, an Mrs. Gannon zu denken, als sie plötzlich der Versuchung nicht länger widerstehen konnte, über mich und Marilyn einen Artikel zu schreiben. Und zwar wenige Monate, nachdem Marilyn in den Norden nach Windermere gezogen war. Mrs. Gannon war «erstaunt», wie «sie in so kurzer Zeit so viel hatte erreichen können».

Anlass zu dem Artikel – falls man es überhaupt Anlass nennen kann – war eine Party, die Marilyn gegeben hatte, um in der Presse für ihr Restaurant zu werben. (Mir wäre es niemals in den Sinn gekommen, so etwas zu veranstalten;

niemals würde ich diese Leute hofieren, nur damit sie meine Arbeit würdigen.) Das Fest war in der Tat ein Erfolg: Zeitungen und Zeitschriften wetteiferten geradezu darum, die kleine Marilyn zu loben und die neuesten Fotos von ihr und ihrem etwas dümmlich dreinschauenden Ehemann William abzudrucken. Der Arme. Ich freute mich für sie, auch wenn ich wusste, wie sie an die Kritiken herangekommen war, und fragte mich, ob sie damit leben konnte. Aber wie dem auch sei, ich hätte nie gedacht, dass Nora Gannon so tief sinken und die Gelegenheit ausnützen würde, um Marilyns Kochkunst mit meiner zu vergleichen. Mit diesem Artikel hat sie die vielen Gemeinheiten, zu denen sie sich zuvor schon hinreißen hatte lassen, um ein Vielfaches überboten. Dagegen musste etwas unternommen werden.

Anthony war überzeugt davon, dass die kleine Marilyn mit diesem Angriff nichts zu tun hatte, doch nachdem ich lange und ernsthaft darüber nachgedacht hatte, fiel es mir schwer, das zu glauben. Ich vermutete vielmehr, dass sie sich Mrs. Gannon gegenüber zu offen geäußert hatte, ohne mir dabei direkt schaden zu wollen. Nachdem der Artikel erschienen war, versuchte sie mehrfach, mich telefonisch zu erreichen, doch für sie war ich nicht zu sprechen. Auch Anthony verbot ich, mit ihr zu telefonieren, weiß aber nicht, ob er sich daran gehalten hat. Ungefähr ein Jahr später beschloss ich, Frieden mit ihr zu schließen. Ich glaube, andere hätten länger dazu gebraucht.

Ich lege meinen Stift beiseite und greife nach meiner Tasse. Die Morgenzeitung liegt neben der Teekanne: 15. Juni, steht unter der Schlagzeile. Abschlussfeier morgen. Wie er wohl aussieht?, frage ich mich. Wem er wohl ähnlich sieht? Und was soll ich ihm sagen? Nach all den Jahren. Was?

Der Tee ist kalt, dennoch trinke ich die Tasse aus. Der Himmel ist grau. Ich greife nach seinem Foto.

Manchmal tauchte der Sohn des Hauses kurz auf, doch meistens blieb er in seinen beiden Kellerräumen, die ihm zur Verfügung gestellt worden waren, oder hüllte sich in seinen schwarzen Mantel, den er wohl auf seinen Reisen erstanden hatte, und verschwand in die Stadt. Er machte die Nacht zum Tag und holte den Schlaf tagsüber nach. Gewöhnlich stand er gegen drei Uhr nachmittags auf, trank Kaffee und las die Zeitung. Wenn er auf Maria oder mich stieß, nickte er höflich, sagte aber nur wenig, nahm seinen Kaffee, die Zeitung und die Zigaretten mit ins Arbeitszimmer, wo er sich hinsetzte, eine Zigarette nach der anderen rauchte, sodass die Aschenbecher rasch voll waren. Obwohl er abends, zumindest wenn sein Vater Gäste hatte, meist daheim blieb, nahm er das Essen nur selten mit seinen Eltern ein. An den Gesprächen beteiligte er sich kaum, laut Maria saß er in einer Ecke und folgte stumm der Konversation über Politik und Finanzwesen, Wirtschaftswachstum und Profit, Großhandel und Einzelhandel, Franklin & Svensen – Import/Export, die Lachsfischerei und das arrogante Verhalten der verdammten Briten. Manchmal lächelte er, und zu fortgeschrittener Stunde, wenn die erste Cognacflasche geleert worden war, pflegte er seine sonderbaren Kommentare zu den Diskussionen abzugeben. Die Gäste schienen ihn zu beachten, vor allem der Schwäne liebende Verleger und Importeur Hallur Steinsson und sein Schwager Heimir Frantz, ein Schiffsmakler. Der Verleger und der Schiffsmakler sahen einander unglaublich ähnlich, beide hatten runde Backen, waren kräftig gebaut, fast schon dick, mittelgroß, mit schütterem Haar, Heimir war fast ergraut, während Hallurs Haar noch rötlich schimmerte.

«Genau», sagte Hallur, wenn er eine Bemerkung besonders vernünftig fand. «Man sollte einen Artikel darüber schreiben.»

Maria erzählte mir, dass die Herren manchmal verstummten, wenn sie hereinkam. Eigentlich nicht weiter ungewöhnlich, immerhin reichte sie ihnen Erfrischungen, die ihre Aufmerksamkeit verdienten: Kaffee und Kuchen, Portwein und Brandy. Manchmal spielten sie Karten, und der Sohn des Hauses ließ sich zum Mitspielen überreden, obwohl er sich selbst nicht für einen guten Kartenspieler hielt.

Irgendwie hatten Maria und ich das Gefühl, dass unser Arbeitgeber in Verlegenheit war, wenn sein Sohn dabeisaß. Oft hatte es den Anschein, als wollte er etwas mit ihm besprechen, das ihm durch den Kopf ging, das er aber nicht in Worte fassen konnte. Manchmal räusperte er sich oder sagte auf eine bestimmte Art «also», die auf eine Fortsetzung hoffen ließ, die jedoch ausblieb.

Einmal hörte ich, wie er andeutete, dass er sich um den Jungen Sorgen machte. Es war an einem Montag, Dr. Bolli kehrte gegen Mittag aus dem Büro zurück, und kaum dass er zur Tür hereingekommen war, fragte er Maria, wo sein Sohn sei. Sie antwortete, dass er schlafe. Ohne seinen Mantel auszuziehen, ging sein Vater schnurstracks in den Keller hinunter. Ich lauschte in der Vorratskammer vor der Küche.

«Warum bist du nicht zu dem Vorstellungsgespräch gegangen?», hörte ich Dr. Bolli fragen. «Sveinn hat auf dich gewartet. Er hat extra ein Treffen verschoben, weil er mit dir gerechnet hat. Und dann erscheinst du nicht ...»

«Ach Vater, ich bin müde.»

«Am helllichten Tag? Es ist kurz nach zwei.»

«Das Wetter macht mir zu schaffen.»

Irgendetwas muss ihn aus der Bahn geworfen haben, sagte ich mir immer wieder. Manchmal wollte ich fragen, was ihn denn so sehr belastete, ich wollte ihm helfen, denn ich hatte das Gefühl, ihn zu verstehen, oft meinte ich sogar den müden, erschöpften Jakob in ihm wieder zu erkennen. Lethargie, Alkohol und Zigaretten – als könnte er das Leben nur ertragen, wenn er seine Sinne betäubte. Manchmal schlief er in seinem Stuhl in der Ecke ein, noch bevor die Gäste sich verabschiedet hatten. Manchmal musste man ihn hinunter in den Keller begleiten. Meistens half sein Vater ihm dabei, doch einmal wurde mir diese Aufgabe aufgetragen.

«Danke, Asdis», nuschelte er. «Ich glaube nicht, dass ich es allein geschafft hätte. Die Schwerkraft.»

«Vielleicht sollten Sie weniger trinken», gab ich zu bedenken.

Er lächelte.

«Manchmal ist es besser, wenn man so wenig wie möglich weiß.»

Einmal stritten sich Vater und Sohn. Es war spät, sie waren seit dem Nachmittag auf einem Fest gewesen und kamen kurz vor elf nach Hause. Der Schwäne-Liebhaber war auch dabei. Sie bestellten Kaffee und Brandy. Hallur Steinsson trank Whisky. Sie schlossen sich im Arbeitszimmer ein. Der Sohn des Hauses und Hallur waren ziemlich betrunken, meinem Arbeitgeber schien es etwas besser zu gehen. Atli sprach. Nicht laut zwar, aber mit Nachdruck. Ich konnte es in der Küche hören, doch bis auf ein paar Worte verstand ich nicht, was sie sagten. Schon bald unterbrach Dr. Bolli seinen Sohn. Ich kann mich nicht entsinnen, dass er vorher jemals so wütend geworden wäre, doch diesmal schien er wirklich aufgebracht zu sein. Dieser Streit beunruhigte mich, und ich trat näher ans Arbeitszimmer.

«Schluss mit dem Gerede», sagte der Vater.

«Der Junge hat Recht, Bolli», sagte der Schwäne-Liebhaber. «Man hat ihn gebeten, diese Nachricht zu überbringen.»

«Ich will so etwas nicht hören, Atli», wiederholte sein Vater. «Und es wäre besser, wenn auch andere Leute das nicht hören würden, nach allem, was passiert ist.»

Schweigen.

«Ich mache, was ich will.»

«Schluss jetzt! Kein Wort mehr. Nicht eines!»

Ich entfernte mich von der Tür, hörte aber noch, wie der Verleger und Importeur vorschlug:

«Warum spielen wir nicht einfach Karten? Es ist noch früh.»

Mein Arbeitgeber öffnete die Tür.

«Ich glaube, für jemanden ist es an der Zeit, ins Bett zu gehen. Atli ...»

Er schob seine Hand unter den Arm seines Sohnes und half ihm bis zu den Kellerstufen.

«Lass mich in Ruh. Ich kann alleine gehen.»

«Darum geht es jetzt nicht.»

Der Vater ließ ihn los, entfernte sich aber erst, als er hörte, wie die Kellertür zugeknallt wurde.

«Ein Kartenspiel wäre nicht schlecht», sagte der Verleger.

Mein Arbeitgeber holte ihm den Mantel und begleitete ihn zur Tür.

«Er hat versprochen, die Nachricht zu überbringen», meinte Hallur. «Er sollte veröffentlichen, was er geschrieben hat.»

Da packte Dr. Bolli den Verleger am Kragen und schüttelte ihn.

«Sagen Sie das nie wieder, weder zu ihm noch zu sonst jemandem! Sollte ich jemals wieder davon hören, werde ich Sie dafür verantwortlich machen.»

Hallur Steinsson zitterte, als er hinauswankte. Nachdem der Verleger das Haus verlassen hatte, blieb mein Arbeitgeber noch lange stehen und schleppte sich dann mühsam in sein Schlafzimmer hinauf.

Gerade als ich schlafen gehen wollte, sah ich auf der Treppe zum Keller Licht brennen. Ich öffnete die Tür, um es zu löschen, da saß der Sohn des Hauses auf der obersten Stufe und war eingeschlafen. Ich versuchte ihn zu wecken, doch erst nach mehreren Versuchen öffnete er die Augen.

Er lächelte unergründlich.

«Deutschland», sagte er. «Wir beide wissen, was los ist. Wir beide wissen es.»

Ich half ihm die Treppe hinunter. Er legte sich angezogen ins Bett. Als ich mich in der Tür noch einmal nach ihm umdrehte, war er eingeschlafen.

Anthony sagte, dass er es in einem euphorischen Augenblick gekauft hatte, als er im Winter 1930 in Paris lebte. Obwohl es nicht billig gewesen war, hatte es natürlich nur einen Bruchteil von dem gekostet, was wir später dafür erhielten, als wir uns endlich entschlossen hatten, es zu verkaufen. Er erzählte, dass er es bei einem Nachmittagsspaziergang am Westufer der Seine in einem Fenster entdeckt hatte, als die Strahlen der Herbstsonne bereits schwach waren und der Wind den bevorstehenden Nachtfrost ankündigte. Ihm war das Bild aufgefallen, weil die Sonne direkt auf die Wand neben dem Fenster schien, an der es hing. Es war nicht groß, doch die Handschrift seines Schöpfers war unverwechselbar, auch wenn der Name nur in winzig kleinen hellblauen Buchstaben in der linken unteren Ecke stand: Picasso. Der Jüngling – ich denke, es ist eher ein Junge als ein Mädchen – streckte seine Arme zum Himmel empor, er hatte hübsche Gesichtszüge und schulterlange, rotgoldene Haare. Als ich zum ersten Mal Anthony den Vorschlag zu machen wagte, es zu verkaufen, brach er sofort die Unterhaltung ab. Später gab er mir zu verstehen, dass wir viel Geld verloren hätten, wenn er meinem Rat gefolgt wäre, denn das Bild war ständig im Wert gestiegen. Er hatte Recht, und mir tat es Leid. Immer wenn ich an dem Bild in der Bibliothek vorbeiging, erinnerte es mich an meinen Irrtum. Ich fing an, es misstrauisch zu betrachten. Warte nur, sagte ich. Warte nur.

Gerade als wir beschlossen hatten, den Ostflügel und das Zimmer mit den Spieltischen im Haupthaus umzubauen, erhielt Anthony für das Bild ein Angebot, das er nicht ausschlagen konnte. Ich hatte die Sache natürlich eingefädelt, denn kurz zuvor war einer unserer Gäste auf mich zugekommen. Es handelte sich um einen reichen Amerikaner mit Namen Lloyd, der soviel ich weiß sein Vermögen mit Konserven gemacht hatte. Sein Interesse an dem Bild kam mir gelegen, denn wir brauchten dringend Geld. Er sprach von einer größeren Summe, die er, nachdem wir eine Weile geplaudert hatten, dreimal erhöhte. Als ich ihm schließlich sagte, dass ich leider nicht die Erlaubnis hätte, über den Verkauf zu verhandeln, und dass er die Angelegenheit mit Anthony besprechen müsse, schien er verärgert zu sein. Er beruhigte sich jedoch bald wieder, vor allem, als ich ihm versprach, für den Verkauf zu stimmen, falls Anthony mich um meine Meinung bitten sollte. Ich riet ihm auch, Anthony gegenüber besser nicht zu erwähnen, dass er zuvor schon mit mir gesprochen hatte.

Als Mr. Lloyd mit dem Picasso abgereist war, sah ich Anthony einmal vor der leeren Wand stehen und auf den Fleck starren, an dem einst das Bild mit dem Jüngling gehangen hatte. Ich schäme mich, das zuzugeben, aber in dem Augenblick empfand ich so etwas wie Eifersucht. Als er mich bemerkte, sagte Anthony:

«Ich hatte immer das Gefühl, als würde der Junge seine Arme nach dem Allmächtigen ausstrecken.»

Diese Bemerkung versetzte mir einen weiteren Stich. Doch glücklicherweise konnte ich mich beherrschen.

Ich habe immer den Eindruck gehabt, dass er einfach nur nach Luft greift, sagte ich zu mir, sprach es aber nicht aus und ließ Anthony allein vor der leeren Wand stehen.

Immer noch flüstert die Stimme in meinem Kopf: Das hast du nur dir selbst zuzuschreiben.

Unbarmherziges Geflüster im Halbschlaf, wenn der Mond wie eine Laterne im Wind über mir hängt oder der Abend naht und die Sonne sich vor Scham hinter den Wolken versteckt. Unbarmherziges Geflüster verfolgt mich, jagt mich: Was hast du erwartet? Daran bist nur du schuld.

Von einem zum nächsten Ort fliehen, sich an einer kalten Mauer ausruhen, weit weg von dem unbarmherzigen, nichts und niemanden verschonenden Blick. Die Gänge der Halle gewähren mir Schutz, auch das Gewächshaus und die Brücke über dem Bach, wenn mein Gesicht sich in dem tiefen Wasser spiegelt und weggeschwemmt wird.

Dann bin ich frei. Endlich.

«Asdis, wir verstehen einander. Du und ich. Wir wissen, was los ist.»

Im Halbschlaf sehe ich die Bestie, spüre ihren Atem auf meiner Wange, heiß und feucht, zuerst langsam, dann rasend vor Lust, fühle seine Zunge, die meinen Hals leckt, spüre das Entsetzen. Das Stöhnen war vorhersehbar und auch der lustvolle Schauer, der seinen Körper durchlief, die Stille und Leere, als alles vorüber war.

«Ich hatte Glück, Asdis. Aber darüber will ich nicht sprechen. Zu schwierig. Endlich daheim. Ich habe so viel hinter mir.»

Die Hausherrin schlief, mein Arbeitgeber war unterwegs, Maria besuchte ihre Schwester im Osten.

«Asdis, würdest du mir die Treppe hinunterhelfen? Mein rechter Fuß schmerzt. Wenn es dir nichts ausmacht …»

Nur ein schwacher Alkoholgeruch lag an jenem Abend auf seinem Atem – er sagte, er sei in einem Konzert gewesen. Trotzdem wollte er, dass ich ihm half. Legte seinen Arm um meine Schulter. Ich hielt ihn um die Taille.

«Jakob», sage ich zu ihm, und er ist überrascht. «Atli», verbessere ich mich, «die letzte Stufe.»

Die Tür geht in das Schlafzimmer. Ich begleite ihn zum Bett.

«Willst du dich nicht neben mich setzen, Asdis? Ich hatte Glück. Ich bin nach Hause gekommen.»

Sein Atem auf meinem Hals, sanft und zögernd, unzusammenhängende Worte. Ich schließe die Augen.

«Disa, schwimm zu mir», sagt Jakob. «Ich will dir etwas zeigen.»

«Was?»

«Komm her. Dann wirst du es schon sehen.»

«Was?»

Braune Augen? Blaue Augen? Ich kann mich nicht entscheiden.

«Komm her.»

Seine Hände gleiten von meinen Hüften unter mein Hemd und verweilen an meinen Brüsten.

«Leg dich hin.»

«Komm her», höre ich Jakob in der Ferne rufen. Er ist mitten im Teich, taucht hin und wieder unter Wasser, ändert seine Position, taucht auf, wenn man es am wenigsten erwartet. Lächelt.

«Komm her, Disa.»

Das Spiegelbild verschwimmt auf der zitternden Wasseroberfläche.

Er dringt in mich ein. Sein Atem geht schnell und heftig, seine Hände sind überall an meinem Körper, feucht vor Begierde. Seine Zunge gleitet meinen Hals hinunter, er nimmt meine Brustwarzen in den Mund, seine Haare fallen auf mich herunter, schweißnass.

Ich schwimme zu ihm hinüber und umarme ihn. Er hebt seine Hand aus dem Wasser. Er hält einen Blumenstrauß.

«Hast du die für mich gepflückt?»

«Was dachtest du, würde ich wohl machen? Dich kitzeln?»

Er greift nach mir und schüttelt mich, ich kann ihm nicht entkommen, versuche nicht, ihm zu entkommen, schreie nicht, bitte ihn nicht, aufzuhören, beklage mich nicht mit einem einzigen Wort.

Er lockert seinen Griff und rollt sich auf die Seite. Richtet sich auf.

Ich komme zu mir. Er steht vor mir, zieht seine Hose hoch, wischt sich mit dem rechten Ärmel den Schweiß von der Stirn.

«Du musst mich öfter hier unten im Keller besuchen kommen.»

Zwischen Wachen und Schlafen, die Blumen verwelken, als Jakob sie mir reicht.

SECHSTER TEIL

Danach versuchte ich, dem Sohn des Hauses aus dem Weg zu gehen. Glücklicherweise sah ich ihn seltener als sonst, denn er hatte sich einen alten Wagen beschafft und verbrachte die meiste Zeit in Thingvellir, im Sommerhaus seiner Eltern. Da kaum Schnee fiel, kam er hin und wieder in die Stadt, um Lebensmittel zu besorgen und seine Wäsche abzugeben, und einmal rief er vom Hotel Valholl an und fragte nach seinem Vater. Mein Arbeitgeber sprach lange am Telefon, zuerst mit Atli, dann mit dem Hoteldirektor, so vermutete ich. Ich hörte, wie er versprach, Geld zu schicken, um die Ausgaben seines Sohnes zu decken.

«Er hat schon immer die Natur geliebt», sagte seine Mutter, doch mir schien, dass Dr. Bolli die Stirn runzelte, sobald von diesen Ausflügen zum Sommerhaus die Rede war. Zweifellos hatte die Kiste mit Whisky im Kofferraum des Autos damit zu tun. Auch hatte der Sohn völlig die beiden Schülerinnen vergessen, denen er seit kurzem Nachhilfe in Deutsch erteilte. Eine der beiden Gymnasiastinnen hatte diese Stunden wohl nur auf elterlichen Druck hin genommen und schien erleichtert zu sein, dass jetzt wieder Schluss damit war. Die andere hingegen war ausdauernder und rief anfangs beinahe täglich an, um nach «Atli» zu fragen. Ihr Ton überraschte mich, dann vergaß ich diese Anrufe und dachte lange Zeit nicht mehr an das Mädchen.

Ich glaube nicht, dass ich detailliert beschreiben muss, in welchem Zustand ich mich nach jener Nacht im Keller befand. Manchmal frage ich mich, ob ich eine Schwäche für Atli hatte, aber das ist ein Gedanke, den ich nicht weiter verfolgen kann. Vor allem dann nicht, wenn ich mir den Neujahrsabend in Erinnerung rufe, einen Monat darauf. Dann fühle ich mich einfach nur schmutzig.

Aber damals war ich davon überzeugt, dass Atli vom Unglück verfolgt wurde. Ich stellte mir vor, dass man ihn in Deutschland schlecht behandelt hatte; er hatte es angedeutet, aber nie direkt ausgesprochen. Sein trüber Blick, seine Apathie, das Lächeln, das kein Lächeln, sondern eine schmerzvolle Grimasse war, der feuchte, lasche Händedruck – alles schien mir darauf hinzuweisen.

Braune Augen? Blaue Augen? Ich weiß es nicht. Vielleicht ist in den Augenhöhlen auch nur Dunkelheit.

Kindisch, möchte ich sagen und einen Schlussstrich unter all das ziehen, frei von Verpflichtungen oder seelischem Kummer. Schnee von gestern, würde ich gerne sagen, alles hat sich verändert. Doch nichts hat sich verändert, und zwanzig Jahre sind keine lange Zeit. Du wirst erwachsen, sagen die Leute, als hätten sie eine höhere Weisheit erlangt, und machen dabei ein feierliches Gesicht, sofern sie sich selbst belügen können.

An den Abenden versuchte ich mich mit Hilfe des Radios abzulenken, denn es fiel mir schwer, mich auf ein Buch zu konzentrieren, und Gesellschaft suchte ich nicht. Jorunn sah ich nur selten, obwohl ich manchmal mit ihr telefonierte. Die Gespräche waren freundlich, aber kurz. Vater und ich schrieben uns regelmäßig. Er sagte, dass Mutters Gesundheitszustand nicht gut sei, doch in diesem Falle traute ich seinen Worten nicht. Manchmal gelang es mir, die Sendungen der BBC zu empfangen, besonders spät abends und um Mitternacht. Außerdem hatten die Briten Anfang 1940 damit begonnen, Nachrichten über den Krieg auf Isländisch zu senden. Ich musste mich zwingen, während dieser Berichte sitzen zu bleiben.

Ich kann nicht sagen, wann genau ich die Hoffnung aufgab, Jakob jemals wieder zu sehen. Wahrscheinlich hatte ich sie schon lange, bevor es mir richtig bewusst wurde, verloren. Ich spürte, dass in Anthonys Briefen vieles unausgesprochen blieb. So war er zum Beispiel sehr vorsichtig, wenn er mir von Davids ergebnislosen Nachforschungen oder seinen eigenen Gesprächen mit den Behörden in London berichtete, von denen er nichts Gutes erfuhr. «Aber», fügte er jedes Mal hinzu, «wir dürfen die Hoffnung nicht aufgeben.»

Hoffnung ist die Schwester der Selbsttäuschung, und ich habe gelernt, diese beiden Schwestern soweit wie möglich zu meiden. Ihr Lächeln ist schmeichelhaft, und sie machen viele Versprechungen, von denen sie jedoch nur wenige einhalten. Heute versuche ich, ihnen aus dem Weg zu gehen, zum Beispiel wenn ich Dr. Ellis inständig bitte, mir Märchen und Halbwahrheiten über meine Krankheit zu ersparen. Meine Forderung verwirrte ihn zuerst, doch schließlich gelang es ihm, Lügen zu vermeiden. Ich erinnere mich daran, wie er aufstand und zum Fenster ging, schweigend hinaussah und einen alten Füllfederhalter zwischen den Fingern seiner linken Hand hin und her drehte und dabei mit der rechten Hand durch sein schütteres Haar fuhr.

Die Wahrheit verlangt Genauigkeit und Konzentration, das erschwert die Sache manchmal.

«Achtzehn Monate», sagte er schließlich.

«Achtzehn? Sind Sie sicher?»

«Zwölf bis achtzehn.»

«Ich nehme zwölf.»

Heute Abend will ich mir ein Taxi nach Fjolugata nehmen. Ich werde nicht aussteigen, sondern den Fahrer bitten, am Zaun stehen zu bleiben, damit ich in Ruhe das Haus betrachten kann. Ich möchte mir wieder das Licht im Garten ins Gedächtnis zurückrufen, das manchmal meine einzige Unterhaltung war, wenn ich abends in meinem Zimmer saß; ein bläulicher Schimmer im Sommer unter den Bäumen und zwischen den Sträuchern; torfbraun im Herbst, wie regennasse Blätterhaufen oder die großen Mäntel der britischen Soldaten. Heute Abend werde ich dorthin gehen, denn ich bin bereit, die Stimmen der Vergangenheit zu hören und ein blasses Gesicht am Fenster zu sehen. Ich fürchte mich vor nichts, denn ich bin bereit.

Ich bin für alles bereit.

Anfang Dezember hatte ich das Gefühl, die Nachricht von Jakobs Tod erhalten zu haben.

Gabriel Turville-Petre von der BBC hatte soeben seine Sendung beendet, und die «Mondscheinsonate» erklang aus dem Radio. Draußen herrschte Windstille, und ein kräftiger Nieselregen ging hernieder, doch in der Ferne war zwischen den Wolken noch ein rötlicher Schimmer zu sehen. Als ich in den Garten hinaussah, erblickte ich eine Katze, die ihre Beute über den Rasen hinter sich herschleifte. Sie bewegte sich langsam, hielt hin und wieder an, um den Vogel, der sich zunächst wehrte, besser packen zu können. Doch allmählich ließ der Widerstand nach, und als die Katze durch die nächste Gartentür schlüpfte, war der Kampf vorbei.

Ich saß lange in der Dämmerung. Am Abend begann es in Strömen zu gießen, und in der Nacht heulte der Sturm ums Haus. Am nächsten Tag war der gefrorene Boden mit Pfützen bedeckt.

Nach dem Krieg besuchte David uns in Somerset und erzählte, dass er die Bestätigung über den Tod seines Bruders Jakob erhalten habe. Ihm zuzuhören war wie eine alte Zeitung zu lesen. Es berührte mich nicht.

Ich glaube nicht, dass er das verstand.

«Schlimme Grippe», schrieb Vater, doch ich ignorierte es, denn ich hatte den Verdacht, dass er Mutters Erkältung sehr übertrieb. Während der letzten Monate hatte er mehrmals versucht, Frieden zwischen uns zu stiften, daher war ich misstrauisch geworden. Doch als Maria mich ein paar Tage später mit der Bemerkung «dein Vater» ans Telefon rief, wusste ich sofort, was er mir mitzuteilen hatte.

«Deine Mutter ist ernstlich krank», sagte er. «Sie möchte, dass du vorbeikommst.»

Es war der 20. Dezember, und wir steckten mitten in den Weihnachtsvorbereitungen. Auf Wunsch der Hausherrin hatten wir Mitte des Monats mit der Dekoration des Hauses begonnen, das jetzt schon recht festlich wirkte. Jorunn hatte mich eingeladen, am Heiligen Abend mit ihr, Gunnar und Helga zu Mittag zu essen, doch ich lehnte es ab in dem Wissen, dass sie mich nur aus Pflichtbewusstsein eingeladen hatte. Nun war sie mit Helga in den Norden gefahren, um Mutter zur Seite zu stehen.

Für mich war es nicht leicht, so kurz vor Weihnachten wegzufahren. Die Hausherrin hatte für die Feiertage einige Leute zum Mittagessen eingeladen, und Dr. Bolli erwartete für den 30. Dezember mehrere Bankangestellte auf einer Cocktailparty. Ich freute mich darauf, endlich wieder etwas Anspruchsvolleres kochen zu können, denn in der letzten Zeit litt die Hausherrin an Appetitlosigkeit, und Dr. Bolli begnügte sich zumeist mit einfacher Kost. Der Anruf kam also zu einer denkbar ungünstigen Zeit. Überdies wurde ich den Eindruck nicht los, dass Vater nach wie vor übertrieb, was Mutters Zustand betraf.

Im Winter verkehrten die Linienbusse nach Akureyri nicht, doch Dr. Bolli stieß in der Zeitung auf eine Nachricht, derzufolge Kristjan Kristjansson am nächsten Tag mit seinem Bus und ein paar Passagieren nach Norden fahren würde, sofern das Wetter es zuließ und die Straße frei war. Ich nahm diese Nachricht mit gemischten Gefühlen auf.

Der Morgen war friedlich, und nach den heftigen Schneefällen in der Nacht schimmerten die Gärten und Gehsteige weißlich. Beim Einsteigen in den Bus wurde mir unbehaglich zumute. Die anderen Fahrgäste kamen mir so sonderbar vor. Ja, so seltsam es klingen mag, sie machten mir Angst. Vor Aufregung ließ ich in der Tür den Koffer fallen und wäre beinahe noch selbst zu Fall gekommen. Im letzten Augenblick konnte ich mich jedoch abstützen. Ich stieg ein und suchte mir hinten im Bus einen Fensterplatz.

Als wir aus dem Ort fuhren, brannte in manchen Häusern Licht, aber die meisten waren dunkel, denn es war noch vor acht Uhr. Die Furcht, die mich befallen hatte, ließ mich auch während der Fahrt nicht los. Im Gegenteil, mit dem Bewusstsein, dass es kein Zurück mehr gab, wurde sie schlimmer. Als wir am Ortsrand über den Fluss tuckerten, war ich kurz davor, den Fahrer zu bitten, anzuhalten und mich aussteigen zu lassen. Doch leider brachte ich nicht den Mut dazu auf.

Ich schloss die Augen und versuchte, meine Umgebung zu vergessen. Die Morgendämmerung schien ewig zu dauern, und der Mond, den ich gesehen hatte, als wir aus dem Ort gefahren waren, versteckte sich nun hinter einer Wolke. Der Bus ratterte weiter, der Wind heulte an den Fensterscheiben, und der Fjord sah tief, dunkel und bedrohlich aus. Manchmal glaubte ich in der Dunkelheit Berge und Hügel zu erkennen, eine vereinzelte Farm in der Einöde, den schwachen Schimmer in einem Fenster, Atem an der Fensterscheibe. Und Augen, die hinausstarrten.

Ich weiß nicht, wo wir uns befanden, als der Unfall passierte. Mit der Morgendämmerung war es unangenehm hell geworden, darum hatte ich meine Augen geschlossen. Als der Fahrer die Handbremse zog, wurde ich an die Lehne des Vordersitzes geschleudert, während der Bus auf der Straße sich im Kreis drehte und dann endlich am Straßenrand zum Stehen kam.

«Ein Pferd!», rief jemand. «Wir haben ein Pferd überfahren!»

Taumelnd stand ich auf. Ein kleiner Junge, der mit seinem Vater reiste, lag neben mir auf dem Boden. Er hatte eine Schramme auf der Stirn, begann aber erst zu weinen, als sein Vater ihn in den Arm nahm. Der Fahrer fragte, ob jemand sich verletzt habe, bevor er, gefolgt von ein paar Fahrgäste, eilig ausstieg. Ich hatte Schmerzen an der Schulter, folgte ihnen aber dennoch, denn im Bus war es stickig. Es hatte zu schneien begonnen. Auf der Straße waren Blutflecken, doch das Pferd war nirgends zu sehen. Wir folgten seiner Spur zu einem kleinen Hügel bei der Straße, konnten es aber nirgends entdecken.

«Es war weiß», sagte der Fahrer.

«Weiß?»

«Ja, ich glaube, es war ein Schimmel. Aber ich bin mir nicht ganz sicher.»

Wir gingen zurück. Der Wind wurde stärker, und Schneeflocken wirbelten um die Scheinwerfer des Busses.

«Hier können wir nicht bleiben», sagte der Fahrer. «Ich werde den Unfall melden, wenn wir in Akureyri sind. Zum Glück ist nichts Schlimmes passiert.»

Der Junge hatte aufgehört zu wimmern und lag auf dem Schoß seines Vaters. Die Leute schwiegen, das Schneetreiben wurde immer dichter und der Motor des Busses stotterte.

«Er wird schon noch anspringen», beruhigte uns der Fahrer, «ich habe schon Schlimmeres erlebt.»

Es war Abend, als wir Akureyri erreichten. Die Passagiere seufzten vor Erleichterung und lobten den Fahrer, der sich darüber freute.

«Hoffen wir, dass das Schiff morgen früh ablegen kann», sagte er mir zum Abschied.

Ich nahm mir ein Zimmer im Hotel Akureyri. Über dem Bett hing ein Bild des Hafens.

Draußen schneite es immer noch.

Die Straße und der gegenüberliegende Gehsteig waren unter den weichen Flocken verschwunden. Der Milchmann musste gerade am Straßenrand seine Kannen abgestellt haben, denn die Spuren seines Pferdes und seines Wagens waren noch nicht vollständig mit Schnee bedeckt. Ich glaubte zu erkennen, wo er um die Ecke gebogen war. Es machte mir Spaß, mit meinen Augen seinen Spuren zu folgen, mich näher an die Fensterscheibe zu lehnen, um ihnen bis zum Hotel zu folgen. Frost lag auf der Scheibe, und als ich sie mit meiner Nasenspitze berührte, durchfuhr mich ein Schauer. In diesem Augenblick ging das Licht auf dem Nachttisch aus, und ich hörte, wie das Personal unten aufgeregt herumrannte. Der Strom war ausgefallen. Ich zog mich im Dämmerlicht an; über Nacht war meine Kleidung kalt geworden, ich legte beide Hände auf die Heizung in der Ecke und wärmte mich so auf. Dann ging ich hinunter.

An der Rezeption und im Frühstücksraum hatte man Kerzen angezündet. Draußen im Fjord schob der Wind weiß schäumende Wellen vor sich her. Man erklärte mir, dass das Boot nicht nach Kópasker übersetzen könne und es ungewiss sei, wann wir lossegeln konnten.

«Wer kann schon sagen, wann der Wind nachlässt?», meinte das Mädchen, bei dem ich gestern eingecheckt hatte. «Aber Stefan wird trotzdem um zehn nachsehen.»

Ich wusste nicht, wer Stefan war, doch plötzlich überkam mich ein Gefühl der Platzangst, und ich musste hinausgehen. Es war ungefähr sieben Uhr. Ich war die Einzige, die bei diesem Schneegestöber unterwegs war. Die Dekoration in den Schaufenstern erinnerte mich daran, dass heute Heiligabend war. Ich hatte es vergessen. Als ich auf dem Dorfplatz war, gingen plötzlich die Lichter am Weihnachtsbaum an, erloschen aber einen Augenblick später und ließen einen einsamen und traurig aussehenden Baum zurück.

Außer mir wollte noch ein Ehepaar mittleren Alters weiterreisen, die beiden waren entschlossen, ihre Tochter in der

Nähe von Kópasker zu besuchen. Bei meiner Rückkehr ins Hotel saßen sie mit dem Hoteldirektor im Speisesaal und tranken Kaffee. Mir wurde klar, dass er der Vater des Mädchens an der Rezeption war. Die Ähnlichkeit war nicht zu übersehen. Eine alte Uhr tickte in der Ecke und schlug müde jede Viertelstunde. Die Eheleute warfen heimlich einen Blick darauf. Halb neun.

«Stefan wird um zehn Uhr nachsehen», erklärte der Hoteldirektor. «Der alte Stefan fürchtet sich vor nichts. Oh nein. Vor gar nichts.»

Das Ehepaar fragte, ob er Stefan Gudlaugsson meinte. Der Direktor nickte. Die folgenden Minuten verbrachten sie damit, über seinen Stammbaum zu diskutieren.

«Heute Abend erwarten wir keine Gäste», sagte er schließlich. «Wir müssten gegen Mittag fertig sein. Doch Sie sind herzlich eingeladen, mit uns zu Abend zu essen. Mit unserer Familie», fügte er nachdrücklich hinzu.

Das Ehepaar murmelte ein Dankeschön, wobei die Frau sich einen Tropfen von der Nase wischte. Ich fragte den Hoteldirektor, ob er wisse, wann Kristjan Kristjansson nach Reykjavík zurückfahre.

«Kristjan? Er hat vor, die Ferien über mit seiner Familie hier zu bleiben.»

Ich war entschlossen, den ersten Bus zu nehmen, der von hier wegfuhr, zumindest den ersten Bus nach Reykjavík.

Ich hätte mich nie auf diese Reise begeben sollen, sagte ich mir, mich nie dazu überreden lassen sollen. Wahrscheinlich ist Vaters Angst unbegründet. Und hier sitze ich nun eingeschneit in Akureyri, wo ich niemanden kenne, nur meine Cousine Stina, mit der ich mich jedoch nicht einmal dann treffen würde, wenn sie der letzte Mensch auf Erden wäre. Hier sitze ich, kann nicht abreisen, bin weit entfernt von meinen Pflichten und meinem Spiegel, dem Herd, den ich trotz seiner vielen Unzulänglichkeiten liebe, und der Hausherrin, die mich eigentlich während der Feiertage braucht.

Hier sitze ich, in seltsamer Stille, kann die Vorboten meines Scheiterns ebenso wenig ignorieren wie den Verdacht, dass der Frieden bald dahin sein wird.

Meine Gedanken drehen sich im Kreis, und plötzlich finde ich meine Reisegefährten abstoßend, dieses harmlose Ehepaar, das seine Tochter besuchen will. Haben sie während meiner Abwesenheit mit dem Hoteldirektor und seiner Tochter über mich gesprochen? Was wäre, wenn sie ihre Köpfe zusammensteckten und so täten, als wüssten sie etwas, das sie nicht wissen sollten, als hätten sie etwas gehört, das ich vor ihnen hatte verbergen wollen, ein Flüstern in einer dunklen Ecke? Hinter ihren Augen verbirgt sich so etwas wie Scham, gerissen und unschlüssig, als wüssten sie, dass sie etwas Verbotenes getan haben. Ich bleibe in der Tür stehen und blicke sie schweigend an, bis sie zu mir herübersehen und der Direktor sich im Stuhl umdreht und sagt:

«Wollen Sie sich nicht zu uns setzen und eine Tasse Kaffee trinken. Nach Ihrem Spaziergang können Sie sicher einen gebrauchen.»

Da merke ich, dass ich im Begriff bin, die Selbstbeherrschung zu verlieren, und Angst steigt in mir auf.

«Gleich», sage ich, «ich ziehe nur schnell meinen Mantel aus.»

Ich gehe schließlich hinunter, doch der Kaffee ist schon kalt.

Als Jorunn anrief, um mir mitzuteilen, dass Mutter gestorben war, hatte es aufgehört zu schneien. Es war fast sechs Uhr, und die Leute waren auf dem Weg zur Kirche. Ich weiß nicht, wann genau es aufgeklart hatte – ich muss mir wohl Sorgen gemacht haben –, aber ich glaube nicht, dass es vor Einbruch der Dunkelheit war. Ich hatte das Fenster in meinem Schlafzimmer geöffnet und setzte mich davor, um mir die

Zeit zu vertreiben. Nach der Aufregung des Tages fühlte ich mich schwach, und so saß ich länger als vorgesehen am Fenster – eine Stunde, vielleicht sogar mehr. Ein kleiner Junge hüpfte hinter seinen Eltern her am Hotel vorbei; er trug einen Mantel, der ihm viel zu groß war und ihm wahrscheinlich von einem Verwandten oder Nachbarn, der herausgewachsen war, vererbt worden war. Er bettelte seine Eltern an, und ich hatte meinen Spaß daran, die drei zu belauschen.

«Bitte, Mama, bitte. Nur ein einziges. Nur ein Geschenk vor dem Abendessen.»

Das Klingeln des Telefons durchschnitt schrill und unwiderruflich die Stille. Das Mädchen vom Telefon bat mich hinunter. Ich ahnte schon, welche Nachricht man mir übermitteln würde. Das letzte Mal, als ich mit Jorunn telefoniert hatte, so gegen zwei Uhr, hatten Mutters Kräfte bereits nachgelassen. Da hatte es draußen noch heftig geschneit.

«Alles in Ordnung?», fragte die Tochter des Hoteldirektors, nachdem ich den Hörer aufgehängt hatte.

«Ja, alles in Ordnung.»

«Sind Sie sicher?»

«Ja, ich bin mir sicher.»

«Kann ich irgendetwas für Sie tun?»

«Nein, ich habe alles, was ich brauche.»

«Sind Sie sicher ...»

«Ich bin sicher.»

«... dass Sie nicht mit uns essen wollen? Sie sind doch sonst heute Abend ganz allein hier. Am Heiligen Abend», fügte sie hinzu, als hätte ich mir das noch nicht klar gemacht.

Ich glaube nicht, dass ihre Bemühtheit nur Getue war; ganz offensichtlich tat es ihr Leid, mich allein zu lassen. Sie war nach Hause gegangen, hatte ihr bestes Kleid angezogen und war kurz zurückgekommen, um das Büro abzuschließen und ihrem Vater zu sagen, dass er nach Hause kommen sollte, weil alle auf ihn warteten.

«Nun gut, Sie wissen ja, wo wir wohnen, falls Sie ihre Meinung noch ändern sollten. Frohe Weihnachten.»

Sie schloss lautlos die Tür hinter sich, öffnete sie aber einen Moment später noch einmal, um zwei Weihnachtsgeschenke zu holen, die sie hinter der Rezeption vergessen hatte.

«Für Mutter und Vater», erklärte sie. «Frohe Weihnachten.»

Stille. Das Läuten der Kirchenglocken verschmolz wie ein Satzzeichen in einem langen Satz mit der Stille des Hauses. Durch das Fenster drangen Bruchstücke eines Liedes, das von einer jungen Frau gesungen wurde, «Stille Nacht», wenn mich nicht alles täuscht. Es störte mich nicht mehr wie das Knacken der Treppe, die zum oberen Stockwerk führte; ich blieb auf der untersten Stufe stehen.

«Möchten Sie nicht im Radio den Gottesdienst hören?», hatte das Mädchen gefragt, bevor sie gegangen war. «Sie wissen ja, wo der Apparat steht, nicht wahr?»

Ich hatte mich bei ihr bedankt.

«Hoffentlich lässt der Wind heute Nacht nach», hatte sie hinzugefügt, als sie hinausgegangen war. «Dann können Sie morgen früh Ihre Reise fortsetzen.»

Ich stieg zwei weitere Stufen hinauf und blieb stehen. Ich verlagerte mein Gewicht vom linken auf den rechten Fuß und horchte auf das Knarren, dann verlagerte ich es wieder auf den linken. Die Uhr schlug sieben. Ich erinnerte mich, dass die untersten Stufen lauter knarrten, darum ging ich zurück und testete sie noch einmal. In der Zwischenzeit fielen mir wieder Jorunns Worte ein.

«Welch ein Jammer, dass du nicht herkommen kannst», hatte sie schluchzend gesagt. «Es ist schrecklich, dass ihr beiden nicht mehr die Möglichkeit hattet, euch von einander zu verabschieden.»

Die unteren Stufen knarrten lauter, doch plötzlich fing ich zu zittern an und hatte das Gefühl, als würde ich den

Halt unter den Füßen verlieren. Ich musste mich setzen und am Treppengeländer festhalten, sonst wäre ich gestürzt.

«Nach allem, was passiert ist», das waren ihre Worte gewesen. «Nach allem, was passiert ist.»

Und plötzlich wusste ich, dass es jetzt zu spät war. Nichts konnte mehr zurückgenommen, nichts geändert werden. Worte, die ich voller Ärger und Ressentiments geäußert hatte, kamen mir nun wieder in den Sinn und überfielen mich aus der Stille wie böse Omen. Ich drückte meine Hände fest auf die Ohren, doch es half alles nichts, die Worte stürmten auf mich ein, eines nach dem anderen, immer lauter, immer gnadenloser.

Nichts konnte mehr zurückgenommen, nichts mehr geändert werden. Erinnerungen, die in Stein gemeißelt zu sein scheinen, Gedanken, für die ich mich schäme.

Mein Körper zitterte noch lange, nachdem ich zu weinen aufgehört hatte. Draußen gingen Leute singend vorüber, aber ich blieb reglos auf den Stufen sitzen. Erst nach einer Weile lockerte ich meinen Griff und hielt die Stangen des Treppengeländers nicht mehr so fest umklammert.

Warum hatte alles so kommen müssen? Wir werden nie mehr Frieden schließen können. Ich werde ihr niemals mehr sagen können, wie sehr ich sie liebte.

Niemals.

Wenn ich mir einen weißen Felsen im Sonnenlicht vorstelle, aus dessen Spalte ein dünner, trockener Ast wächst, fühle ich mich unweigerlich schlecht und werde fast immer traurig. Bei heftigem Sprühregen, ruhigem Wetter oder einer leichten Brise, wenn der Tau sich auf das Gras legt und die Blätter nach einem stillen Nachmittagsregen herabhängen, blühe ich hingegen auf. Ich liebe das Gewächshaus nach einer regnerischen Nacht oder die Gänge des Hauses, wenn ich sie am Ende eines Regentages durchlaufe, vor allem wenn ich gut geschlafen habe und nicht von unruhigen Gedanken kurz vor der Morgendämmerung geweckt worden bin.

Helles Licht bringt mich manchmal aus dem Gleichgewicht, dennoch neige ich dazu, lethargisch zu werden und Hoffnungslosigkeit zu verspüren, wenn die Winternächte am dunkelsten sind. Die Abenddämmerung hingegen besänftigt mein Gemüt und wärmt meine Seele. Vielleicht bilde ich mir das nur ein, aber ich habe immer gedacht, dass die Rohrammern in der Pappel gerade im Abendregen am fröhlichsten sind.

Der Tag, an dem Mutter begraben wurde, war kalt. Erst gegen Mittag wurde es endlich hell. Die Sargträger warfen groteske, lang gezogene Schatten auf die weiße Erde, die manchmal hinter ihren Besitzern zurückzubleiben schienen. Das Sonnenlicht blendete mich, und ich hob eine Hand über die Augen. An der anderen Hand hielt ich Jorunn. Sie stand zwischen mir und Tante Stina. Vater stand etwas abseits. Der Tag war zu hell, die Erde zu weiß, und ich wartete ungeduldig darauf, dass die Zeremonie vorbei war.

Vater schien seit dem letzten Mal, als ich ihn gesehen hatte, kleiner und schmaler geworden zu sein. Er saß stundenlang in seiner Arztpraxis und sprach nur wenig. Jorunn versuchte mehrmals mit mir über meinen Streit mit Mutter zu reden, doch ich brach die Unterhaltung jedes Mal ab oder wechselte das Thema. Auch wenn ich dabei nicht unfreundlich war, glaube ich heute, dass ich sie damit verletzt haben musste. Sie schien wie auf Kohlen zu sitzen, und eine Zeit lang machte ich mir um ihre Gesundheit Sorgen, konzentrierte mich aber dann auf andere Dinge. Ich war erleichtert, dass sie nichts dagegen einzuwenden hatte, Mutter noch vor Neujahr zu begraben. Ich musste zu meiner Arbeit in Reykjavík zurückkehren.

Als ich gestern Nachmittag mit Helga, Jorunns Tochter, hier im Hotel Kaffee trank, dachte ich an jene Tage. Ich hatte lange hin und her überlegt, bis ich mich dazu entschloss, Helga anzurufen. Ich bereue es nicht – im Gegenteil –, denn wir plauderten sehr angenehm miteinander; das Mädchen ist glücklich und gutmütig. Ich war nervös, denn ich befürchtete, dass sie mich über Geschichten ausfragen könnte, die ich lieber nicht mehr aufwärmen wollte, doch glücklicherweise schien sie mehr an England und dem Kochen als an der Vergangenheit interessiert zu sein. Zweifellos hatte ihr Vater ihr alle möglichen Geschichten über die Familie ihrer Mutter erzählt, doch nach dem zu schließen, was sie sagte, schien er sie nicht mit Details belastet zu haben, die sie nichts angingen.

Ich spürte, dass ich sie nach ihrem Vater fragen konnte. Sie sprach nett von ihm und seiner neuen Frau, einer dänischen Gymnasiallehrerin. Ich war erstaunt, als sie den Arbeitsplatz ihrer Stiefmutter erwähnte. Es war auch eine Überraschung für mich, als sie erzählte, dass mein Bruder Kari sie letzten Sommer mit seiner Familie in Island besucht habe. Sie sei gemeinsam mit ihnen nach Thingvellir gefahren und habe sich über ihre Kleidung, vor allem Karis grünkarierte Hose, seine weißen Schuhe, lustig gemacht. Ich sagte ihr, dass ich Weihnachtskarten erhalten hatte und Berichte über alle möglichen Aktivitäten der Familie, aber von einer Reise nach Island hatte ich nichts erfahren.

Bevor wir uns voneinander verabschiedeten, lud ich Helga zu uns nach Ditton Hall ein, falls sie einmal dort vorbeikommen sollte. Ich befürchte, dass die Chancen, sie dort persönlich zu empfangen, ziemlich schlecht stehen. Ich hoffe nur, Anthony wird nicht aufgeben, wenn es einmal soweit ist. Das sagte ich mir, als sie gegangen war und ich noch meinen Gedanken nachhing. Ich hoffe, dass er die Dinge am Laufen halten wird. Es würde mich traurig stimmen, wenn in unser Haus wieder Stille einkehren würde. Ich darf gar nicht daran denken, nach allem, was ich auf mich genommen habe, um es zu einer guten Adresse zu machen.

Als wir uns zum Abschied in der Vorhalle küssten, fragte Helga mich gänzlich unerwartet, aber keineswegs unüberlegt: «Wo liegt eigentlich Großmutter begraben?»

Ich sagte ihr, dass das Grab ihrer Großeltern auf dem Kirchenfriedhof in Kópasker liege, und riet ihr, es eines Tages zu besuchen.

«Es kann dort unvergleichlich schön sein», sagte ich ihr. «Der Himmel», fügte ich hinzu, verlor aber nach ein paar Sekunden den Faden. «Der Himmel ist nicht überall gleich.»

Als sie gegangen war, erinnerte ich mich daran, wie erleichtert ich gewesen war, als ich mich einen Tag nach Mutters Begräbnis von Jorunn und Vater verabschiedet hatte. Jorunn hatte Helga auf dem Arm getragen und dem Boot nachgewinkt. Ich hatte zurückgewinkt. Ich hätte nicht im Traum daran gedacht, zwei Wochen später nach Kópasker zurückzukehren.

Heute habe ich mit Anthony telefoniert. Zuerst war er niedergeschlagen, wurde dann aber fröhlicher. Irgendwo in der Ferne hörte ich Gehämmer; er sagte, das seien die Tischler, die den letzten Türrahmen im Ostflügel montierten und die Fensterläden im Esszimmer reparierten. Nachdem wir uns gegenseitig das Wetter beschrieben hatten, erwähnte ich auch, dass ich während einer Rundfahrt mit dem Taxi durch die Stadt an Atli Bollasons Haus vorbeigekommen war. Es war ein schönes Haus auf einem Hügel neben der katholischen Kirche, mit Blumentöpfen neben dem Eingang, in denen Stiefmütterchen wuchsen, die alle ihre Köpfchen zum Licht gedreht hatten. Ich erzählte ihm, dass wir eigentlich rein zufällig daran vorbeigefahren waren, weil einige Straßen wegen Pflasterarbeiten gesperrt worden waren und ich sehen wollte, ob die Jungen immer noch wie früher auf dem Kirchenrasen Fußball spielten. Ein schönes Haus, sagte ich, aber die Eigentümer sind nirgends zu sehen. Ich fügte auch hinzu, dass ich erstaunt darüber sei, auf der zweiten Seite der Morgenzeitung Atlis Bild entdeckt zu haben. «Er hat sich verändert», sagte ich und lachte, «eine Glatze hat er bekommen und ist furchtbar schwabbelig geworden.» Während ich Anthony dieses Bild beschrieb, fing ich so laut zu lachen an, dass ich einen Hustenanfall bekam und den Hörer beiseite legen musste, um mir ein Taschentuch zu holen und mich wieder zu beruhigen.

«Alles in Ordnung, Disa?», fragte er, als ich wieder sprechen konnte.

«Alles in Ordnung», antwortete ich.

Die Abschlussfeier wird morgen um zwei Uhr im Lichtspielsaal der Universität stattfinden. Atli Bollason weiß nichts davon, wie er ja nie irgendetwas gewusst hat. Ich werde das blaue Kleid tragen, das ich mir vor meiner Abreise gekauft habe, denn die meisten meiner alten Kleider sind mir jetzt zu groß. Es hat einen guten Schnitt und steht mir, schließlich hat Anthony mich seinerzeit beraten, als ich es anprobierte.

«Was wirst du ihm sagen?», fragte Anthony.

Ich sagte, dass ich es nicht wüsste, aber irgendetwas werde mir in den nächsten Stunden schon einfallen. «Oder wenn ich schlafe. Vielleicht träume ich ja zur Abwechslung mal etwas Gefühlvolles.»

Ich vermisse Anthony, zeige ihm gegenüber aber keine Schwäche. Ich vermisse ihn und Old Marshall, die Pappel vor meinem Schlafzimmerfenster und die liebe Tina, die ich heute Morgen im Halbschlaf bellen zu hören glaubte. Plötzlich habe ich das Gefühl, als würde sie um meine Beine streichen.

«Es geht mir gut», sagte ich. «Ich habe keine Angst.»

Jedenfalls behaupte ich das Anthony gegenüber. Aber in Wirklichkeit bin ich aufgeregt und zähle die Stunden. So sitze ich am Fenster und beobachte, wie die Sonnenstrahlen draußen den Platz erhellen; ein paar Sekunden später stehe ich hingegen wieder auf und beschließe ins Restaurant hinunterzugehen.

Ich setze mich an einen Tisch in der Ecke, trinke Tee mit Zitrone und knabbere an einem Stück Kuchen. Er schmeckt nach nichts, aber ich habe ohnehin keinen Appetit. Tick, tack, tick, tack. Die Uhr der Kathedrale gegenüber schaut mich mit der Arroganz dessen an, der von seiner Überlegenheit weiß. Tick, tack. Die Zeit vergeht.

Bestimmt sind seine Eltern in die Stadt gekommen, um bei seiner Abschlussfeier dabei zu sein. Ich bemerke gerade, dass ich ohne zu zögern «seine Eltern» geschrieben habe. Das gefällt mir. Ich erinnere mich daran, wie erleichtert ich war, nachdem ich sie getroffen hatte. Ich erinnere mich an die netten Augen der Mutter und die sympathische Bescheidenheit ihres hoch gewachsenen Gatten. Er war gerade an Land gekommen, hatte seinen besten Anzug angezogen und war sich noch einmal mit einem nassen Kamm durch die Haare gefahren, bevor sie losfuhren, um ihn abzuholen. Er hatte etwas abseits gestanden und mit seinen Fingern gespielt. Sein Anzug war ihm zu eng gewesen.

Tick, tack. Was soll ich ihm sagen? Nach all den Jahren. Habe ich denn überhaupt etwas zu sagen?

Ohne es zu bemerken, habe ich das Stück Kuchen aufgegessen.

Am Abend des 30. Dezember kehrte ich nach Reykjavík zurück. Die Reise mit dem Wasserflugzeug war glücklicherweise ohne Zwischenfälle verlaufen. Die Hausherrin holte mich ab; das hatte ich nicht erwartet. Sie wirkte entschlossen und hatte einen festen Blick, der mir vorher nie aufgefallen war. Ihre Umarmung war beruhigend. Ich hatte den Eindruck, dass mein Schicksal sie irgendwie gestärkt hat.

Die Weihnachtslichter waren noch da, und der Piniengeruch strömte uns entgegen, als Maria die Haustür öffnete. Dr. Bolli arbeitete in seinem Büro, kam aber sofort heraus, als er uns hörte. Trotz meiner Einwände bestand er darauf, meinen Koffer selbst zu tragen. Obwohl dieser eigentlich nicht schwer war, musste er ihn auf dem Weg nach oben zweimal absetzen, um sich auszuruhen. Das zweite Mal griff er aus Versehen nach einer roten Glühbirne der Weihnachtsbeleuchtung, die sich mit ein paar Tannenzweigen verziert um das Treppengeländer schlang. Er zuckte vor Schmerz zusammen und blieb stehen. Ich fragte, ob ich ihm ein kaltes Tuch für seinen Finger holen sollte, doch das lehnte er ab. Ich erinnere mich noch, wie er sagte: «Es geht vorbei, Asdis. Alles geht vorbei.»

Der Sohn des Hauses war nirgends zu sehen, und niemand erwähnte ihn. Ich hätte gar nicht an ihn gedacht, wenn ich nicht seine Gummistiefel neben der Kellertür gesehen hätte. Da ich sie nicht besonders dekorativ fand, schob ich sie in den Schrank.

Auf dem Weg nach Fjolugata fragte mich die Hausherrin, ob ich mir die nächsten paar Tage frei nehmen wolle, aber ich sagte ihr, dass ich mich wirklich darauf freute, wieder in der Küche zu stehen, und erklärte:

«Dort habe ich wenigstens das Gefühl, für etwas verantwortlich zu sein.»

Die Nacht über schlief ich tief und fest und erwachte schon früh am Neujahrsmorgen. Zum Abendessen waren achtzehn Personen geladen, darum verlor ich keine Zeit und begann mit den Vorbereitungen. Im Osten war der erste Schimmer des Morgengrauens zu sehen, und die Sterne verblassten langsam, während vor dem Küchenfenster zwei Drosseln vorbeihüpften, die leichte Fußabdrücke hinterließen. Es war seltsam, aber wenn mein Blick ihren Spuren folgte, hatte ich das Gefühl, ja die Gewissheit, dass noch eine andere Welt existierte, eine Welt, von der ich nichts wusste, von der ich nicht die geringste Ahnung hatte. Nur für den Bruchteil einer Sekunde ergriff mich dieses Gefühl, dann verließ es mich wieder. Danach fühlte ich mich benommen und kam erst wieder zu mir, als ich in den Spiegel über dem Ofen sah. Ich war erschüttert, denn ich erkannte mich nicht wieder. Diesen Gesichtsausdruck habe ich nie wieder an mir wahrgenommen. Achtzehn zum Abendessen eingeladene Gäste, geräucherter Lachs und Ente. Als die Hausherrin mir am Nachmittag ein Glas Portwein brachte, duftete es bereits in der Küche. Ich war es nicht gewöhnt, während des Kochens Alkohol zu trinken, doch in diesem Fall war ich nicht abgeneigt.

Die rotgoldenen Strahlen der Nachmittagssonne blendeten mich nicht, obwohl die Sonne schon tief über den Bäumen stand und ihre Strahlen wie die Blicke neugieriger Passanten direkt in die Küche warf. Das Zwitschern der Drosseln war ebenfalls ermutigend, und mit der Abenddämmerung kehrte Ruhe ein. Ich seufzte erleichtert. Vielleicht würde es mir gelingen, mal an etwas anderes als an meine Reise in den Norden zu denken. Vielleicht fand ich für eine kurze Zeit Frieden.

Später hörte ich Atlis Stimme im Vorzimmer. Er sprach sehr laut. Ich hörte, wie sein Vater sagte, dass er sich bis zum Abendessen hinlegen solle.

«Einige seiner Gäste kommen erst um Mitternacht», sagte mir die Hausherrin. «Um auf das Neujahr anzustoßen. Wir hingegen werden nach dem Abendessen zu meinem Schwager gehen – Karten spielen.»

Um fünf Uhr nahm ich ein Bad, zog mich um und machte meine Haare zurecht. Dann stand ich am Fenster meines Zimmers und dachte über die Spuren der Drosseln im Schnee nach. Im blassen Licht der Straßenlaterne schienen sie endlos weit zu führen.

Nach dem Essen lud die Hausherrin mich zu einem Kartenspiel bei ihrem Schwager ein. Ich hatte nichts anderes vor, und da ich mich in der Gesellschaft von Gisli und seiner Frau Margret wohl fühlte, nahm ich das Angebot dankend an. Der Sohn des Hauses wartete alleine zu Hause auf seine Gäste. An diesem Abend benahm er sich eigenartig, wenn auch nicht mehr als sonst. Ich ignorierte ihn, empfand seinen starren Blick aber als unangenehm. Er fühlte sich ein bisschen als Außenseiter, als wir uns an den Tisch gesetzt hatten, wurde aber im Laufe des Abends und bei zunehmender Wirkung des Whiskys fröhlicher. Es war nicht zu übersehen, wie sehr die Feiern der letzten Tage ihn beansprucht hatten. Sein Vater musste ihn während des Essens zweimal zum Schweigen bringen, doch da ich zu der Zeit in der Küche stand, bekam ich die Auseinandersetzungen nicht mit. Sie zeigten die gewünschte Wirkung, dennoch blieb ein unsichtbares Grinsen auf dem Gesicht des Sohnes zurück. Man sollte vielleicht betonen, dass diese Auseinandersetzungen selten waren und nicht die Partystimmung der Gäste verdarben, die ehrlich, nicht aus Höflichkeit das Essen lobten.

Es war bereits nach zehn, als wir zu unserem Besuch bei Gisli Haraldsson und seiner Frau Margret aufbrachen. Ich wurde herzlich empfangen, und die Hausherrin nannte mich an diesem Abend sogar ihre Pflegetochter. Sie nahm bald am Klavier Platz. Es waren mehr Leute da, als ich erwartet hatte, doch das störte mich nicht weiter. Um Mitternacht stießen wir mit Champagner an und sangen «Auld Lang Syne».

«Willst du nicht in Kópasker anrufen», fragte die Hausherrin, «und deinem Vater ein schönes neues Jahr wünschen?»

«Um diese Zeit ist das Fernmeldeamt geschlossen», erwiderte ich.

«Oh, wie dumm von mir, Disa, wie dumm von mir.»

Wir Frauen spielten Whist, während die Männer mit Brandy und Zigaretten in einem anderen Raum saßen. Es gab viel zu lachen. Die Hausherrin war besonders guter Laune und nannte alle «Schätzchen».

Um zwei Uhr war ich müde, stand auf und wünschte allen eine gute Nacht. «Wir kommen bald nach», sagte die Hausherrin.

Auf dem Weg nach Fjolugata sah ich ein paar einsame Feuerwerkskugeln in den Himmel steigen und sich in Nichts auflösen, sonst war alles ruhig. Ich ging zur Hintertür herein, schlüpfte aus meinem Mantel und holte mir vor dem Zubettgehen noch ein Glas Milch aus der Küche. Der Sohn des Hauses hatte immer noch Gäste. Stimmen drangen leise aus dem Salon zu mir. Hallur Steinssons Stimme erkannte ich auf Anhieb, obwohl sie nicht lauter als die anderen war. Er war offensichtlich sehr erregt, und ich ging instinktiv zur Tür, um besser zuhören zu können.

«Ich werde diesen Bericht veröffentlichen. Niemand kann es mir verbieten.»

«Willst du hinter Gitter kommen? Wie lange, denkst du, wird es dauern, bis die Briten dich schnappen?»

«Was können die mir denn antun? Wer hat sie gebeten, nach Island zu kommen? Nein, ich werde Atlis Bericht veröffentlichen. Was auch immer gesagt wird. Selbst wenn der Alte sich dagegen sträubt.»

«Willst du auch ins Gefängnis kommen, Atli?»

Stille.

«Atli?»

«Ich?»

«Willst du auch ins Gefängnis kommen?»

«Du weißt ja gar nicht, was ich geschrieben habe.»

«Dann lies es uns doch vor.»

«Jetzt?»

«Ja, jetzt.»

«Hallur ...»

«Atli, trau dich nur. Du bist unter Freunden.»

Atli öffnete die Tür zum Vorzimmer. Ich verschwand rasch in die Küche. Er ging in den Keller und erschien kurz darauf mit einem Stapel Papier in der Hand.

«Er ist sogar in Thingvellir gewesen, um sich inspirieren zu lassen», sagte Hallur Steinsson, als Atli wieder da war. «Ich werde es veröffentlichen, niemand wird mich daran hindern. Und wenn es das Letzte ist, was ich machen werde! Das Letzte!»

«Lies es vor, Atli.»

Vier Stimmen. Atli, Hallur und zwei andere, die ich nicht wiedererkenne. Ich bin mir sicher, dass es nur vier waren.

«Ich werde etwas von Bjorns und meiner Reise nach Dachau vorlesen.»

«Bjorn wollte danach in Deutschland bleiben.»

«Hatte ich eine andere Wahl, Hallur? Hatte ich die Wahl?»

«Jetzt reg dich nicht so auf. Wir wissen, dass dein Vater dich gezwungen hat, nach Hause zu kommen. Reg dich nicht auf. Lies es einfach vor.»

Er las langsam und deutlich. Ich war verblüfft, aber er wirkte keineswegs besoffen. Die anderen waren ruhig. Ich trat noch näher an die Tür.

«Als wir nach Dachau kamen, schien die Sonne», fing er an.

«Herr Himmler hatte für uns von Tempelhof aus ein Flugzeug organisiert, und nach mehr als einer Stunde Flug erreichten wir Bayern. Ich habe noch nie einen Mann gesehen, der seinen täglichen Geschäften so voller Energie nachgeht wie Herr Himmler. Er lachte immer und verstand sich mit jedem gut. An Island hat er ein offensichtliches Interesse, er hält viel von Bjorns Vater und dem Ministerpräsidenten. Er erwähnte, wie beeindruckt er und der Führer von unserer Geschichte und Kultur seien, und nannte uns die einzig wahre nordische Rasse, die übrig

geblieben sei. Er ist sehr ausgeglichen und hat sich fest vorgenommen, alle gerecht zu behandeln …
Das Eingangstor zum Gefängnisgelände war groß, mit einer Art Wachturm zu jeder Seite, meiner Schätzung nach drei- bis viermal größer als ein Mensch. Oben war jeweils eine mit Gittern umzäunte Plattform, auf der zwei Soldaten mit Maschinengewehren und Lautsprechern saßen. Innerhalb des Zaunes bewegten sich die Gefangenen und waren anscheinend mit irgendwelchen Aufträgen beschäftigt. Außerhalb des Geländes lagen Wiesen und Kohlbeete. Auch vereinzelte Baumgruppen und ein einsames Blumenbeet waren zu sehen. Irgendwo war ein kleiner Teich mit Enten, kleinen Fischen und Elritzen … Einige Sträflinge kamen aus normalen Gefängnissen und waren hier in Dachau, um sich fortzubilden. Es gab eine Schuhfabrik und eine Weberei, eine Tischlerei und eine Sägehalle. Die Häftlinge, die sich gut benahmen, durften Andenken für Freunde und Verwandte machen …
So oft ich dort hinkam, fiel mir der einzigartige Sinn für Ordnung auf, der die Deutschen auszeichnet. Kurz gesagt: Das Gefängnis glich einem kleinen Königreich. Es war gut organisiert und spiegelte im Kleinen die draußen herrschende Betriebsamkeit wider. Ich sah dort viele grausame Gestalten und bewunderte die Toleranz, mit der man sie behandelte. Kommandant Gerlach gegenüber erwähnte ich, dass manche von ihnen aussahen, als könnten sie keiner Fliege etwas zu Leide tun, selbst wenn man sie wie den heiligen Laurentius auf einem Spieß geröstet hätte. Er hatte gelacht, denn er wusste, was ich meinte. ‹Welches Verbrechen hast du begangen?›, fragte ich einen. ‹Ich habe meine Frau umgebracht›, antwortete er. ‹Und?›, half Gerlach nach. ‹Und meine Mutter, meinen Vater und meinen Bruder …›»

Hallur Steinsson brach in lautes Gelächter aus. Die anderen fielen mit ein.

«Es sah nicht so aus, als würde einer von ihnen besonders schlecht behandelt werden. ‹Manchmal muss man Dinge tun, die einem unangenehm erscheinen›, bemerkte ich Bjorn gegenüber, und er stimmte zu. Wir haben einige Zeit damit verbracht, das Ereignis vom 9. November 1938, die Reichskristallnacht, mit Herrn Himmler zu besprechen, denn dafür interessierte Bjorn sich besonders. Nach längerem Nachdenken gab Bjorn uns Recht, dass es unvermeidlich gewesen war, nachdem der Jude Herschel Grynszpan den deutschen Diplomaten Ernst Eduard vom Rath in Paris ermordet hatte. Er versprach auch seinem Vater, dem Botschafter Björnsson, das mitzuteilen. In diesem Zusammenhang hob ich hervor, dass die ersten Sterilisationsgesetze aus Island stammten. Herr Himmler war fasziniert, als ich auf das von Gragas verfasste, mittelalterliche Gesetzbuch anspielte, in dem es heißt: ‹Die Kastration von Landstreichern darf nicht gesetzlich bestraft werden, auch wenn sie dabei zu Krüppeln werden oder sterben.› Er fand es so bemerkenswert, dass er mich zwei Mal bat, es zu wiederholen, damit er es sich notieren konnte. Er bemerkte auch, dass die Menschen uns früher zum Teil weit voraus waren. Als wir gehen wollten, sagte er, dass ihm Bjorns und meine Unterstützung viel bedeutete. Er bat mich außerdem, die Nachricht des Außenministers an die isländische Regierung nicht zu vergessen, die lautete, den Engländern gegenüber nicht zu duldsam zu sein.

‹Weil wir die Isländer mögen›, sagte er, ‹wollen wir nicht, dass ihnen etwas zustößt.›

Ich habe versprochen, wenn ich nach Hause komme, als Erstes diese Nachricht zu überbringen.

Wir waren beide stolz, uns mit ihm getroffen zu haben.»

«Es ist wichtig, dass das erwähnt wird», sagte Hallur Steinsson. «Sehr wichtig sogar. Nun weiter! Lies deine Reise nach Buchenwald vor.»

Langsam ging ich die Treppe hinauf.

Du musst es erraten haben, flüsterte eine Stimme in der Nacht. «Wir wissen, was los ist», sagte er zu mir. «Du und ich, Asdis.»

Seine Hände bewegten sich unter meiner Bluse, und meine Beine gingen auseinander. Eine feuchte Zunge glitt über meinen Hals und meine Brüste. Schnell, gierig, atemlos.

Blumenbeete schimmerten blau im Abendlicht. Enten schwammen auf dem Teich. «Manchmal muss man eben Dinge tun, die einem unangenehm sind.»

Er hat dich zu nichts gezwungen, keine Gewalt gebraucht, er hat dir niemals Angst gemacht. Du hast dich hingelegt, hast nicht gesagt: «Das will ich nicht.» Du bist nicht weggelaufen. Du weißt, dass es dir nicht missfallen hat …

Verschone mich, sage ich, lass mich in Frieden! Lass mich hier in der Ecke versteckt sein, lass mich meine Hand ausstrecken und mit meinen Fingerspitzen Wärme fühlen, weiche Hände, die mich wegführen. Wegführen von mir selbst.

Um fünf Uhr ging ich nach unten. Im Salon standen noch immer die Gläser und halb leeren Weinflaschen auf dem Tisch. Zigarettenrauch hing in der Luft. Mir schien, als würde ich das Echo seiner Stimme in der Dunkelheit hören: «Als wir nach Dachau kamen, schien die Sonne …»

Im fahlen Licht der Straßenlaterne sah ich ein Bündel Papiere auf dem Esszimmertisch. Weiße Papiere, unordentlich übereinander geworfen, direkt neben der Whiskyflasche. Ehe ich es mich versah, hielt ich sie in meinen Händen. Ehe ich es mich versah, hatte ich sie zusammen mit den Kleidern und anderen persönlichen Sachen in meinen alten Koffer gepackt.

Um sieben Uhr lief ich in den ruhigen Neujahrsmorgen hinaus.

Ich glaube, die Kellnerin war mir für den Ratschlag von heute Morgen dankbar. Natürlich war sie zuerst etwas betroffen, doch dann begriff sie, dass ich ihr nur helfen wollte.

Bestimmt dachte sie, dass ich Engländerin bin, denn kurz nachdem ich Platz genommen hatte, war ich mit einem Ehepaar am Nebentisch ins Gespräch gekommen. Sie stammten aus Hastings und wollten sich in den nächsten zehn Tagen das Land anschauen. Sie hießen Brooks oder Bracken oder so. Während des Krieges, so sagte er, hatten sie in Island gewohnt.

«Skyr.» Er sprach den Namen des isländischen Joghurtherstellers überdeutlich aus, wie um mir zu beweisen, dass sie Island wirklich kannten. Wir redeten über alltägliche Dinge, bis die Kellnerin an meinen Tisch trat.

«Wollen Sie Frühstück?», fragte sie mich.

Diese plumpe Anrede wählte sie bestimmt nur aus Unwissenheit, denn eigentlich war sie recht freundlich. Ich bedeutete ihr näher zu kommen, damit die anderen nicht hören konnten, was ich ihr zu sagen hatte.

«Ich bin Isländerin», sagte ich, «aber gegenüber Engländern sollten Sie lieber sagen: ‹Möchten Sie ein Frühstück, Madam?›, oder: ‹Würden Sie gern die Frühstückskarte sehen, Madam?›»

Da wir schon einmal dabei waren, sprach ich gleich noch andere Punkte an, die mir verbesserungswürdig schienen. Zum Beispiel wäre es angemessen, den Fruchtsaft, Tee oder Kaffee separat vor dem Essen zu servieren. Außerdem riet ich ihr zu einer langsameren Gangart, obwohl ich natürlich wusste, dass sie es gut meinte, wenn sie von einem Tisch zum nächsten eilte.

«Sie könnten dabei die Gäste stören», flüsterte ich ihr zu.

Ich glaube, sie hatte aufgepasst und versuchte sich die Ratschläge zu merken. Wenigstens war sie während des restlichen Frühstücks nicht mehr so in Eile und brachte mir sofort nach unserer kurzen Unterredung einen Kaffee und ein Glas Orangensaft. Bevor ich aufstand, gab ich ihr noch einen Zettel, auf dem ich den Titel eines Ratgebers notiert hatte, der ihr hilfreich sein könnte: *500 nützliche Sätze für Kellner und Kellnerinnen* von William P. F. Forsythe, dem Oberkellner des Connaught Hotels in London. Natürlich würde ich keinem unserer Angestellten in Ditton Hall dieses Buch empfehlen, denn eine gepflegte Sprache und gute Manieren sind bei uns Voraussetzung. Für Ausländer hingegen kann er sehr wertvoll sein.

Sie errötete leicht, als ich ihr den Zettel zusteckte, dankte mir gleichwohl. Später sollte sie versuchen, so riet ich ihr, an ein Exemplar von Roberts *Anleitungen für Butler und Haushaltsangestellte* heranzukommen, so schwer das auch sei.

«Lassen Sie sich vom Titel nicht abschrecken», riet ich ihr, «denn es gibt doch viele Dinge, die immer noch ihre Gültigkeit haben, auch wenn das Buch schon 1827 in Boston veröffentlicht worden ist.»

Ich war froh, diesem Mädchen ein paar Ratschläge erteilen zu können.

Ein grauer Wolkenschleier über dem Hügel wurde durch den kalten Januarwind in meine Richtung getragen. Ich fror am Fenster und griff nach meinem Pullover, der auf dem Stuhl lag, und zog ihn über meinen dünnen Morgenrock. Als ich wieder aufschaute, war die Wolke nicht mehr zu sehen, und der Wind trieb unzählige Schneeflocken in verschiedene

Richtungen. Einen Moment später klammerten sie sich aneinander, als ob ihr Leben davon abhinge, dann entschwanden sie meinem Blick hinter dem Hügel.

Der Arzt trat aus dem Zimmer.

Alles war grau, grauer Boden und Wände, grauer Himmel, die Weihnachtslichter brannten schwächer. Ich wohnte nun schon seit einer Woche bei Mrs. Olsen. Als ich an jenem Neujahrsmorgen an ihre Tür geklopft hatte, da empfing sie mich netter, als ich es verdient hatte. Ohne Fragen zu stellen, bestand sie darauf, mich zu einem Arzt zu schicken, als die Brechanfälle auch nach mehreren Tagen nicht nachließen. Durch das Fenster erblickte ich das Hausdach von Fjolugata Nr. 56.

Der Arzt lächelte.

«Asdis», sagte er, «ich glaube, es ist an der Zeit, dir zu gratulieren.»

In den Gängen des Hauses flüstert mir mein Gedächtnis immer noch diese Worte zu. Bei einem Nachmittagsspaziergang, wenn ich eine Pause mache, um mich auszuruhen und die Stille zu genießen, höre ich sie zwischen den stillen kalten Steinwänden. «Gratuliere. Ich glaube, es ist an der Zeit, dir zu gratulieren, Asdis.» Ich zucke zusammen, als eine seltsame Stimme hinzufügt: «Du trägst das Kind eines Henkers.»

Ich weiß noch, wie der Arzt zu mir eilte, als ich niedersank. Ich hörte ihn rufen: «Kristin, komm sofort her! Kristin!»

Zwei Tage später fuhr ich zu Vater nach Kópasker.

Monate, die ich gern vergessen würde.

Das Licht auf meinem Nachttisch brannte Tag und Nacht, schwach und rötlich, und der Wind heulte vor dem Fenster. Als der Frühling einzog, hörte ich draußen den Bach plätschern. Nichts störte sein Lied, nur das Knacken der Stufen, wenn Vater nach mir sah oder das Hausmädchen mir etwas zu essen brachte. Sie war schon, seit ich ein Kind war, bei uns, doch selbst ihr nahm Vater einen Schwur des Schweigens ab.

«Ich werde dir helfen», hatte er gesagt, als ich ankam, «aber du musst dieses Kind zur Welt bringen.»

«Das kann ich nicht, Vater», erwiderte ich. «Ich kann dieses Kind unmöglich zur Welt bringen.»

Er ließ sich nicht erweichen. «Ich werde dafür sorgen, dass das Kind in gute Hände kommt. Aber du musst es zur Welt bringen.»

Unten im Wohnzimmer setzte die Uhr ihren vergeblichen Wettlauf mit der Zeit fort; mit jedem Tag, so war mein Eindruck, fiel die Uhr weiter zurück, oft hörte ich über Stunden hinweg keinen Schlag mehr. Ich glaubte ernstlich, dass das Pendel am Nachmittag wohl eine Pause einlegte, aber das war natürlich eine Täuschung meiner Einbildung. Schwache, müde Glockenschläge.

In den ersten Monaten lief ich tagsüber im Haus umher, ging von einem Stuhl zum anderen und lauschte nur der Stille. Manchmal saß ich bei Vater in der Praxis und sah ihm zu, wie er Medikamente zubereitete oder Berichte schrieb, die er nach Reykjavík schickte. An den Abenden brachte er mich oft dazu, Karten mit ihm zu spielen, dann saßen wir im Esszimmer mit Blick auf das Meer. Was mich jedoch beunruhigte, war, dass ich von Zeit zu Zeit in der Dämmerung ein Boot zu sehen glaubte, das von den Wellen verschluckt wurde. Ich stand dann immer auf, ging zum Fenster und vergaß, mich wieder hinzusetzen. Ich wusste, dass die Phantasie mit mir durchging, doch auch das beruhigte mich nicht. Mir schien, als sähe ich einen einsamen Mann in diesem Boot sitzen.

In jener Zeit verließ ich das Haus nie vor Einbruch der Dunkelheit. Ich ging selten weit und mied den Strand, denn ich hatte Angst, die Wellen könnten wirklich das an Land spülen, was mir die Einbildungskraft vorgegaukelt hatte. Lieber suchte ich mit den Augen den Himmel ab, spähte nach Mond und Sternen. Ich jubelte innerlich, als das Nordlicht sich wie die Schwingen des Allmächtigen über dem Land ausbreitete. Da dachte ich, dass es wohl das Beste wäre, mich von ihnen forttragen zu lassen. Zu verschwinden. Mit der dünnen Luft zu verschmelzen. Am Ende bereiteten diese abendlichen Spaziergänge mir mehr Angst, als dass sie meine Gesundheit gestärkt hätten. Vater zwang mich, in Bewegung zu bleiben, aber ich war mir sicher, dass das Haus überwacht wurde.

«Wer um alles in der Welt sollte das tun?», fragte er.

Ich wusste es nicht.

Und ich weiß es immer noch nicht, denn während dieser Monate war ich ein anderes Wesen, von dem ich nur hoffen kann, dass es nie wieder Besitz von mir ergreifen wird. Das war nicht ich, die in einer kalten Aprilnacht hinauslief, nur mit einem Nachthemd bekleidet. Aber ich erinnere mich noch gut an das blaue Mondlicht, das mich über dem Flussbett und entlang des frostigen Sumpflandes in Richtung der Felsen begleitete. Ich glaube nicht, dass mir auf dem Weg nach oben, wo der Sumpf endet, kalt geworden war. Plötzlich hatte ich das Gefühl, mich an einen Mondstrahl lehnen zu können, wenn ich müde war.

Die Quelle zwischen den Felsen war noch vereist, aber ich fand sofort den Zufluchtsort meiner Kindheit wieder, zwischen zwei hübschen Grasbüscheln. Als ich mich auf den Rücken legte, fiel mir auf, wie unglaublich nah die Sterne wirkten. Sie sahen aus wie Augen, denen man trauen konnte. Alles wird gut, glaubte ich sie sagen zu hören, hab keine Angst. Genau wie in meiner Kindheit. Ich schloss die Augen, und als ich sie wieder öffnete, lag ich in meinem Bett, im roten Schein der Nachttischlampe. Ich hörte, wie das Hausmädchen meinen Vater herbeirief:

«Sie ist aufgewacht! Dr. Jon, sie hat die Augen geöffnet!»

Vater hatte spät abends noch einen Blick in mein Zimmer geworfen und bemerkt, dass ich fort war. Dieser Umstand rettete mir das Leben, denn er wusste sofort, wohin ich gegangen war. Rettete mein Leben und das meines Sohnes.

Nein, nicht ich lag bewusstlos mit einer Lungenentzündung im Bett, weil ich kurz zuvor einen tödlichen Spaziergang in die kalte Nacht hinaus gemacht hatte, nicht ich war diesen Sommer wie ein Gespenst im Haus herumgegeistert und hatte jegliches Gefühl für Zeit verloren und sogar die Schläge der Uhr nicht mehr gehört. Wer es war, weiß ich nicht. Doch ich war es nicht.

Erst zwei Wochen später, an einem herrlichen Morgen Anfang September, als eine sanfte Brise die Vorhänge bewegte und meine Stirn streichelte, kam ich langsam wieder zu mir. Vielleicht sollte ich besser sagen, dass ich so unerwartet aus meinem Dornröschenschlaf erwachte, dass ich laut aufschrie. Ich erinnere mich, dass ich einen Augenblick Angst hatte, denn ich glaubte den Schrei meiner Mutter bei Bjorks Geburt zu hören. Einen Moment lang dachte ich, dass sie es sei und nicht ich, die hier im Bett lag, über das sich Vater und das Hausmädchen beugten. Und dennoch war ich ruhig. Zum ersten Mal, seit ich wieder zu Hause war.

Ich hatte keine Schmerzen, es war mehr so, als würden die Qualen, die mich so lange Zeit belastet hatten, von mir abfallen. Als er geboren war, fühlte ich mich wie von einem Zauber erlöst. Die Uhr schlug zwölf Uhr Mittag. Vater legte ihn mir schreiend in die Arme, sein Herz klopfte, und sein Schrei verlor sich aus dem Fenster in die klare Herbstluft. Es war das schönste Lied, das ich hier jemals gehört hatte.

Auf dem Bild sind meine Wange und mein Arm zu erkennen. Ich habe ihn gerade gestillt, und nun schmiegt er sich an mich. Ich schaue hinunter zu seinem Gesicht. Im Hintergrund erkennt man das Klavier meiner Mutter.

Ich hatte Vater erst gebeten, keine Fotos zu machen, aber am Ende ließ ich mich doch überreden. Er brauchte recht lange, um die Aufnahme vorzubereiten, und bewegte sich dabei langsamer als sonst. Diese Zeremonie schien für ihn von größter Wichtigkeit zu sein.

Einmal glaubte ich schon, mein Foto verloren zu haben. Wie so oft erwachte ich mitten in der Nacht, schaltete das Licht über meinem Bett an, öffnete die Schublade meines Nachtkästchens und wollte es herausnehmen. Normalerweise habe ich tagsüber das Bild immer bei mir, entweder in dem Umschlag eines alten isländischen Kochbuches oder in meiner Tasche, wenn ich ausgehe. Vor dem Schlafengehen lege ich es dann in mein Nachtkästchen.

Diese Nacht konnten meine Finger jedoch nichts ertasten. Ich sprang aus dem Bett und wühlte in meiner Tasche, bevor ich in die Küche hinunterrannte, das Licht anmachte und erst in meinem alten isländischen Kochbuch, dann in allen anderen Büchern im Regal neben dem Herd nachschaute.

Ich konnte mein Foto nirgends finden.

Ich war so verzweifelt, dass ich schließlich Anthony weckte. Zuerst erschrak er, doch dann stand er rasch auf, um mir zu helfen. Wir suchten überall, doch erst als die Dämmerung anbrach, fanden wir das Bild hinter meinem Nachttisch.

Später gingen Anthony und ich ins Dorf, um Kopien davon anfertigen zu lassen. Fünf Kopien, alle in der gleichen Größe. Bis ich sie endlich abholen konnte, saß ich wie auf glühenden Kohlen und schärfte dem Ehepaar, das den Laden führte, immer wieder ein, dass das Original keinen Schaden nehmen dürfe. Ich denke, sie waren daher auch vorsichtiger als sonst.

Zwei Kopien nahm ich mit nach Island, eine trug ich in meiner Tasche, die andere lehnte ich an die Nachttischlampe in meinem Zimmer.

Er schmiegt sich an mich, und ich schaue hinunter in sein Gesicht. Heute um zwei Uhr ist seine Abschlussfeier.

Wir hatten Glück, dass das Haus des Arztes außerhalb des Dorfes lag. Zusammen mit seinem Freund, dem Bezirksrichter, sorgte Vater dafür, dass niemand außer den unmittelbar Beteiligten etwas von der Geburt oder den nachträglichen Vereinbarungen erfuhr.

An jenem Morgen betrachtete ich noch die Gänse, die in einer V-Formation über die Heufelder flogen, doch nun war der Himmel so rot wie die Blätter an den Birkensträuchern beim Tor oder wie der Kies auf den Stufen zur Haustür. Dieses Gestein, das aus früheren Vulkanausbrüchen stammte, knirschte leicht unter ihren Füßen, als die Eheleute mit langsamen Schritten näher kamen. Das Hausmädchen hatte heiße Schokolade gemacht, die wir schweigend tranken. Die Frau saß Vater gegenüber, ihr Mann stand hinter ihr. Plötzlich wurde es kalt im Wohnzimmer, und ich erhob mich, um das Fenster zu schließen. Dann ging ich nach oben.

Kurz bevor sie eintrafen, hatte ich ihn gestillt, und nun schlief er mit dem Schimmer des verblassenden Himmels in seinem Gesicht. Seine Sachen standen schon fertig gepackt in einem Koffer neben der Wiege; ich öffnete ihn noch einmal, um sicherzugehen, dass ich nichts vergessen hatte. Dann setzte ich mich neben die Wiege und wartete auf ein Zeichen von Vater.

Sie lächelte sogleich, als ich ihn hinunterbrachte. Ihr Mann kam einen Schritt näher, hielt sich aber zurück und blieb stehen. Schüchtern senkte er den Kopf und zupfte an seinem Ärmel. Mir fiel auf, dass sein Anzug zu eng war.

«Er», setzte ich an, verstummte aber sogleich wieder. «Er mag es, wenn man ihn am Kopf streichelt», sagte ich schließlich. «Dann beruhigt er sich», fügte ich hinzu. «Ich meine, falls er mal aufgeregt sein sollte …»

Ich drückte ihn ein letztes Mal an mich und atmete seinen Babygeruch ein. Ich zitterte am ganzen Körper. Als ich ihn abgab, schlief er immer noch.

Sie gingen nach draußen, und wieder knirschte der Lavakies unter ihren Füßen. Ich stand am Wohnzimmerfenster und blickte ihnen nach, wie sie in der Dämmerung verschwanden. In der Ferne hörte man das Schnattern der Gänse, die zu ihrem Schlafplatz zogen.

Während ich in Kópasker blieb, schrieb Anthony mir mindestens einmal im Monat. Manchmal beantwortete ich seine Briefe selbst, aber meistens musste ich Vater darum bitten. Ich las die Antwortschreiben, bevor er sie losschickte, und die meisten unterschrieb ich. Später fand ich heraus, dass sie sich aber auch Briefe schrieben, die ich nie zu sehen bekam, Briefe, in denen sie sich ganz offen über meine Verfassung austauschten.

Als es mir im Mai wieder besser ging, fing Anthony an, mir von Ditton Hall zu erzählen. «Ich weiß nicht, was ich mit dem Familiensitz machen soll», schrieb er. «Das Haus steht leer, Erinnerungen sind damit verbunden, von denen man einige besser vergessen sollte. Mir kam die Idee, dass es möglich sein müsste, Ditton Hall in ein Sommerhotel umzuwandeln.

Und da habe ich an dich gedacht …»

In der Folge hatten alle seine Briefe diesen Tenor.

«Als ich noch ein Junge war», schrieb er einmal, «lebte meine Tante Hilary mit ihren Katzen dort. Sie war ein alter Drachen mit einer dünnen, langen Nase, der immerzu geschimpft hat. ‹Anthony, renn nicht so auf den Treppen herum! Anthony, du machst den Katzen Angst!› Wenn sie nicht hinsah, packte ich die Gelegenheit am Schopf und bespritzte die verdammten Viecher mit Wasser, vor allem im Sommer, wenn sie auf Vogeljagd gingen. Ich nannte sie eine Hexe, und Mutter schimpfte mich dafür … Ich sag dir, Disa. Ditton Hall … Ein Landhaus in wunderschöner Lage. Wer weiß, vielleicht würde dir ein Tapetenwechsel gut tun, jetzt, wo alles vorbei ist …»

Er und Vater hatten angefangen, sich hinter meinem Rücken zu verbünden.

«Das Fensterglas im Wintergarten muss ersetzt werden», schrieb Anthony ein anderes Mal, «aber der Ausblick ist unvergleichlich. Am Morgen liegen oft Nebelschwaden über den Feldern, dann ist es schön, mit einer heißen Tasse Tee im Wintergarten zu sitzen und auf den Sonnenaufgang zu warten. Genauso schön ist es, bei der Dämmerung den Vögeln bei ihrem Abendlied zuzuhören. Oft fängt nur einer an, und alle anderen stimmen dann mit ein, bis ihre Stimmen bei zunehmender Dunkelheit leiser werden. Twiet, twiet. Katzen gibt es keine mehr …»

«Ich muss schon sagen», meinte Vater, «so eine vielfältige Vogelwelt. Das ist nicht schlecht …»

Mein lieber Vater. Er war so reizend. Warnte mich immer, wenn er einen Patienten erwartete. Zog mich für nichts zur Verantwortung, missbilligte nichts. Es verletzte ihn, als ich ihm sagte, dass Jorunn nicht von meiner Situation erfahren sollte, doch er widersprach nicht. Wie er es schaffte, dass auf keinem Dokument mein Name erschien, weiß ich nicht, aber natürlich setzte er damit seinen guten Ruf aufs Spiel. Er teilte den Eltern des Jungen (hier habe ich schon wieder ohne zu zögern «Eltern» geschrieben) mit, es bleibe ihnen überlassen, ob sie ihm, wenn er alt genug war, verraten wollten, dass er ein Adoptivkind sei, doch sie mussten meinem Vater versprechen, niemals meinen Namen zu erwähnen. Niemand, außer ihm, wusste, wer der leibliche Vater war.

Um mir zu beweisen, dass seine Ideen mit Ditton Hall keine leeren Versprechungen waren, fing Anthony an, seinen Briefen Werbebroschüren beizufügen, in denen Haushaltsgegenstände angepriesen wurden, die er zur Verwirklichung seiner Absichten für unentbehrlich hielt. So gut er das auch meinte, verriet er damit nur, dass er sich nicht auskannte. Ich hob die Werbematerialien aber mit seinen Briefen zusammen auf.

«Der moderne Gaskühler hat alles, was Sie brauchen, um schmackhaft zu kochen», hieß es da in einem Prospekt. Das Eisfach «Zero» von G. J. Worssam & Son Ltd. und die Eismaschine mit elektrischem Dampf-, Gas- oder Ölmotor waren noch verführerischer. Ich bat Anthony, mit der Anschaffung dieser und anderer Geräte zu warten. Insbesondere riet ich ihm von Bradford's Waschmaschine «Vowel» ab, die er für brandneu hielt. Doch wer in den letzten fünfundzwanzig Jahren jemals ein Haushaltswarengeschäft betreten hatte, der wusste, dass diese Waschmaschine längst überholt war.

«Zweifellos meint er es ernst, der gute Mann», sagte Vater, als er die Zettel prüfte, «Eismaschine, na, ich muss schon sagen …»

«Ich bin froh, dass Du Dich wieder besser fühlst», schrieb Anthony Ende September. «Meine Freunde beim Ministerium für Kriegstransport haben mir so halb versprochen, Dir eine Überfahrt nach England auf einem Frachtschiff zu ermöglichen. Sie haben ausdrücklich gesagt, dass das Segelschiff, mit dem Du nach Island übergesetzt bist – die *Bruarfoss* –, immer noch in Betrieb ist. Du weißt, dass die Reise gefährlich werden könnte …»

«Gefährlich», las Vater und runzelte die Stirn. «Hmh.»

Mitte November, als wir uns voneinander verabschiedeten, hatte ich das Gefühl, ihn nie mehr wiederzusehen. Ich glaube, er selbst empfand auch so. Dennoch war es ein Schock für mich, als ich erfuhr, dass er die ersten Kriegsjahre nicht überlebt hatte.

Es hatte zu regnen angefangen, und wir warteten an der Straße auf den Bus. Zuerst fielen nur vereinzelte Tropfen, dann ging ein heftiger Schauer nieder, der sich in den Bergen in Nebel verwandelte. Vater trug den weiten, grünen, wachsbeschichteten Regenmantel, den er auch anzog, wenn er Patienten besuchte. Heute nahm er mich mit unter diesen Mantel. Am Tag zuvor war er von seinem dritten Besuch in Raufarhofn bei dem Jungen zurückgekehrt.

Der Bus rollte über den Hügel, er war blau und seine Scheinwerfer blitzten im Nebel.

«Du musst dir keine Sorgen um ihn machen», sagte mein Vater. «Sie sorgen wirklich gut für den Jungen, und er sieht gesund und munter aus.»

Er blieb stehen, wo er war, als der Bus abfuhr. Ich beobachtete, wie er im Regen stand und immer kleiner wurde, bis ich seine Gestalt nicht mehr von den bemoosten Felsen an der Straße unterscheiden konnte.

Das Klingeln des Telefons hat mich aus dem Schlaf gerissen.

Mit einem Ruck richte ich mich im Bett auf. Ich höre mein Herz schlagen und den fernen Schrei einer Eule, sonst nichts. Der Schatten der Pappel zittert auf der Wand, drei Äste, von denen einer direkt zum Himmel zeigt. Es könnte Sommer sein, aber auch Winter; Heiligabend, mein Kopf, schwer vom Essen und vom Wein, ist voller Erinnerungen an das Kerzenlicht und das Glockengeläut im Dorf. Oder wir haben Frühling, und auf den Weiden bricht die Morgendämmerung herein. Vielleicht ist es auch Herbst, und Nebel steigt von der feuchten Erde auf.

Das Klingeln hat mich jäh überrascht, wie vor fünfzehn

Jahren, als er einen Unfall hatte. Damals hatte er auf der Mole gespielt, und ein Lastwagenfahrer hatte ihn übersehen.

«Er hat sich das Bein und ein paar Rippen gebrochen, und er hat blaue Flecken», hatte Dr. Bolli gesagt, «aber er ist schon wieder bei Bewusstsein.»

Es war Herbst, die Regentropfen verdunkelten das Fenster und legten einen grauen Schleier über den Bach und Old Marshalls Häuschen.

«Wird er es überleben?»

«Er wird überleben, aber die nächsten Monate werden schwierig sein.»

«Ich komme.»

Schweigen. Lange Stille.

«Sie sind beide da», sagte er schließlich. «Seine Eltern.»

«Seine Eltern.» Die Leute, die an seinem Bett Wache hielten, während er krank war, ihn seine ersten Schritte machen sahen und auf ihn aufpassten. Ihm einen Namen gaben. Helgi. Helgi Arnason.

Meine Reaktion war lächerlich. Was hätte ich denn ausrichten können? Er kannte mich ja nicht, wusste nicht, wer ich war, hätte sich bestimmt vor mir gefürchtet. Und doch wollte ich gehen. Ich musste mich zusammenreißen, damit ich nicht ohnmächtig wurde. Ich sehnte mich danach, ihn in meinen Armen zu halten, ihn an mich zu drücken und ihm zu sagen, wie sehr ich ihn liebte. Dann endlich hatte ich mich gefangen, mein Herz schlug wieder langsamer und auch mein Atem beruhigte sich.

Als es zu regnen aufhörte, fuhr ein kräftiger Wind durch die Pflanzen in den Töpfen. Ich bewegte mich langsam, die Sonne ging auf und wieder unter, und ich wärmte mich an der Glut in der Küche.

So vergingen die Jahre, jede Nacht war wie eine Bestrafung, jeder Traum wie der Widerhall des klingelnden Telefons aus vergangenen Tagen.

Ich wandte mich an den Hund. «Tina, altes Mädchen, setz

dich neben mich und wärme mich.» Bald werden die ersten Sonnenstrahlen den Nebel auf den Wiesen vertreiben, sanft wie die Hand einer Mutter, die über die Wange ihres Kindes streichelt.

Das Telefon klingelt nicht mehr.

Bald wird die Gefahr vorüber sein.

Kurz bevor wir uns an den Tisch setzten, war der Himmel mit einem Mal dunkel geworden. Ich hatte in der Eingangshalle auf Dr. Bolli gewartet. Wir hatten uns soeben begrüßt, da fing es an zu regnen. Unsere Hände hatten sich nicht voneinander gelöst, obwohl wir schon auf das Esszimmer zugingen. Wir blieben unwillkürlich stehen, sahen zu, wie der Regen auf die Straße und auf den Rasen rund um die Heldenstatue auf der anderen Straßenseite trommelte, bis mein früherer Arbeitgeber auf die Uhr sah und sagte: «Ich hoffe, das Wetter klart auf, bevor die Abschlussfeier beginnt.»

Er ist alt geworden, der Arme, fast achtzig und er bewegt sich langsam, wenngleich noch recht sicher. Sein Gehör lässt nach, wie er selbst sagt, aber seine Stimme ist so ruhig wie einst.

«Ich hoffe, das Wetter bleibt nicht so», wiederholt er, als wir uns setzen. «Heute Morgen war es noch so schön.»

Immer wieder muss ich an den Tag denken, als ich ihn zum letzten Mal gesehen habe. Es war der Morgen, an dem ich mit dem Schiff nach England zurückgekehrt bin, der 18. November 1941.

Zwei Tage zuvor hatte ich in seinem Büro angerufen und ihn über meine Ankunft informiert. An seiner Stimme konnte ich erkennen, dass mein Anruf das Letzte war, was er erwartet hatte, dennoch war er sofort zu einem vertraulichen Gespräch bereit. Er empfing mich äußerst freundlich, sein Händedruck war damals genauso lasch wie heute, sein Blick wie immer abwesend. (Inzwischen ist er wohl, wie bei so vielen älteren Menschen, vom grauen Star getrübt; seine Augen schienen allmählich zu verlöschen oder sich sogar nach innen zu drehen.) Seine Sekretärin brachte uns Kaffee, wir saßen in den tiefen Lederstühlen am Fenster. Ich schaute auf ein Gemälde, das ihn zeigte, und auf das Bild von zwei anderen Männern mit grauen Haaren, das über seinem Schreibtisch hing. Er bemerkte es und erklärte etwas verlegen:

«Ein Geschenk von meinen Angestellten zum fünfzigsten Geburtstag.»

Ein dicker Perserteppich lag auf dem Boden, die Wände waren mit Holz getäfelt, Bücherregale standen neben der Tür, alles war ruhig. Auf dem Schreibtisch, unter einem Briefbeschwerer, einige Papiere, daneben ein ausgestopfter Falke. Er griff nach einem der Kieselsteine, die auf dem Tisch zwischen uns lagen, und drehte ihn gedankenverloren zwischen Daumen und Zeigefinger seiner linken Hand. Ich schaute nach draußen. Das Fenster hatte acht Glasscheiben, die unteren waren opak, doch durch die oberen fiel Licht. Über den Dächern auf der gegenüberliegenden Straßenseite war der wolkenlose Himmel zu sehen.

Als ich ihm meine Angelegenheit erklärte und ihn bat, ein Leben lang darüber äußerste Diskretion zu bewahren, dachte er kurz nach und nickte. Ich hatte damit gerechnet, dass er meine Bitte mit einem Lächeln oder ein paar wohlmeinenden Worten ausschlagen würde, aber vielleicht hatte er nicht die Möglichkeit dazu gefunden.

Jedenfalls nickte er stumm, blieb in seinem Sessel sitzen, während ich über mein Verhältnis mit Atli sprach und über den Dachau-Aufsatz, den er am Neujahrsabend vorgelesen hatte (dass ich die Papiere mitgenommen hatte, bevor ich das Haus Fjolugata Nr. 56 verließ, erwähnte ich nicht). Ich erzählte ihm von den Monaten, die ich danach in Kópasker verbracht hatte, von der Geburt des Jungen und von den Fischern in Raufarhofn, die ihn adoptiert hatten.

Stillschweigend saß er da und hörte auf, den Kiesel hin und her zu drehen, stattdessen streichelte er ihn, als wäre er zerbrechlich, mit dem Daumen.

«Niemand außer meinem Vater weiß, wer der Vater ist», sagte ich. «Sie müssen nichts anderes tun, als aus der Entfernung auf den Jungen Acht zu geben.»

Die Sonne schien durch das Fenster auf seine blassen Wangen. Er kniff die Augen zusammen und bewegte den Oberkörper aus dem Licht.

«Warum ziehst du mich ins Vertrauen?», fragte er endlich.

«Mein Vater wird älter», antwortete ich. «Und Arni ist ein Fischer …»

«Wie bitte?»

«Sein Vater», erklärte ich.

«Ach ja. Sein Vater, natürlich.»

«Und wer weiß, was noch passieren kann, ich will lieber sichergehen.»

Der Kaffee war kalt; vielleicht hatte die Sekretärin ihn nicht heiß genug serviert.

«Du fährst also heute fort?»

«Heute Abend.»

«Meeresluft soll gut für die Gesundheit sein. Das habe ich oft gehört. Ich wünsche dir eine gute Reise, Asdis.»

Ich hatte keine Wahl und musste ihm vertrauen. Ich erinnere mich, wie ruhig ich an jenem Tag in seiner Gegenwart wurde und wie er sich ein Stück Zucker aus der Zuckerdose nahm und es in den Mund steckte.

«Ich hoffe, es klart bald wieder auf», sagt er jetzt wieder. «Das Wetter war so schön heute Morgen.»

Die Kellnerin, der ich geraten habe, ihr Englisch zu verbessern, scheint etwas nervös zu sein. Ich lächle ihr zu, als sie an unseren Tisch kommt.

«Ich vermisse sogar die Tage, an denen es ihr am schlechtesten ging», sagt er und bricht das Schweigen. «Ich weiß, dass sie dich gern hatte.»

Auf diese Bemerkung bin ich nicht gefasst gewesen, und so muss ich mich räuspern, bevor ich antworte: «Das beruht auf Gegenseitigkeit, ich denke oft an sie.»

Draußen trommelt der Regen auf die Straße. Wir essen langsam. Ich bin nicht hungrig, doch das Essen ist genießbar. Die Kellnerin scheint keine Angst vor mir zu haben.

«Fünfhundert nützliche Sätze für Kellner und Kellnerinnen», sage ich zu ihr, als sie die Teller abräumt.

«William Forsythe», sagt sie schelmisch.

«William P. F. Forsythe», füge ich hinzu.

Wir stehen auf.

«Bist du nervös?», fragt er.

Wir gehen Hand in Hand.

«Ich denke, ich weiß, was ich tue», antworte ich.

«Na gut. Ich fühle mich schon viel besser.»

Tanzende Schatten, ein schwaches Echo.

Lichter vor mir, wie ein ferner Schein, Geräusche, brüllendes Gelächter. Mein früherer Arbeitgeber lehnt sich zu mir hinüber und flüstert mir etwas ins Ohr, aber ich kann die Worte nicht verstehen. Durch den geöffneten Seiteneingang sehe ich den Sonnenschein auf dem feuchten Rasen. Ich horche auf, denn mir scheint, als habe ich einen Singvogel gehört, der unaufhörlich zwitschert, jetzt, da der Regen vorbei ist. Das Gezwitscher erinnert mich an die Amsel in meiner Pappel, morgens, wenn das blaugraue Licht über die Felder kriecht. Der alte Mann beugt sich wieder zu mir vor und flüstert:

«Er hat eine Meisterschaft im Schwimmen gewonnen, habe ich dir das schon erzählt?»

Er sitzt zwischen seinen Eltern, schräg gegenüber von uns. Als sie hineingekommen sind, habe ich unwillkürlich den Kopf gesenkt, obwohl ich mir sicher bin, dass sie mich nicht wiedererkennen würden. Seit sie Platz genommen haben, starre ich ihn an, muss aber manchmal den Blick abwenden.

«Meine Damen und Herren. Herzlich willkommen …»

Der Seiteneingang wird geschlossen, der Singvogel verstummt. Bevor ich morgens hinuntergehe und Feuer mache, sitze ich meistens mit Tina am Fenster und schaue der Amsel zu. Sie kratzt freundlich an der Tür, um sich bei mir bemerkbar zu machen, reibt sich dann sogleich an mir, wenn ich sie hereinlasse. Wir warten solange, bis das Licht die Äste der Pappel erreicht hat und die Flügel der Amsel berührt. Wenn sie mit dem Licht im stillen Morgen davonfliegt, stehen wir auf und gehen nach unten. Dann sage ich: «Der Tag ist angebrochen, Tina. Ein neuer Tag.»

Ich muss jetzt woanders hinschauen.

«Er sieht dir sehr ähnlich, Asdis», sagt der alte Mann.

Sie sind Hand in Hand gekommen, er und seine Mutter, sein Vater ist ein paar Schritte hinter ihnen gelaufen, gebeugt und schüchtern wie damals. Plötzlich ist er stehen geblieben, wie vor einer unbekannten Kreuzung, als hätte er sich verlaufen, dann läuft er weiter. Sobald sie sich gesetzt haben, fährt er sich mit einem Kamm durch die grauen Haare.

Er lächelt unbeschwert, mein Sohn. Groß, rosige Gesichtsfarbe und lächelnd. Er lehnt sich zu seinem Vater hinüber, spürt scheinbar, wie unwohl der sich in dieser Umgebung fühlt. Ich sehe, wie sehr er ihn liebt.

«Meine Damen und Herren. Niemand weiß, was die Zukunft bringen wird, doch mit diesem Abschluss in der Tasche hat …»

Die Leute stehen auf, wir gehen in die Eingangshalle hinunter. Der Himmel ist immer noch wolkenlos, aber ich horche nicht mehr auf den Singvogel; die Pfützen auf dem Gehweg verdunsten.

Ich blicke zurück: Seine Eltern verschwinden in der Masse, während er sich gerade zu einer Gruppe von Freunden bei der Garderobe gesellt. Dr. Bolli und ich gehen hinaus und winken ein Taxi herbei. Der alte Mann steigt ein. Ich bin schon im Begriff, an seiner Seite Platz zu nehmen, da bitte ich ihn, noch einen Augenblick auf mich zu warten.

«Ich muss ihn noch einmal sehen», sage ich, «nur noch einmal.»

Halb blind von der Sonne, gehe ich zurück und bahne mir meinen Weg durch die Menge. Ein seltsames Zittern überkommt mich, und ich muss mich gegen eine Wand lehnen, bis es mir wieder besser geht. Er steht immer noch mit der Gruppe von Schulfreunden bei der Garderobe. Ich gehe näher heran, bleibe stehen. Er ist glücklich. Ich weiß, dass er glücklich ist. Ich stehe ruhig da, beobachte ihn, und als er mir plötzlich den Rücken zukehrt, gehe ich weiter in die Eingangshalle hinein, um noch einmal sein Gesicht zu sehen. Ich komme nur langsam in der Menge voran, und genau in dem Moment, als ich an der Garderobe vorbeigehe, dreht er sich um und läuft genau in mich hinein. Ich springe zur Seite und lasse dabei meine Handtasche fallen. Sie öffnet sich, und ein paar Dinge fallen heraus; mein Lippenstift und das Foto von ihm in meinen Armen.

«Entschuldigung», sagt er, «es tut mir so Leid.»

Er bückt sich, um die Handtasche und den Lippenstift aufzuheben, dann greift er nach dem Bild. Als er es mir gibt, nehme ich seine Hand. Für den Bruchteil einer Sekunde habe ich seine Hand gehalten. Er lächelt.

«Danke», sage ich.

Wir fahren eingetaucht ins Sonnenlicht weg. Ich schweige, denn ich will nicht den Klang seiner Stimme verlieren. Wenn ich meine Augen schließe, präge ich mir sein Bild ein. Er lächelt.

Ich bin ruhiger. Ich habe ihn gefunden. Von jetzt an wird er immer bei mir sein.

Während der letzten Tage habe ich mich gefragt, ob die Tiere es schon vorher merken, wenn ein harter Winter kommt. Ich saß im Wintergarten und beobachtete zwei Eichhörnchen, die fleißig Nüsse zusammentrugen, um sie dann zu verstecken. Eines der beiden war ein bisschen lahm. Ich erwähnte sie Anthony gegenüber, und auch die Krähen, die fast täglich über ihren eigenen Schatten gebeugt auf dem Pfahl am Bach saßen. Er war sehr überrascht, dass ich jetzt schon an den Winter dachte.

Es ist immer noch warm, regnet nur selten und die Sonne scheint auf grüne Blätter. Die kühle Brise am Morgen und das Zirpen der Grashüpfer in der Dämmerung sind die einzigen Vorboten des Herbsts. Und doch haben sich meine Gedanken dem Winter zugewandt, und ich habe Old Marshall gesagt, dass es wohl das Beste sei, wenn wir uns diesmal etwas früher als sonst auf die Kälte vorbereiten.

Heute Nachmittag wird seine Tochter Lydia uns mit ihrem Sohn besuchen. Sie wird ihn ein paar Stunden bei mir lassen, damit ich mit ihm Karten spielen und er die Eisenbahn fahren lassen kann, die ich ihm letztes Jahr gekauft habe. Gestern hat er mich am Telefon gefragt, ob ich ihm wieder Waffeln mit Schlagsahne und Sirup mache.

«Die sind so lecker, Miss Disa», sagte er. Ich freue mich so sehr darauf, den Jungen zu sehen.

Gestern habe ich einen Brief von der kleinen Marilyn erhalten. Eigentlich völlig unverdient, denn auf ihr letztes Schreiben, das mich noch in Island erreicht hatte, war ich ihr die Antwort schuldig geblieben. Umso mehr freue ich mich, dass sie es noch einmal versucht hat. Ich habe den Brief schon zweimal gelesen, auf dem Heimweg von Dr. Ellis und heute Morgen, gleich nach dem Aufwachen. Sie hat ein Foto von uns beiden zugefügt, das sie in dem Sommer gemacht hatte, als ich sie auf dem Weg nach Leith besucht hatte. Ein schönes Bild, für das ich jetzt einen passenden Platz in der Küche suche. Vielleicht stelle ich es auf das Regal unter meinem Spiegel. Auf dem Foto lächelt Marilyn, und als ich es genauer betrachte und den Brief noch einmal lese, bin ich mir sicher, dass unser Gespräch an jenem Abend ihr gut getan hatte.

In den letzten Tagen hing ein Wolkenschleier in den oberen Ästen der Bäume, die das Feld säumen. Tagsüber glänzt er, und abends fängt er das Mondlicht ein. Manchmal rede ich mir ein, dass es sich um eine Nachricht für mich handelt, ein Wollbüschel, das sich im Stacheldraht des Allmächtigen verfangen hat. Fünf Tage hintereinander sehe ich es nun, und ich habe mich daran gewöhnt. Old Marshall ist dagegen misstrauisch; ich sah ihn gestern lange vor seinem Häuschen stehen, wie er den Wolkenschleier betrachtete.

Tagsüber notiere ich dies und jenes, um mir die Zeit zu vertreiben und mich aufzumuntern. Ich habe genug Freizeit, denn ich koche kaum noch, weil die Kräfte mich allmählich im Stich lassen. Aber ich fühle mich nicht schlecht und genieße es, am Nachmittag die Bälle auf dem Tennisplatz zu hören – dunk, dunk – wie eine Uhr, die abläuft. Ich warte auf Anthony, um mit ihm über den Rasen zu spazieren, wenn das Spiel vorbei ist, und ein Glas Limonade zu trinken. Gestern habe ich ihm gesagt, dass ich dem Mädchen zutraue, meine Nachfolgerin zu werden.

«Das Mädchen», sage ich, sollte aber hinzufügen, dass sie bereits um die dreißig ist. Anfang des Sommers haben wir sie auf die Empfehlung eines Freundes aus Lyon eingestellt, nachdem ich merkte, dass sie vom Kochen genauso viel versteht wie ich. Sie ist wirklich sehr fähig und hat durch die Arbeit hier, das darf ich wohl behaupten, sogar noch hinzugewonnen. Ich bin froh, dass Anthony inzwischen besser damit zurechtkommt, wenn ich mit ihm über die Zukunft spreche.

Es ist noch hell, aber ich gehe jetzt immer sehr früh zu Bett. Wenn ich die Augen schließe, ist mein Sohn bei mir. Der Klang seiner Stimme beruhigt mich, und meine Hand ist noch warm von seiner Berührung. Er ist bei mir, und sein Gesicht strahlt wie ein Frühjahrsmorgen. Nicht alles ist vergeblich gewesen, sage ich mir dann, du hast doch etwas Gutes vollbracht.

Nachts habe ich oft denselben Traum. Ich stehe im hellen Mondlicht draußen im Garten. Tina ist bei mir. Auf der anderen Seite des Baches schauen zwei Pferde zu mir herüber. Ich glaube, ich kann das Weiß in ihren Augen sehen. Frost liegt auf dem Gras, aber als ich losgehe, ist mir nicht kalt. Ich bin noch nicht weit gelaufen, da bemerke ich, dass meine Hände auf einem Mondstrahl ruhen. Das überrascht mich jedes Mal, so dass ich instinktiv auf die Knie falle und einen kleinen Vogel mit dem Mondstrahl in den Frost male.

Wenn ich aufwache, habe ich das Gefühl, dass er ein Lied singen wird, sobald der Frühling naht.